鲍盛华 著

先生向北

长春出版社
全国百佳图书出版单位

图书在版编目（CIP）数据

先生向北 / 鲍盛华著. -- 长春：长春出版社，2024.8. -- ISBN 978-7-5445-7541-6（2024.12 重印）

Ⅰ．I267.1

中国国家版本馆 CIP 数据核字第 2024M4Q808 号

先生向北

著　　者　鲍盛华
责任编辑　孙振波　周　济
封面设计　楠竹文化

出版发行　长春出版社
总 编 室　0431-88563443
市场营销　0431-88561180
网络营销　0431-88587345
地　　址　吉林省长春市长春大街309号
邮　　编　130041
网　　址　www.cccbs.net

制　　版　荣辉图文
印　　刷　吉林省吉广国际广告股份有限公司

开　　本　787毫米×1092毫米　1/16
字　　数　210千字
印　　张　16.75
版　　次　2024年8月第1版
印　　次　2024年12月第3次印刷
定　　价　69.80元

版权所有　盗版必究
如有图书质量问题，请联系印厂调换　联系电话:0431-85256838

序

我的家乡吉林省既在北,也在东,在北偏东,在东偏北,人曰东北。

在中国传统文化中,北方属水,色黑,方位神为玄武,即一对扭在一起的龟蛇。北方的主神一说为共工,炎帝后裔。共工与黄帝后裔、南方主神颛顼争天下,不胜发怒,头触不周山,导致天柱折,地维缺,引出女娲补天的神话传说。北人尚武,多共工式的英雄。古人云金戈铁马塞北,燕赵多慷慨悲歌之士,兼有"风萧萧兮易水寒,壮士一去兮不复还"。北方长于游牧渔猎,快马长弓,纵横驰骋,"一代天骄,成吉思汗,只识弯弓射大雕"。而东方属木,色青,方位神为青龙。东方的主神为太昊,即传说中的伏羲。伏羲演八卦,创历法和天干地支,对中华文明贡献很大,被誉为"人文初祖"。东人崇文,多博学之士,老子讲道法自然,孔子论仁义礼智,墨子求兼爱天下,孙子说不战而胜。东方长于精耕细作,诗书传家;有渔盐之利,善于商贾。

北色尚黑,吉林有松花江畔广袤的黑土地。东色尚青,吉林有长白山脉连绵的青山翠谷。北人尚武,吉林古有肃慎、扶余、鞑靼，曾建立海东盛国渤海、铁血女真金国，建州女真更是把长白山视为祖先诞生之地。近现代以降，东北义勇军冯占海、王德林、王凤阁，东北抗日联军杨靖宇、魏拯民、王德泰，保家卫国，抵御外寇，爬冰卧雪，捐躯疆场！东人崇文，吉林的文人在何处？

《山海经》有曰："东北海之外……大荒之中有山名曰不咸，有肃慎氏之国。"在中原人士眼里，东北自古是大荒之地，蛮荒之地，是"塞外苦寒之地"，哪里会有许多文人墨客？

20世纪50年代周恩来总理视察东北，提到"东北文化落后，文风不盛，人才甚少"。他谆谆告诫东北的领导干部，"行有余力，则以学文"。

于是，就发生了请我作序的《先生向北》一书中记叙的故事。《先生向北》记叙了20世纪50年代初余瑞璜、蔡镏生、唐敖庆、关实之、陶蔚荪等一批自然科学家，吕振羽、于省吾、张松如（公木）、张伯驹、潘素、史怡公、孙天牧、钟泰、罗继祖、高清海等一批文化名人，聚拢东北，荟萃人文，一改吉林风貌，为黑土地增添了浓烈厚重的文化气氛和源远流长的文化血脉的故事。而促成这一文化奇观的，则是懂文化、敬文化、爱文化的匡亚明、宋振庭、佟冬等优秀的领导干部。正是他们慧眼识珠，求贤若渴，不拘一格，不畏浮云，敢于担当，顶住压力，在那个充满政治斗争火药味的特殊年代，从各地招贤纳士，网罗人才，像移植嫁接一样，在吉林大地上广栽苗种。左宗棠的部下杨昌浚写有《恭诵左公西行甘棠》，其诗曰："大将筹边尚未还，湖湘子弟满天山。新栽杨柳三千里，引得春风度玉关。"如今，在吉林大地上，吉林大学、东北师大等名校，化学、物理学、数学、哲学、史学等学科，图书馆、博物馆等馆藏珍贵图书文物，长影、吉歌、吉剧团等文学艺术团体中，都可以感受到薪火相传、生生不息的浓浓的文脉。

古往今来，人才问题，从来都是事业成败的大问题。古人云："江山代有才人出，各领风骚数百年"，"我劝天公重抖擞，不拘一格降人才"。但是，领导和人才的关系，从来都是曲折复杂而又多有悲剧。祢衡恃才傲物，杨修炫弄聪明，解缙好上谏言，结局都很悲惨。古代才子们的命运似乎大多坎坷。太史公因此感叹，"文王拘而演《周易》；仲尼厄而作《春秋》；屈原放逐，乃赋《离骚》；左丘失明，厥有《国语》；孙子膑脚，《兵法》修列；不韦迁蜀，世传《吕览》；韩非囚秦，《说难》《孤愤》；《诗》三百篇，大抵贤圣发愤之所为作也"。

相比之下，我们愈发感到匡亚明、宋振庭、佟冬等领导同志尊重文化，尊重知识分子精神的可贵。我曾经到佟冬先生亲手创办的吉林省社会科学院任院长，听过许多关于他筚路蓝缕创办东北文史研究所和吉林省社会科学院的感人故事。特别是在20世纪50年代末60年代初，文人墨客很多都"投畀有北"。他们冒着被扣上招降纳叛、"兴灭国，继绝世，举逸民"的大帽子的风险，对落难的文人雅士雪中送炭，庇护有加。冰雪虽寒自有春，东北的风雪冰寒，更显出东北的高大与襟怀。陈毅有诗曰："大雪压青松，青松挺且直。要知松高洁，待到雪化时。"

他们不仅为吉林引入文脉，而且留下了良好的官风。这种尊重知识、精通文化、礼贤下士、广招人才的优良传统，被后来的吉林省宣传文化系统的许多领导干部所继承发扬。曾担任过主管意识形态的省委副书记谷长春同志重视与学者的交往。他常说，自己是朋友领导，领导朋友。担任过省委常委、宣传部部长的许中田同志有空就找青年学者交流，积极为专家学者和文学艺术工作者排忧解难。他病故后，我曾吟诗纪念："常恨人生太匆匆，在查阅大量资料和深入思考之后，我发现，1945年至1965年是东北人文领域非常重要的20年，在某种程度上可以说是为今天文化发展奠基的20年。这20年间，发生了一次大规模的文化向北迁徙，大量文化界、教育界、科学界、思想界的精英奔赴东北，令东北的文脉遽然隆起。而长春，则处于这次隆起的中心地带。

1945年，抗日战争取得全面胜利。中国共产党做出了一项重大决策：把战备重点转向华北和东北，进驻东北建立稳定的根据地。为了配合这一战略转移，首先行动的是包括教育、科学和文化艺术在内的部分中央机构。原来在延安及其周边的大学及各类研究院所，随着北上的中国共产党军队纷纷进入东北，创建了多种类型的大学。一大批知识分子成规模地进入东北。后来，正是这部分人建立了吉林大学、东北师范大学、沈阳鲁迅美术学院以及重新恢复了东北大学等。

1952年，国家为了加强各地高等教育事业，实施全国范围高校院系大调整。一些全国顶尖的科学家、艺术家不计个人得失、不畏严寒来到东北。比较典型的如中国计算机事业的开拓者之一、中国人工智能的奠基人、数学家王湘浩，著名物理学家、国际一流的结晶学家、中国金属物理的奠基人余瑞璜，物理化学家和教育家、中国催化动力学研究的奠基人之一、中国光化学研究的先驱者蔡镏生，中国理论化学奠基人、中国量子化学奠基人、被誉为"中国量子化学之父"的唐敖庆，中国无机化学的奠基人之一关实之，中国生物化学的开拓者之一陶慰荪，中国现代文学史上第一个文学流派"新潮派"小说代表之一、我国现代著名教育家和文学家杨振声，著名历史学家、教育家吕振羽，等等，均来到长春，一时间，东北的上空，群星璀璨。这是第二批成规模进入东北的高级知识分子。

从 1955 年开始一直持续到 1965 年，在大学校长中以匡亚明为代表，在政府高官中以宋振庭为代表，在文化研究机构中以佟冬为代表，开始了招贤纳士的"全国行动"。著名古文字学家于省吾，收藏鉴赏家、书画家、诗词学家张伯驹，北派山水画家孙天牧，国学大师钟泰等文史界的巨擘，纷纷来到东北生活、工作，令昔日文风不盛的东北遽然别开洞天。于省吾等人也成为第三批成规模进入东北的学富五车的学者。

外来的先生们也激发了本地大师级人物的成长和出现。以王庆淮为代表，通过数次走进大山、跨过大河，所创作的山水画卷开创了"关东画派"的"大画"画风，让东北终于一下气韵十足。以王肯为代表，深入民间，走进地头，调查整理出东北的地方戏曲，并创排出具有东北特色的新剧种，让东北的豪爽也能一咏三叹，婉转深情。

正是根据这些线索和脉络，我写出了共有六章的长篇历史文化随笔《先生向北》，借此对这 20 年间的东北文脉做了一个深入的整理，对重要的文化历史事件做了比较系统的还原，更重要的是，对历史中的那些可贵的人，对他们高尚的人格以及高度的责任感，表达一种向往，一种热爱，一种敬意。

东北的这一文化现象值得深入研究，大书而特书。本人发出一家之言，抛砖引玉，以期引起社会各界的兴趣，共同展现这一波澜壮阔的文化景象、历史画卷，鼓舞人们的文化自信，激励人们的文化自觉。

鲍盛华

2018 年 3 月

目　录

第一章　向北的勇气

001　一、征人万里双双影

006　二、谁道人生无再少

010　三、门前流水尚能西

015　四、几度披肝沥胆人

018　五、休将白发唱黄鸡

024　六、珠泪，珠泪，落尽灯花不睡

第二章　一场与春天的邂逅

032　一、"春游社"：如今换了人间事

041　二、罗继祖：生死书丛似蠹鱼

051　三、史怡公：八千里路云和月

054　四、潘素：气质美如兰，才华馥比仙

062　五、孙天牧：三百年来一支笔，青藤今日有传灯

第三章　士人的风骨

072　一、"关东画派"的肇始者：山随平野尽，江入大荒流

075　二、关东绘画奇才的发现者：请君老笔尽纷披，江河万里写花枝

086　三、新中国吉林文化建设的奠基者：昔日烽火地，今朝杏花天

095　四、诚恳与谦恭的交心者：愿结岁寒图里友

112　五、地方戏剧的创立者：回首丘山重，佳木已成林

第四章　大学的路径

122　一、公木：人比山高，脚比路长

126　二、东北近代高等教育的"历史地图"：吹尽狂沙始到金

129　三、伪满炭矿株式会社大楼：病树前头万木春

133　四、吕振羽：既滋兰之九畹兮，又树蕙之百亩

138　五、先生开始闪耀东北：星月皎洁，明河在天

153　六、匡亚明：我劝天公重抖擞

158　七、北方有所思：何妨吟啸且徐行

185　八、两所"东北大学"的历史变迁：青山依旧在，几度夕阳红

第五章　文史所传奇

203　一、长春街头的国学气派：日日呼吸长白云

213　二、佟冬：不缧绁兮不名囚，清风明月两悠悠

第六章　一世"春游"竟如诗

240　一、回头应自省吾身

245　二、七尺从天唱大归

251　三、物我同春共万旬

第一章　向北的勇气

一、征人万里双双影（张伯驹《人月圆·壬寅中秋与潘素在长春，寄都中诸友》）

1961年，对于终生逐梦、通文透艺、挥金如土、名噪一时的"民国四公子"之一的张伯驹来说，有另一种写法。

在这一年秋天收藏鉴赏家、书画家、诗词学家、京剧艺术研究家张伯驹带着夫人潘素，登上了开往东北的列车，应邀到吉林长春工作、生活，尽管他已经是一位63岁的老人了。

长春的秋天比北京要冷肃多了，进入十月就可能会有轻雪降临，西北风也格外凛冽。但天空是高远的，无限的蓝让人想化成鹏鸟，自由飞过。张伯驹琢磨过东北，他在一首词中写道，"明月仍留桃叶渡，春风不过牡丹江"，又说"极目塞榆连渤海，回头亭杏望燕山，归心争羡雁先还"，有点儿古代士子身处塞外而思念故乡的心态。清朝时，牡丹江是一条让江南与中原文人、官员望而生畏的江。他们都知道，那里有一个地方叫"宁古塔"，而"宁古塔"的另一个名字叫"流放"。多少人因为人生出现这

张伯驹先生

样那样的闪失,获罪徙边。想必张伯驹对素有"边塞诗人"之誉的吴兆骞等流亡宁古塔的清代诗人的诗歌没有少看。

为了少些伤感,张伯驹选择在中秋之后起行。

只是,过去从北京到东北腹地一个月左右的行程,现在因为有了火车而缩短到一两天,让张伯驹夫妇少了很多车马劳顿。虽心静如水,宠辱不惊,但初因政治的风云而迎来命运的起伏,还是会让人产生"前途莫名"的失落感受。恬淡的性格使然,张伯驹在火车上仍然给潘素指点江山,把沿途的城市或乡村归到他心目中历史与诗歌的地图里,然后转换为一段一段故事与传奇讲述给懂自己的女人听。

彼时的长春火车站,还保留着近代时期的样貌。这样的长春会给这对才华横溢的伉俪一个什么样的未来或归宿呢?没人知道。人生的真相也许就在当下,那就让当下的感觉最舒适吧。

让张伯驹和潘素感到欣慰的是,当他们抵达长春时,吉林艺术专科学校副校长耿际兰与学校美术系主任史怡公、吉林省博物馆贾士金等人正在火车站迎候。那时那刻,伸手相握的动作,也许能够产生涤荡心灵的意义。毕竟,他在北京因为热爱和支持京剧《马思远》的公演而被定成了右派,后被停职检查。至于被定为右派的具体原因,张伯驹后来在《五十年来我的情况》一文中

第一章　向北的勇气

写道:"北京市文化局和北京市民盟以我要保留京剧旧剧目,阻碍革命戏剧的创作,把我列为右派。"

对于耿际兰与史怡公,张伯驹并不陌生。

1961年的初春,在略感寂寞,却仍然书香萦怀的北京丛碧山房宅院里,张伯驹把全部的心思放在整理古籍当中。当然,偶尔抬头,望向窗棂,他也会倏忽间记挂起去冬纷纷洒落的精致的雪片,记挂起前些时并不太大的两场春雨,记挂起去年在西面的天空看到的一串长雁,记挂起旧时春燕在堂前起舞翩跹。

好在,"颜如玉"已经从他几十年研读的书本中走出来,正伴在他的身边挥毫作画,一幅幅青绿山水仿佛要把这座宅院变成世外桃源。"潘步掌中轻,十里香尘生罗袜;妃弹塞上曲,千秋胡语入琵琶。"潘素,一个让张伯驹足以慰藉的伴他终生的女人,最初他送她的这副藏头联已经成为赞美女人美貌与才华的绝唱。当年在上海初遇时,一个男人做出了人生最重要的决定,让这个出身烟花柳巷却又心迹绝尘的女子陪伴终身。从此,他的生命再也没有因外物而改变色彩。此时,心思精巧的女人正陪着夫君"寂寞无主"。

就在他们在政治的狂潮中颠簸之时,一封来自长春的电报被送到张伯驹的手里,夫妻俩一下子心潮起伏。电报中向这对似乎已经无人理会的老夫妻发出了诚挚的邀请:张伯驹、潘素夫妇,热烈欢迎你们来吉林工作,若二位应允,我们随即派员前去商谈。电报的落款是吉林省文化局。

"派员前去商谈"说的就是耿际兰和史怡公。以《长白山林海》等画作彪炳东北画史的史怡公原来在北京工作,在中国美协民族美术研究所研究中国肖像画发展史,1961年开始任吉林艺术专科学校美术系主任。由于对北京比较熟悉,协调与张伯驹夫妇

宋振庭先生

见面,都是他在背后做的努力。耿际兰则从1959年开始担任吉林艺术专科学校党总支副书记兼副校长,负责学校的相关人事工作。他们大胆去北京接洽,邀请张伯驹夫妇这样特殊的人物北上,是奉了时任吉林省委宣传部部长宋振庭的指示。

此时的宋振庭有个梦想,他要把昔日人文气息不盛的吉林省变成全国文化建设的"热码头"。

令他们兴奋的是,在他们的真诚相邀下,张伯驹夫妇答应了。看着站台上缓缓走来的张伯驹夫妇,耿际兰、史怡公、贾士金赶紧迎上前去。名士与才女踏上东北的黑土地,让这里的秋天更加厚重起来,仿佛文化的发展也更加令人期许,收获之梦,或可遍地金黄。

省人委招待所是给这对才情八斗的夫妇临时安排的住所,舒适的床铺让张伯驹感到了秋凉中的暖意,尽管心里仍有些惴惴。更暖的是,第二天,宋振庭带着省博物馆副馆长王承礼来到了招待所,他们要接张伯驹和潘素去省艺专,看看校园,走走校舍,并为这对远来的夫妇接风洗尘。

让张伯驹吃惊的是,面前的这位姓宋的地方高级官员,谈起诗词歌赋,谈起书法绘事,谈起舞台戏剧,竟如数家珍,滔滔不绝,而且一针见血,极有见地。不怕地方陌生,只怕缺少知己。宋振庭给张伯驹的感觉是,和蔼可亲,才情万丈,相见恨晚。更

第一章 向北的勇气

让张伯驹没有想到的是，宋振庭对他一直以弟子礼相执，态度极为谦恭，根本不像是一位政府的高级官员。潘素也对这位十分健谈的部长刮目相看，他对自己的画作的评价非常精当，恰到好处。

在正式宣布聘请潘素来吉林艺术专科学校任国画教师之后，宋振庭询问张伯驹暂时到省博物馆负责书画鉴定工作如何？张伯驹毫不犹豫地答应了。

很快，张伯驹夫妇搬进了省艺专为他们准备的住房。"六一年吉林艺术专科学校约我爱人潘素讲授国画。潘素因我年老无人照护，不肯去。后吉林省宣传部约我夫妇同去。"张伯驹在1978年5月所写的《五十年来我的情况》一文中回忆道。1961年10月，在这样一个普通而又特殊的秋天，63岁的张伯驹和46岁的潘素在长春市牡丹街一带的省艺专南湖宿舍开启了人生的又一段旅程。

今天的牡丹街

二、谁道人生无再少（苏轼《浣溪沙·游蕲水清泉寺》）

就在耿际兰到张伯驹在北京的家中商议来吉事宜、张氏夫妇慨然应允之后，潘素把自己关在画房，用一幅丹青抒发自己的思绪和情感。画面上有山峦起伏之苍远，有茫茫秋水之波光，有夕阳余晖之染抹，有秋风瑟瑟之离途，有枝头叶片之残绿，有精小房舍之凄迷，有野草闲花之怜己，有白云飘荡之天涯。

当这幅被潘素命名为《秋风别意图》的画作带着墨香捧到张伯驹的面前时，老先生在自己心爱的女人营造的无限寥廓的秋空里，看到了大宋的道君，看到了大清的流人。他后来在《春游词》自序中写道："词人先我而来者，有道君皇帝、吴汉槎。穷边绝塞，地有山川，时无春夏。恨士流人，易生离别之思……"

因了《秋风别意图》，张伯驹作《浣溪沙》四首，题记为"将有鸡塞之行，题秋风别意图"。所谓"鸡塞"，即指吉林，因为过去曾称吉林为"鸡陵"，满语，"江岸"之意。词曰：

野草闲花半夕阳。旧时人散郁金堂。如今只剩燕双双。
明月仍留桃叶渡，春风不过牡丹江。夜来有梦怕还乡。

马后马前判暖寒。一重关似百重关。雪花飞不到长安。
极目塞榆连渤海，回头亭杏望燕山。归心争羡雁先还。

自把金尊劝酒频。骊歌一曲镇销魂。回思万事乱纷纷。
镜里相看仍故我，人间哪信有长春。柳绵如雪对朝云。

第一章　向北的勇气

> 时盼南云到雁鸿。还将离恨寄重重。孟婆何日转东风。
> 万里边关鸡塞远，百年世事蜃楼空。天涯人影月明中。

当初，高朋满座，往来无白丁，多少欢歌笑语萦绕，可是现在，只有夫妇二人日夜相伴，亲朋好友都不敢来了。将来，明月还会年年岁岁照在自己的故乡，可是自己却要到春风都吹不到的地方去了，如果梦到还乡，得多么心碎，还是不要梦到好了。

对长春、对未来的不确定，让张伯驹慨叹。或者怕太过伤情，夫妻二人直至当年中秋之后才启程赴吉。而且，他们并没有抱着在长春住很久的打算，他们觉得，也就是来长春教几个月书罢了。可到了长春，张伯驹却发现，这里可以不必天天"马后马前判暖寒"，虽人在"天涯"，却不只他一个影子，陪他的人不仅多，而且格调还不低。

就在确定了张伯驹到省博物馆负责书画鉴定工作之后，没过两天，宋振庭又来了，这回是把张伯驹夫妇请到了位于人民广场东侧的省宾馆吃火锅。

当一片一片羊肉下到热气腾腾的锅里，人的血液好像也跟着热了起来。畅快的交谈使张伯驹觉得眼前的这个省委宣传部部长已经是一位贴心的朋友。张伯驹后来在文章中回忆说，宋振庭对他讲："你过一段时间回北京把户口转到长春来吧，在这里安心工作，摘右派帽子的问题慢慢解决。"（张伯驹：《我与宋振庭》）

真的能给自己摘掉右派的帽子？这可是件大事，宋振庭能运作成功吗？虽然对人生命运起伏"无可无不可"，但张伯驹还是心中一动，毕竟这帽子压得人喘不过气来，无法过正常人的生活。

安排张伯驹到省博物馆工作，但因为他是右派，不能在领导岗位任职。宋振庭找来时任省博物馆副馆长王承礼说，张伯驹的右派问题不要到处说，内部掌握就行了，看能不能给他先设个既不违反要求，又能发挥他特长的位置，将来解决了他的右派问题之后，再行新的安置。王承礼经过认真考虑，在博物馆专门为张伯驹设了一个"副研究员"的岗位。他还遵照宋振庭的指示，把张伯驹的工资定为每月159.5元。这在当时可是个大数目，普通职工工资每月30元左右。

转眼，1962年的元旦到了，这是张伯驹夫妇来到关外的第一个节日。酷寒的天气，加上孩子又不在身边，熟人亦少，夫妻二人显得有些孤苦伶仃，寂寞伴着寒凉，一阵阵侵袭着身体。就在此时，宋振庭专程上门相邀，请夫妻俩到家中做客，共度佳节。把右派当成贵宾，不仅以礼相待，还要设筵相请，宋振庭的行为温暖着张伯驹夫妇的心房，那种感动是无以言表的。

1962年，张伯驹夫妇终于迎来了他们人生的另一个春天。经过宋振庭等相关人士的努力，吉林省委有关部门做出决定，摘掉张伯驹的右派帽子。没有了右派的名号，可以正大光明地安排张伯驹的职务了。

宋振庭和省文化局局长高叶的意见一致，让张伯驹做省博物馆第一副馆长，此时，省博物馆没有馆长。省文化局局长高叶把已经做了多年博物馆副馆长的王承礼约到家里谈话，希望他能理解这样安排的初衷。（吕长发：《张伯驹夫妇与吉林之情缘》）

1962年6月25日，宋振庭亲自给王承礼写信，在信中表明了自己的想法："张伯驹此人是带有封建性的知识分子，他有一定的才能，用得得法可以给我们一些帮助。我和他接触，主要是想团结他，并从了解一些问题的目的出发，重要的是，多争取一点人才来吉林。"（宋振庭：《写给王承礼的信》）

第一章　向北的勇气

王承礼并没有让宋振庭和高叶等人担心。他对张伯驹一直非常尊重，充分发挥了张伯驹的优势，工作上有很好的合作，同时，对张伯驹在生活方面的照顾也非常周全。虽然职务位列张伯驹之后，但王承礼把张伯驹做不了、不擅长的日常管理工作井井有条地抓了起来。他们的密切合作让吉林省博物馆在全国迅速声名鹊起。

刚来长春时，张伯驹与潘素住在省艺专的南湖宿舍，条件一般。1962年，在宋振庭的过问下，有关部门在当时东北文史研究所的宿舍给张伯驹安排新居。宋振庭生怕哪一个细节有疏漏，所有的小事都想到了，甚至买什么样的沙发，安什么样的电话，都有具体指示。这些看似琐碎的生活方面的"小安排"，无疑在张伯驹和潘素的心里荡起滚滚波澜。

张伯驹早年间曾和京剧大师余叔岩学习余派戏，并得到余叔岩的亲传。宋振庭指示吉林人民广播电台台长王充专门录制张伯驹所演唱的余派戏，还让他给省戏曲学校写《京剧音韵》，给京剧演员说戏，为省京剧院整理剧目《定军山》。张伯驹的书法极有特色，是一代书法大师，宋振庭就安排他给艺专的学生教授书法，开设"书法欣赏"讲座。在长春期间，张伯驹成为吉林省文联常务委员、吉林省美术家协会理事、吉林省政协列席代表。（吕长发：《张伯驹夫妇与吉林之情缘》）

1962年，张伯驹与潘素做出了他们人生中又一个重要决定，把户口从北京迁到了长春。此前，他们并没想在这里待很久。对于这一点，张伯驹在1971年10月26日给周恩来总理写的一封信里有过叙述，此信收录在《张伯驹先生追思集》中，信中写道："一九六一年夏，吉林省委宣传部约我夫妇去吉林艺专讲授国画，原拟三个月或半年而归……"

这一决定，意味着两位老人想终生与这座城市相依。

三、门前流水尚能西（苏轼《浣溪沙·游蕲水清泉寺》）

张伯驹没想到，东北的秋天这样短。1961年10月，刚来长春时，个别的叶片虽已开始飘落，但大部分尚在树上婆娑，中午的阳光照在身上，还有几分炙热的感觉。可是，当宋振庭请他们夫妇二人吃了火锅之后，没过几天，天气却迅速变冷，俨然纯正的冬天了。

只是，张伯驹和潘素的内心却随着冬天的到来变得越来越火热，他们觉察到了这个偏僻省份与众不同的发展氛围，他们愿意把自己的全部热情都投入到他们熟悉的文化领域当中，为这片土地和这里的人做一些自己力所能及的事情。

张伯驹每天都认真阅读省博物馆给他准备的资料和报告，深入了解情况，回到家里也满脑子单位的事情，他在筹划着一件令自己兴奋的大事。潘素则聚精会神地开始了备课。在这之前，潘素从没有迈上过学堂讲台，现在为了给学生们讲授得更加深入和细致，她每一节课都要备课到深夜，并着手写一部包含着自己多年绘画心得的教学方案。

一日，正当夫妇二人在家伏案疾书之时，响起了一阵敲门声，随后一个熟悉的声音传到了夫妇二人的耳朵里："老朋友开门，老朋友快开门，我来看你们来了！"[①]这让张伯驹和潘素非常奇怪，听声音好像是他们熟悉的人，可是他们刚刚来到长春，人生地不熟，怎么会有老朋友在这儿呢？

---

① 任凤霞：《一代名士张伯驹》，北京：当代中国出版社，2006年，第186页。

第一章 向北的勇气

于省吾先生

当张伯驹打开房门时，一下子惊呆了，门前竟然站着自己的老朋友、著名古文字学家于省吾！张伯驹竟一时语塞。

紧接着，兴奋的张伯驹紧紧握住了于省吾的双手。他大声喊着潘素："快烧咖啡！快备酒菜！咱们的老朋友来了！"这欢快的声音甚至传到了牡丹街上，让这条寂静的街道瞬间明亮起来。

于省吾，何许人也？他的到来为什么会让张伯驹兴奋成这个样子？

1896年，于省吾出生于辽宁省海城县中央堡，毕业于沈阳国立高等师范。后历任奉天萃升书院院监，辅仁大学讲师、教授，北京大学教授，燕京大学名誉教授，故宫博物院专门委员。他是我国著名的古文字学家，他对古文字的考释，一向以考文释义精审周密而著称，特别是在甲骨文、金文的研究与考释和古代典籍的考证方面，取得了令人赞叹的成就。新中国成立之时，于省吾已经是国内研究甲骨文的一流学者，美名扬于海外。郭沫若先生当年写《殷契粹编》，整理和重刊时专门请于省吾校订书稿。于省吾不仅是古文字研究的佼佼者，对书画鉴赏也颇有研究、极有见地，和张伯驹早年就相识，共同的爱好让他们过从甚密。

于省吾怎么也来到了吉林长春？坐在张伯驹的面前，就着潘素做的几碟小菜和醇厚白酒，于老先生娓娓道来。

这还要从时任东北人民大学（吉林大学前身）校长匡亚明说起。"让我去办一所大学吧！"1954年，时任中共华东局宣传部常务副部长匡亚明再一次向组织上请求。他已经反复表达过，希望此生能为新中国的教育做一点事情。组织上经过慎重考虑，同意了这个48岁的饱经风霜的"老革命"的申请。当时，匡亚明可以到清华大学任职。可是，当他得知东北人民大学原校长吕振羽已经调走很长一段时间，主持工作的一位副校长身体还不好，只有一个教务长在支撑全校工作后，毅然决定远赴东北。①

此前，匡亚明并没有来过东北，是典型的南方人，1906年出生于江苏丹阳一个寂静的村落。他的父亲有着深厚的国学涵养，给心爱的儿子起名匡洁玉，并给了他良好的童蒙教育。他先后就读于苏州第一师范学校与上海大学，很早就开始用哲学的思维方式思考自己的人生，思考这个看起来有些纷乱的世界。青年时代，他以匡世、匡亚明的笔名先后在上海大东书局《学生文艺丛刊》发表《什么是艺术》《中国哲理观——"中"》两篇哲学论文（孙梦云：《匡亚明：鞠躬尽瘁为教育 尊师重教美名扬》），其古为今用、洋为中用、推陈出新的先进思想一时被传为美谈。1926年，20岁的他加入了中国共产党。在这一年，他把自己的

---

① 佟多人：《记忆中的父亲》，《佟冬同志百年诞辰纪念文集》，长春：吉林文史出版社，2005年，第218页。

名字改为"亚明"。

1927年，匡亚明领导了宜兴的秋收起义。1931年，他参与出版中共沪东区《前进报》，与邓中夏开始了密切的合作。第一次和第二次国内革命战争时期，他曾四次被捕入狱，但从未改变革命气节。他历任中共江苏省徐海蚌特委宣传部部长、上海总工会秘书长兼宣传部部长、中共中央社会部政研室副主任、华东局宣传部副部长兼《大众日报》社长及总编辑。1949年中华人民共和国成立以后，又历任华东政治研究院党委书记兼院长、中共华东局宣传部常务副部长。

1955年5月，正是长春微风吹面不寒、绿叶刚刚从枝头冒芽的好时节。特别是在那幽深的街巷当中，行行杏花开出粉红色的花朵，让这座北方的城市忽然艳丽起来。在空气中弥漫着湿润气息的美好春光里，身材高大、额头宽阔的匡亚明来到了位于解放大路北侧、斯大林大街（今人民大街）西侧的东北人民大学校

匡亚明先生

园，任校党委书记兼校长。

刚一上任，他就在一次全校大会上坦言："学校没有校长可以，没有教授就办不成。标志一所大学的水平，是教授的数量与学术水平。"立志要"办一个像样子的大学"的匡亚明首先想到的是"像样子的老师"，雄心勃勃的他把眼光对准了北京，他要挖一挖北京的墙脚。于省吾就是他垂青的一块藏在京城的价值连城的"美玉"。

此时的于省吾对外的身份是故宫博物院专门委员，但基本是闲职，平常并无太多事情可做，大量时间就是在家中从事一些自己喜欢的研究工作。

然而，面对匡亚明的邀请，于省吾却礼貌地拒绝了。一个最重要的原因就是，他的世界是令人陶醉的甲骨文，是美妙绝伦的金文，是浩如烟海的古籍，是精美细腻的古代器物。他已经是60岁的老人了，繁花落尽，他并不期望人生再有什么转折。

但匡亚明并不气馁。一次不行，再来一次。他带上主管人事和组织工作的副校长佟冬去北京，直奔于省吾的家，目的非常明确，还是要请他出山。匡亚明把自己到东北办大学的所思所想一股脑儿全都告诉了于省吾，与他真诚交流自己的教育主张。于省吾静静地听着，有时也热烈地回应，并对他的思考给予肯定。但遇到决定去留的紧要关头，于省吾总是有节制地把话收回来。一次长谈结束了，匡亚明再一次失望地离开了于省吾的家。

让于省吾怎么都没有想到的是，没过多久，匡亚明又来了。仍然是那个劲头，仍然把东北描绘得像花儿一样好，仍然反复告诉于省吾，在那里，对于他情有独钟的事物的研究都可以得到满足，甚至会更加深入，而且，也许那里的天空会让于省吾觉得更加广阔，阳光更加明媚，风吹得更加温婉。于省吾被眼前这位校长感动了,这可是像当年刘备请诸葛孔明出山一样,三顾茅庐啊。

终于,不愿意给别人添麻烦的于省吾对匡亚明说出了犹豫多时的话,是他去东北应聘的几个条件:一是不给本科生上课,只带研究生,二是不参加系里的一般会议,三是配一个助手。"没问题!"匡亚明欣然应允。

于省吾二话不说,打点行装,奔赴东北。

四、几度披肝沥胆人(郭石川《送别匡亚明校长赴任南大》)

来到长春的于省吾,住进了当时东北人民大学最好的宿舍,匡亚明还专门要求,学校要为教授们配备助手,让他们从行政事务中腾出手来,专心于业务研究,这也让于省吾一下轻松了不少。匡亚明还让学校建立了粮食供应站,广大教师不用来取,会有专人送到家里。与学校一路之隔的校医院为了教授们看病更方便,专门设了特诊室,教授、副教授看病、取药都是优先的。

有着惊人魄力和超人胆识的匡亚明,开展工作大刀阔斧。在于省吾来东北之前,他就向教育部积极推荐有着西南联大教育背景、获美国哥伦比亚大学博士学位、1955年被聘为中国科学院学部委员的中国现代理论化学的开拓者和奠基人,被誉为"中国量子化学之父"的唐敖庆,以及创建了该校历史系的著名历史学家、教育家佟冬担任副校长。

强有力的校领导班子求贤若渴,礼贤下士,一批有着深厚学养的大家先后来校执教。除一代宗师于省吾外,还有著名的先秦历史学家金景芳,以及当代著名诗人、古典文学及文艺理论家张松如(公木),文学家冯文炳,文字学家蒋善国,经济学家关梦觉，古汉语专家霍玉厚，外国语言专家王长新、王琨，数学家王湘浩、王柔怀、孙以丰，再加上唐敖庆等人，"一时间东北人大可谓是八方学子云集，硕学鸿儒荟萃"①。

1958年，东北人民大学正式更名为吉林大学。"一个像样的大学"就要有像样的基本建设。1959年，吉林大学理化楼正式开工建设，匡亚明亲自规划指导设计，提出整栋大楼必须展示出高等学府的英姿，要让人有神圣之感。在修马路的时候，匡亚明要求一定要宽一些，要大方，至少能并排走两辆车。不放心，他就亲自上手丈量。学校安装电话交换台总机，有人提议，不用太多电话就能够满足当前的使用要求。他说，那不行，要为将来考虑，力主上容量大的500门。文科楼以及一栋栋宿舍楼也相继建成了。在匡亚明心里，一所大学终于有模有样了。

在打好文科等各学科基础的同时，匡亚明还带领同事们加强和完善了学校的科研机构与设施。孙梦云在《匡亚明：鞠躬尽瘁为教育 尊师重教美名扬》一文中这样表述：从1956年下半年开始，数、理、化三系着手筹建物质结构与特殊材料性能、高分子、化学动力学与催化剂、半导体材料及其应用、计算数学、基本理论问题等研究室；1959年，吉林大学在全国率先成立了半导体系，1960年，建立外交系。匡亚明率领全校人员朝着科学高峰迈进，师生日夜攻关，硕果累累。1960年5月，在教育部举办的"高等教育科研成果展览会"上，吉林大学有41项尖端、重大的研究成果参与展出：有达到国际水平或国内先进水平的环氧树脂、光弹性塑料、计数管等；有耐高温材料和高温测试设备系统

---

① 佟多人：《记忆中的父亲》，《佟冬同志百年诞辰纪念文集》，长春：吉林文史出版社，2005年，第219页。

第一章　向北的勇气

鸣放宫

的研究等，这些对近代的动力工业、喷气飞机、火箭、原子反应堆等尖端技术的发展都有巨大意义。那一段时期，吉林大学开始在基础研究方面展现出雄厚实力。

1963年，为吉林大学开创出全新局面的匡亚明调任南京大学党委书记兼校长。吉林大学在校园北侧的"鸣放宫"为匡亚明举行了欢送会。吉林大学的师生们不能忘记，经党中央书记处通过，1960年10月22日，吉林大学被正式批准为全国重点综合大学，从此，这所校史只有15年、建成综合大学不过9年的新兴学府，开始跻身于"我国高等教育的主要骨干"行列；师生们更不能忘记，匡亚明给吉林大学留下的教学、科研并重的办学思想，在学术上博采众长和团结协作、勇于创新的良好风气。（高鸿雁、孙林、乔亚飞：《匡亚明先生传略》）

在宽阔的"鸣放宫"大报告厅里，一位名叫罗继祖的老师挺身站起，当场吟诵七律诗送给匡亚明，其中的"八年细雨和风里，几度披肝沥胆人"两句，久久回荡，撞击着每个与会者的心灵。

五、休将白发唱黄鸡（苏轼《浣溪沙·游蕲水清泉寺》）

对于省吾来说，奔赴东北，是他一生最终的选择。他并没有因为匡亚明的调离而选择放弃，从1955年踏上这片土地，直至1984年去世，他再也没有离开过长春。

几个知己好友见证了他义无反顾地离开京城赴吉林任教，他们共同拍了一张照片。照片上共有6个人，前排左起分别是金毓黻、唐益年、于省吾、顾颉刚，后排左起分别是唐兰、陈梦家。照片上的于省吾安然稳坐中间，满脸平和，虽已年届六旬，却神清气爽，目光坚毅而有力。

金毓黻，辽宁灯塔人，著名历史学家、文学家、金石学家、文献学家、考古学家、东北史研究的主要开拓者和奠基人，曾被称为辽东文人之冠，时任中国科学院历史研究所第三所研究员。

唐益年，唐兰的小儿子，拍照时只有7岁。

坐在于省吾左边的是顾颉刚，时任中国科学院历史研究所第一所研究员，正在担任《资治通鉴》总校勘，是中国现代著名历史学家、民俗学家，古史辨学派创始人，现代历史地理学和民俗学的开拓者、奠基人。与于省吾拍照时，标点《史记》是顾颉刚手头正在做的工作。

唐兰，浙江嘉兴人，是我国著名文字学家。他在20世纪20年代就精研了《说文》《尔雅》等典籍，30年代著有《古文字

第一章　向北的勇气

前排左起：金毓黻、唐益年、于省吾、顾颉刚；后排左起：唐兰、陈梦家（摄于1955年）

学导论》《中国文字学》，对我国古代史有独到的见解。1952年，任中国历史学会候补理事，并调故宫博物院，先后任设计员、研究员、学术委员会主任、陈列室主任、美术史部主任、副院长等。1954年起，唐兰任中国科学院历史研究所学术委员。

陈梦家，中国现代著名古文字学家、考古学家、诗人。在20世纪30年代，曾与闻一多、徐志摩、朱湘一起被称为"新月诗派的四大诗人"。后在中国科学院考古研究所工作。

一张照片里，几乎都是某个领域顶尖级的人物。他们共同为于省吾的东北之行送上最美好的祝福。

来到长春之后，于省吾被聘为学校历史系教授，他的工作主要有两个：一是继续从事古文字和古文献的研究，二是培养研究生及进修教师。

自从在长春扎根，吉林大学家属区里，就有一盏灯每天凌晨三点左右准时亮起。凌晨起床阅读和写作是于省吾坚持了一辈子的习惯。就在这一盏把夜空撑出一块光明的灯火里，于省吾全身心地以古文字数据为依托，走进商周时代的社会制度与经济生活。也是在这片灯火的照耀下，商代军事联盟、商周的奴隶制、商代的农业和交通、夏商图腾、古代岁时制等一系列研究论文相继发表。还是在这片灯火以及夜的安静当中，于省吾对王国维等大师级人物倡导的研究方法发起冲击。他认为，尽管王国维提出了"二重证据法"，即古史研究应该用地下资料和典籍互相参证，这与过去独重典籍的研究相比有了巨大的进步，但仍然没有充分认识到地下资料的重要性。于省吾觉得，要想得出真正符合客观实际的结论，地下资料与古代典籍就应该有主辅之分，即以地下资料为主，典籍作为辅助，因为没有任何典籍记载能比原封未动的地下资料更可靠。

正是在这样的理论思考下，于省吾通过对甲骨文所记商人祖先"上甲六示"庙号的系统研究，明确提出中国的成文历史开始于武丁时代所追记的商人先公中的示壬、示癸，确切地说，就是夏代末期，距今约3700年。这一研究成果是中国古代历史研究的又一声巨响。

孤立地研究古文字，只会陷在古文字当中，不会有新的突破。于省吾把对古文字的研究放在社会发展史当中，"从研究世界古代史和少数民族志所保存的原始民族的生产、生活、社会意识等方面来追溯古文字的起源，才能对某些古文字的造字本义有正确的理解，同时也有助于我们去正确释读某些古文字数据"

（于省吾：《于省吾自传》）。商代后期的《玄鸟妇壶》铭文中的"玄鸟妇"三字，过去被错误地解释为"鸹妇"，即，前两字被认为是一个字，或者被误认为是"鸟篆"。于省吾另辟蹊径，从原始氏族社会中图腾崇拜的角度去研究，同时结合典籍中有关"玄鸟生商"的记载，最终确定正确释读应该是"玄鸟妇"。这三个字是什么意思呢？这其实是一个标志，标志着做壶的贵族妇人是以"玄鸟"为图腾的商人后裔。这不仅纠正了过去的误释，关键的是，为研究商人图腾找到了实物依据，从而使过去一向被认为是怪诞不经的"玄鸟生商"问题得到了合理解决。

过去，研究者认为，《庄子·秋水》中"计四海之在天地之间也，不似礨空之在大泽乎"的"礨空"是"蚁穴"的意思，但细究起来，却有诸多不通之处。于省吾经过深入分析后认定，"礨空"应为"螺孔"，从而使众多疑惑一扫而光。

于省吾还陆续考释了许多难以辨认的甲骨文字，中华书局出版的《甲骨文字释林》显示，于省吾共考释前人所未识或已释而不知其造字本义的甲骨文约300字。

有人认为，于省吾在古文字学方面的一系列成就超过了郭沫若。

1896年12月23日，正是隆冬时节，于省吾在辽宁省海城县西15里的中央堡出生。当年的辽宁，虽是大清的龙兴之地，但朝廷影响力日衰，老百姓生活窘迫，社会纷乱，土匪遍地。幸运的是，于省吾的父亲是旧时的私塾先生，家境还过得去，生活也算安稳。7岁时，于省吾入私塾，老师就是自己的父亲。虽然身处兵荒马乱的年代，但于省吾的父亲却要求他努力求学，随着时代的发展，旧式传统教育和新式教育在于省吾身上皆有体现。辗转多年，于省吾随奉天教育会国学专修科并入沈阳国立高等师范，于1919年毕业。短暂地做了几个职务后，1924年秋，才气初显的于省吾被时任江苏督办杨宇霆相中，把他调至身边做秘书。1926年，奉天省城税捐局局长出缺，奉天省省长兼奉天财政厅厅长莫德惠希望于省吾能出任此职，于省吾慨然允诺。

1928年，张学良重建萃升书院，专讲国学。他认为于省吾既有国学的底子，和国学诸老还熟悉，有管理才干，值得信任，就让于省吾做了院监。于省吾发挥自己的长处，前往北京邀请著名国学大师前来东北讲学，后确定王树楠主讲经学，吴廷燮主讲史学，吴闿生主讲古文，高步瀛主讲文选。一时间，萃升书院成为东北国学宣讲的重镇。

然而，时局却急转直下，1931年，于省吾看到形势危急，在九一八事变前夕移居北京。而萃升书院已无法维系，只能停办。此时于省吾全家挂牵的是家中旧藏的30多箱图书。在于省吾父亲的周旋下，这些图书先运到大连，又转至北京。

面对着一箱又一箱为避战乱而来到京城的古书籍和家中其他的古器物，又因为在萃升书院协调各位国学大师讲授国学的特殊际遇，让于省吾对古代器物和古代文字产生了浓厚的兴趣，遂开始潜心研究。

当时，已经有大量由罗振玉、王国维等大师级人物整理并刊布的古文字著作，这些著作也成为于省吾阅读的重要文本。王国维等人对文字的考释及一些新的发现让于省吾十分着迷。但也有学者认为，考释古文字跟猜谜差不多，对古文字研究的态度并不严肃。于省吾立志从这方面着手先做一些事情。通过一个又一个实际研究，于省吾发现，作为客观存在的古文字，有形可识、有音可读、有义可寻，只要科学分析文字的点画或偏旁以及它和音、义的关系，寻出每一字横向的同一时期的相互关系，以及纵向的先后时期的发生、发展和变化的规律，则多数古文字是能够被正确认识的。"那种貌袭臆断的旧作风必须坚决摈弃"（于省吾：《于省吾自传》）。在此基础上，于省吾写成《双剑誃殷契骈枝》及续编、三编，还出版了《双剑誃吉金文选》《双剑誃吉金图录》《双剑誃古器物图录》等研究古文字和古器物的专著。

通过深入研究，于省吾发现，以先秦古文字的研究来考释先秦文献，能够解决大量的先秦典籍在长期流传中造成的原文和训释上的大量讹误。从 1934 年开始，于省吾陆续出版了《双剑誃尚书新证》《双剑誃诗经新证》《双剑誃易经新证》《双剑誃论语新证》《双剑誃诸子新证》等著作。中国近现代著名文字训诂学家、南社诗人胡朴安在《中国训诂学史》中将于省吾推为"新证派"的代表。

因为于省吾对古文字的出色研究，从 1929 年开始，一直到

工作中的于省吾

1949年，先后任辅仁大学讲师、教授，燕京大学名誉教授，北京大学兼职教授，讲授古文字学。

研究古代器物和古文字，一个入门的功夫就是鉴定真伪。如果连真假都分不清，就谈不上引用，研究工作也就无从入手。为了成为这方面的行家里手，于省吾搜罗了商代甲骨文、商周时期的古器物共200多件。其中不乏精品：吴王夫差剑、少虞错金剑、吴王光戈、楚王酓璋错金戈，还有秦商鞅镦、秦相邦冉戟，等等。一度，于省吾还以"双剑誃"给自己的书斋定名。中华人民共和国成立后，于省吾将自己购买、收藏的古代文物捐献给中国历史博物馆（今国家博物馆）。

六、珠泪，珠泪，落尽灯花不睡（张伯驹 《调笑令》）

从1955年到1961年，6年的长春生活，让于省吾真切地喜欢上了这座张开臂膀拥抱蓝天、白云、红日以及知识分子的城市，当他听说老朋友张伯驹偕夫人潘素也来到长春工作，内心的欣喜是不言而喻的。

敲开张伯驹长春寓所门的于省吾，被主人招呼着坐在客厅里。突然见面的激动还没有退去，张伯驹对于省吾说，自来长春安顿下来之后，于省吾是光临寒舍的第一位客人，正所谓"他乡遇故知"。于省吾则对张伯驹的到来表示由衷的祝贺。同是从北京来到长春，张伯驹与于省吾成了实实在在的"同道之人"。

不仅是丹青的好手，拿着朱笔的手，烹调起菜肴来，同样令人惊艳。很快，潘素就将几个拿手小菜端上桌。三人围坐桌前，就着东北的烈酒，聊着各自的经历，也聊着海北天南。

最令于省吾感叹的，是坐在面前的这位曾经红遍上海滩的

"美而韵"的女子。了解潘素生平的于省吾深知，潘素从未上过学堂，只是在张伯驹于新中国成立前后给燕京大学作文艺导师时，在燕大听过一段时间的中国文学课。但现在，凭借着自己超拔的绘画水平，凭借着对中国文学知识孜孜不倦的自学，这个曾经走过一段风尘岁月的女子不仅成为张伯驹远赴东北寻求重生的由头，而且登堂入室，走上了大学的讲坛。他对潘素积学之深由衷赞叹。潘素则真诚而谦虚地告诉于省吾，几十年来，她从未间断作画，但那只能给学生做做示范，真要让学生们从她身上获得"点石成金"之术，她还要下一番苦功夫，所以，现在为了准备一节课，不知要翻阅多少资料，常常备课到深夜。

一个是擅长书画鉴赏、博古通今、善赋诗词、精研戏剧的旷世奇才、文人雅士，一个是容貌如花、熟弹古曲、绘事超群、风韵醉人的才情美女、红粉佳人。眼前的这一对文化与精神、身体与灵魂双双相通的伉俪，让人不禁心生感叹。

1915年早春，祖籍江苏苏州的潘素在上海出生，取名潘白琴。苏州潘家，曾是远近闻名的望族，在前清出过状元。状元郎名叫潘世恩，金榜高中后，再经一番励精图治，最后得做高官，道光年间至英武殿大学士，成为上书房总师傅，晋太子太傅，光宗耀祖，风光无限。到了潘素父亲潘智合这一代，潘家从苏州移居上海。可惜，潘智合胸无大志，整天游荡在上海的大街小巷，茶楼、酒肆、青楼中挥霍无度。如此吃喝玩乐，无所事事，慢慢吃空了家里的老底子，家道日衰。

潘智合的夫人沈桂香本是大家闺秀，知书达礼，无奈却嫁了这样一个游手好闲的浪荡公子哥，看着丈夫的没落，整天哀怨连连，却也无济于事。好在，老天爷给了沈氏一个莫大的安慰，把天生聪明伶俐、五官俊美的潘素送到了她的身边。视潘素为掌上明珠的沈氏，把活着的全部寄托都放在了她的身上。在潘素刚刚7岁的时候，就为她请来专门的老师，教授绘画、音乐与诗文。娇小玲珑的潘素就是在这样的环境中长大的。与艺术相伴、与文化相生的日子，一过就是6年。此时，聪慧的潘素已经弹得一手精妙的琵琶和古琴。

然而，老天却没有眷顾这个嫁错了郎的可怜的女人，在潘素13岁这一年，沈氏去世了。不久，潘素开始和继母一起生活。继母姓王，整天把自己打扮得花枝招展，风情万种。随着年龄的增长，本来就对潘素没有好感的继母，眼看着这姑娘越发亭亭玉立，俊秀可人，更加心情不悦。15岁时，由于潘家生活日渐困顿，生活来源越来越少，继母便以潘素擅弹琵琶为由，强行将她送进青楼——上海天香阁。

此时的潘素，更名潘妃。一把琵琶已经让她拥有了整个世界，她在琵琶里莺莺燕燕，温柔婉转，也在琵琶里千军万马，冷眼杀伐。那份温柔与冷艳在大上海的风月场所交织，弹奏出她的悲情、绝望与抗争。

特殊的环境锻炼着她。在与人的交流与应答时，处处透露着智慧，遇见不同的人与不同的事，则能够见缝插针，不失分寸地周旋，最终令人满意。特别是在这样的地方，来往人等鱼龙混杂，潘素用她的生存能力让众多黑道白道人物对她刮目相看。

且看年轻时潘素惊人的俊俏：一袭衬托绝美身材的黑色旗袍，一张冷肃俊俏肌肤胜雪的玉面，一副垂下万般风情极具韵致的耳环……

再看张伯驹初见潘素时的美艳：连衣裙衫通体雪白，衬着身材更显窈窕，乳白色的高跟皮鞋，精巧、妖娆得淋漓尽致，大小适中的白色皮包轻盈地搭在右腕上，随迷人的腰肢、乌黑的发丝

第一章　向北的勇气

一起，轻柔地摆动，正所谓风摆荷叶之姿、雨润芭蕉之态……坐下来，轻轻盈盈，却稳稳不动，细一端详，柳叶眉弯，睫毛轻动，秀眼微含，更有娇嫩白皙的瓜子脸，肌肤胜雪，仿佛吹弹可破，言语间羞涩的红晕，忽隐忽现……

这怎能不叫张伯驹目瞪口呆，惊为天人？！

与潘素同来的人名叫孙履安，是张伯驹在上海的一位好朋友，是他安排潘素专门到上海外滩一家豪华酒店来见张伯驹。那一年是1934年。

20世纪40年代的潘素

027

《霓裳曲》《柳青娘》《鹧鸪天》，出水芙蓉般的少女说着自己喜欢的琵琶曲，讲着自己喜欢的江南，以及幼年时教她古琴的王兆先先生。

钟仪、司马相如、欧阳修、庄臻风，高雅文静的男人则谈着与古琴相关的历代名人，偶尔掺些自己领悟独特的琴论，又及《流水》等古琴曲的理解。

如此形之吸引，魂之交流，是不可能不种下万种情丝的。

别后难眠，张伯驹挥笔成词：

明月，明月，明月照人离别。柔情似有还无，背影偷弹泪珠。珠泪，珠泪，落尽灯花不睡。

一段交往后，彼此的人生经历都交给对方阅读，彼此的感情世界都交给对方打理，情感更热，爱慕愈浓。张伯驹一首《浣溪沙》道尽思念：

隔院笙歌隔寺钟，画阑北畔影西东，断肠人语月明中。
小别又逢金粟雨，旧欢却忆玉兰风，相思两地总相同。

可此时却有一桩难事：在认识张伯驹之前，潘妃已经被一个叫臧卓的国民党中将相中，并到了谈婚论嫁的阶段。怎奈对张伯驹一见倾心的她却要跟着张伯驹走。怒气冲天的臧卓，把潘妃软禁在一家酒店当中。遍寻不见心上人的张伯驹急了，托朋友四方打探，然后又大把银子扔给守在酒店门口的卫兵，接上潘妃，扬长而去。

发现了潘素艺术天分的张伯驹准备全方位塑造自己的这位女

第一章　向北的勇气

友。1935年初,他把名望甚高的老画家朱德甫请来,潘素从此正式拜师学画,初学花卉。过了不多时日,张伯驹又请来前清时的举人、民国时的财政次长夏仁虎教潘素通鉴古文。看到潘素身上有不同于一般女性的气质,夏仁虎又给潘素介绍了苏州名家汪孟舒,让潘素再学山水绘制。汪孟舒是师承黄公望一派的画家。也就是从这时候起,潘素开始专攻金碧青绿山水。

1935年夏,张伯驹把潘素娶过了门,这是他人生中第四位太太,也是最终的伴侣。此前,张伯驹的第一位夫人是李氏,名叫李月娥,其父曾任安徽督军。由于是父母之命,张伯驹骨子里有些反感,与其没有感情。第二位夫人为邓氏,名叫邓韵绮,是一位京韵大鼓艺人,自己喜欢,遂了自己的主张。李氏与邓氏都吸食鸦片,且未能生育,张伯驹又娶了第三房太太王韵缃。不久,王韵缃为张家生下一子,取名张柳溪。在张伯驹与潘素成婚后的第三年,李月娥因重病去世。后来,他又相继与邓韵绮、王韵缃离婚。他把一个男人的喜怒哀愁,一个艺术家的梦想追求,最终统统交托给了自己最心爱的女人——潘素。

1935年9月29日,张伯驹、潘素夫妇约了几位朋友,在苏州共同去见法师印光。在印光的主持下,张伯驹与潘素共同皈依,印光法师给张伯驹赐名慧起,给潘素赐名慧素,并为他们讲训甚久。从此,世上再无白琴,只有潘素。

1939年,是潘素正式学画的第四个年头。有一天,张伯驹面带惋惜地回到家中,手里握着一幅残破的画卷。他把画递给潘素说,夫人,可否临来试试?潘素一问究竟,原来,张伯驹在收藏界的朋友味云太史家中遭受了水灾,这幅清初大画师吴历(号墨井道人)的山水画卷《雪山图》"遭难",完全被水泡坏,看着让人揪心。张伯驹听说了,跑到味云太史家把画借了出来，表示要替他想想办法。

潘素二话没说，将自己关进画室，几天的工夫，竟然临摹了两幅《雪山图》。张伯驹看着临摹的画作，惊叹不已。把其中一幅装裱后自家珍藏，另一幅则连同残画归还味云太史。味云太史展图观看，立时破涕为笑。不久，潘素临摹《雪山图》并可以假乱真的消息便在京津书画界流传开来，各路名人雅士相继前往味云太史家中，领略这一奇观。沈尹默来了，看了画，激动不已，在画上题字："兰闺亦有吴生笔，点染才分咏絮功。"西山逸士溥儒来了，同样看得血热心跳，在画上题字："岩际悬飞瀑，能清冰雪心。"陈庸叟来了，几乎不能相信这竟出自一位女士之手，欣然题字："墨井安能独擅名，纤纤女手画描成。"

书画界一时间轰动了，赏画后，情不自禁题字的先后有50多人，黄宾虹、陈半丁、于非闇、章士钊、叶遐庵、潘伯鹰、孔德成等，大名均在其上。潘素因此一举成名。

此时的潘素才24岁。

从1947年开始，绘事技能更趋老辣的潘素开始与张大千合作创作。在当年冬至那天，张大千、潘素、于非闇等人在张伯驹家中的画室内，于四尺宣纸上点染心中的山水。画上的题句做了这样的说明："丁亥冬至日，丛碧写小草，大千居士写叠嶂、芦汀、扁舟，非闇补水榭，潘素写秋林、坡坨，伯驹题记。"此外，潘素与张大千的共同作品还有《临乔仲常赤壁后游图》等。

抗美援朝期间，潘素与何香凝合作，先后三次义卖。1952年，还与陈半丁、吴镜汀、胡佩衡等人共同合作出版了一本画册。1955年，40岁的潘素将自己的青绿山水作品《漓江春晴》拿出来参加第二届全国美展，周恩来总理在闭幕日前来参观，驻足《漓江春晴》画前说，"此画颇有新气象"。

如今，来到吉林的潘素得到邀请，中共吉林省委宣传部将安排她与王庆淮、孙天牧、卜孝怀等共同在吉林省举办"八人画展"。

站在广袤的东北黑土地上，潘素又将大展身手了。

第二章　一场与春天的邂逅

一、"春游社"：如今换了人间事（张伯驹《高阳台·辑安怀古》）

很多人都知道，梁思成、林徽因夫妇在北京的寓所中，常常举行文人雅士的聚会，当代著名文学家、历史学家、考古学家等都前去参加，胡适、徐志摩、金岳霖等更是常客。聚会中，大家对学问与时局发表自己的看法，而林徽因又因机敏与善言成为聚会绝对的主角，所以，有人将这一京城的聚会，称为"太太的客厅"。

其实，在吉林的长春，1962年前后，也有类似的聚会，名为"春游社"。发起者与主角同样也是一对夫妇——张伯驹与潘素。而在成就方面，"春游社"似乎比"太太的客厅"更大，因为它留下了一篇篇鉴赏、品评书画与文物的笔记，有着比较重要的历史和文化价值。

成立"春游社"，还得从张伯驹与于省吾在长春的见面说起。

于省吾所在的吉林大学位于长春市解放大路一带，吉林艺专

第二章 一场与春天的邂逅

位于自由大路一带,两所学校的距离只有不到 2000 米。而吉林大学家属宿舍与吉林艺专的家属宿舍只隔了几条街道,所以,从于省吾住处到张伯驹住处并不太远。后来,在省里的安排下,张伯驹的新居离于省吾更近了。第一次见面后,两位老朋友见面的次数便频繁起来,于省吾经常来到张伯驹家,与他探讨书画鉴赏以及一些历史考证问题。更关键的是,于省吾还把自己在长春的朋友介绍给张伯驹认识,其中就有农学家、教育家、考古学家罗振玉的长孙罗继祖,以及文物考古学家单庆麟、化学家阮鸿仪、历史学家裘伯弓、书法家郝幼权等。一个由高级知识分子组成的"朋友圈"很快形成了。

各位先生因为共同的爱好以及共同传承的中国传统文人的血统,一见如故。后来,张伯驹与于省吾等人提议,利用星期天的时间,大家共同聚首,把自己收藏的书画作品与古代器物拿出来鉴赏品评,可以到各家去,轮换做宾主。后来,张伯驹的家与吉林省博物馆的一间会议室成了他们聚会比较固定的场所。那时的博物馆位于现在的长春市西安大路香格里拉大饭店附近,会议室在二楼,朝阳,光线很好。

由于张伯驹热爱戏剧,省戏校的校长毛世来也经常到这里聆听他们的讨论。宋振庭也常来,说一些文人的趣事,讲到生动处,大家哈哈大笑。一日,在众人又一次聚会后,张伯驹再提建议:"以后每次碰头,每人都写一篇笔记,金石、书画、考证、词章、掌故、轶闻、风俗、浏览等不限,然后我再誊写,汇为《春游琐谈》。"[1]

张伯驹的提议得到了大家的热烈回应。内心早被中国传统文

---

[1] 任凤霞:《一代名士张伯驹》,北京:当代中国出版社,2006 年,第 188 页。

化浸透了的张伯驹等人遂将他们的活动称为"春游社"。而且，不但在长春的名家参与，"他们还邀约了京津沪等地的老朋友参加写作"。

一时间，吉林省文化界开始了大师汇聚、群星璀璨的新局面。而文人雅士的自发聚会，并酝酿结集出版，在东北的文化历史上恐怕还是第一遭。

张伯驹把这些文人高士们的雅集称为"春游"，是因为与此时他所居住的城市——长春有关吗？其实并不尽然。

1945年，随着日本人的投降，伪满洲国也瞬间倾覆。被末代皇帝溥仪从北京带走的1200多件历代书画珍品，散落于吉林省的长春、通化等地。到了1946年初，这些历代名书名画开始"现身"东北的民间，让国内各大收藏家们为之一振。其中就有一幅隋代展子虔的《游春图》，那可是稀世珍宝。有人说，《游春图》在中国绘画史上的地位极高，是能够与凡·高《鸢尾花》、达·芬奇《蒙娜丽莎》并肩于世的世界顶级作品。

在中国魏晋南北朝时期，社会进入了长达数百年的大动荡。而此时的中国绘画已经慢慢从岩壁以及器物上走下来，飘然降落到了绢纸之上。绢纸上绘画的开蒙，最初并无山水，但由于动荡的时代而造成各类不同的文化价值追求，表现在一些文人学士身上，则要么出而入仕，要么避居山水。面对着美丽的山水田园，文人学士将其看到的景致与内心情感相交融，山水画也就慢慢出现了。然而，早期的山水画却"人大于山，水不容泛"，也就是说，山水不过是作为画中人物的背景出现而已。

直至《游春图》的出现，这一情况方始改变，此画标志着中国山水画进入成熟期。

展子虔是隋朝的大画家，宋朝著名的《宣和画谱》赞他的画

第二章　一场与春天的邂逅

作"写江山远近之势尤工,故咫尺有千里趣",后世甚至将他的画看作是"唐画之祖"。作为横 80.5 厘米、纵 43 厘米的绢本山水长卷,《游春图》将千年以前贵族们游春的盛景鲜活地呈现在人们的面前,其境界之大,其气势之昂,其色彩之丽,均登峰造极。《游春图》也是展子虔唯一的传世作品,是存世年代最早的绘画大家所绘的卷轴山水。

张伯驹深深地知道这幅画作的价值。

此时的《游春图》已经被北平琉璃厂一家古玩店的老板穆蟠忱从长春收走,并转至古董商人马霁川手中。时任故宫博物院专门委员、北平美术分会理事长和华北文法学院文哲系教授的张伯驹依照《故宫藏画目录》所载对出现在北平古玩市场的书画做了逐一确认。在所知的 1198 件流落市场的书画中,排除赝品外,只有精品 400 多件。这让张伯驹很心急,难道更多的国之珍品还囤于个人手中?恰在这个时候,马霁川明修栈道、暗度陈仓,一面拿出 20 多件他收购的书画假意转让给故宫博物院,一面为自己手中的精品暗中寻找买主,甚至想卖到国外,获得巨利。

故宫博物院院长马衡收到这 20 多件文物后,遂柬约张伯驹和他的朋友张大千、邓述存、于省吾、徐悲鸿、启功等专家前往鉴定。

专家们发现,这 20 多件书画中,大多是赝品。对马霁川甚为了解的张伯驹立即起了疑心。回家后,张伯驹从熟人那里终于打听到了一些蛛丝马迹。他迅速驱车来到马霁川住处,开门见山地问马霁川:你把《游春图》放在哪里了?

目瞪口呆的马霁川不知如何应对。他本来想把此卷卖给洋人,赚个大价钱,没想到还是被这个文博界的大人物知道了。镇定下来的马霁川告诉张伯驹,《游春图》确实在自己手上,既然张爷要，没问题，卖给别人是1000两黄金，卖给张爷800两即可。

张伯驹随即找到故宫博物院，希望院方能予收购。然而让张伯驹失望的是，过了几天，故宫博物院函告张伯驹：故宫博物院因经费不足，无力收购，望君妥处。

无可奈何的张伯驹又去反复找马霁川，希望他把价格降下来。后来马霁川见此事已经在北平闹得满城风雨，也就顺水推舟，把价格降到200两黄金。可200两黄金也是个天文数字，张伯驹根本拿不出来。怎么办？在家里思来想去的张伯驹，看着自家庭院内大院中套着的四五个小院子，看着里面的若干个会客厅、长廊，看着一棵棵果树，一片片牡丹、芍药，心里突然有了一个打算——他想卖掉自己喜爱的这所宅子。位于弓弦胡同的张伯驹住宅可不是普通的住宅，那里原为晚清大太监李莲英的私邸。为了《游春图》，张伯驹顾不上这许多了。他联系了相邻的北平辅仁大学，对方最终同意以2.1万美元购买。

可是，拿2.1万美元换成的20条黄金，却因为成色不足，凑不够200两足金！

为此忧心忡忡的张伯驹，茶不思，饭不想，不知如何是好。看着愁眉苦脸的张伯驹，夫人潘素二话不说，做出惊天之举：把自己这一辈子压箱底的首饰全都拿了出来。为此，张伯驹又增黄金20两。

然而，经鉴定，足金仍然不够200两。没办法，张伯驹找人担保，剩余银两日后必还。在反复交涉之后，马霁川终于同意了。当张伯驹拿到《游春图》的时候，一家人早已经搬离了弓弦胡同的豪宅，在早年买下的一处名叫承泽园的宅院居住。

《游春图》被张伯驹卖了一座私宅购得的消息很快传遍业内。忽有一天，张伯驹收到了南京总统府秘书长张群的手书信函一封。

第二章　一场与春天的邂逅

展开一看，简单寒暄之后，上面写着愿以"五百两黄金入藏《游春图》"云云。

张伯驹笑了。提笔复函："伯驹旨在收藏，贵贱不卖，恕君海涵。"

不久，张伯驹便将所住之宅命名为"展春园"，自号"春游主人"。

1949年，新旧社会交替，张伯驹和潘素怀揣对新世界的向往和喜悦走进共和国的怀抱，仿佛又开始了人生的"春游"。

1952年的一天，时任文化部副部长郑振铎敲开了张伯驹的家门。郑振铎对张伯驹说了关于国家文物局和故宫博物院建设的想法后，高兴地告诉张伯驹，经过各方努力，已经有很多散落在各地的"国宝"回到了国家的怀抱。

没等郑振铎再多说什么，张伯驹已经接过了话，他告诉郑振铎，他要把自己珍藏的《游春图》交到人民的手中。而当郑振铎说，知道此卷当年是用一座豪宅换来的，新中国虽然成立不久，但也要给一些报酬时，张伯驹说，我要上交国家，是无偿捐献。

几天后，张伯驹将展子虔的《游春图》、唐伯虎的《三美图》及其他几幅清代山水画一起送到了文化部。由于他坚决不要报酬，文化部奖励给他3万元人民币。

押上自己身家只为换得艺术瑰宝，最终又不要报酬地捐给国家，而且，其所捐物品之珍，存世价值之重，数量之多，在历史的长河中，恐怕无人能出张伯驹之右。这也让张伯驹成为中国文物收藏史上的不朽人物，他不仅给自己的民族与国家做出了贡献，也为世界艺术史的光辉灿烂贡献了自己的力量。

10年之后，张伯驹来到了东北工作，而他所在的城市还叫长春。这似乎是冥冥之中的注定。从《游春图》到"展春园"，如今又到长春来,"我的一生大约有一半的时间,是在春游之中,也是一种巧合"。张伯驹在长春对于省吾等人说。

1962年春,"春游"在几位老先生之间开始了。他们彼此约定,每周一会。

此时的张伯驹心情舒畅,他由衷喜爱的生活方式在长春的寓所里重新获得,当年北京宅院前的门庭若市又回来了。老先生谈笑风生,与老友新朋论金石、书画,谈考证、词章,说掌故、轶闻,讲风俗、游览,可谓纵横古今,连接中外。他更将自己对唐宋书画的理解,京剧业内的旧闻,甚至自己经历的北洋军阀时期一些旧事的来龙去脉,等等,和盘托出,其他人也都毫不保留地讲述着自己关于考订的心得以及了解到的新鲜知识。

一时间,长春街巷中叶绿花红之间飘荡出一股历史人文的书卷气息。

张伯驹特意嘱咐大家:"每周一会……各随书一则,录之于册,则积日成书。他年或有聚散,回觅鸿迹,如更面睹。"(张伯驹:《春游琐谈·序》)为何会有"随书一则"的想法呢?这里面有两个原因。

张伯驹早年在燕京大学教书的时候,遇到了小他20岁的周汝昌,因为共同的爱好,特别是倚声论词,让他们二人结为忘年之交。新中国成立后,因与前清翰林、民国要员等众多风云人物皆有交往,又曾经是负有盛名的贵公子、文物收藏家、词人、戏剧专家,很多特殊的经历不是一般人能及的,周汝昌就劝张伯驹说,现在很多人并不了解你,而你经历的一些事情随着时间湮灭就可惜了,应该把自己经历的事情写下来,有多写多,有少写少,现在看起来不起眼的小事,将来就是可资借鉴的重要的历史资料。

第二章　一场与春天的邂逅

在中国历史上，文人的群体性雅集，或是独自写一些笔记，已经成为文化习惯，有着悠久的传统。学养深厚的文人墨客定期或不定期，或在特殊的日子在一起喝酒欢聚，作诗唱和，然后结成集子；或者某个人独自对某一领域进行探访、考察，然后形成笔记，都是传统文人喜爱的抒发情感、记录当下的生活方式，里面凝结着中国文人的某些独特的生命样态。

在来长春之前，张伯驹已经在北京和朋友结成了"展春词社"。来到长春，他觉得是自己"春游"人生的继续，甚至自己也说："先后余而来者有于君思泊、罗君继祖、阮君威伯、裘君伯公、单君庆麟、恽君公孚，皆春游中人也。"既然有了"春游社"，大家在"春游"中畅谈，张伯驹自然动了"集"的念头，这也是张伯驹倡导大家"随书一则"，最后形成《春游琐谈》的一个重要原因。

从比较早的王羲之等人的兰亭集会开始，到今天众人在中国东北开创的"春游社"，祖国的大江南北在上千年间，到处盛开着思想与文采结合起来的鲜艳的文化花朵，这是文人的雅兴，也是历史的盛事。

"每周一会"的模式甚至影响了潘素所在的吉林艺专。在宋振庭的支持下，在艺专副校长耿际兰的具体组织下，学校不定期地开展以文会友的"神仙会"。参加者自然不能少了张伯驹和潘素。只要没有特殊的事情，宋振庭也会参加。同时，一批音乐、历史、书画界的老艺术家如李廷松、史怡公、孙天牧、王庆淮等都是"神仙会"的中坚力量，华天章、英若识等青年后辈也会常来聆听。

"神仙会"是轻松的，是艺术的，是生动的。有时从哪一个人的高谈阔论开始，有时从品评一幅绘画作品起头，有时干脆在桌上摆好笔墨纸砚，悬腕起笔开画，山水石菊，动起了真格的。而这些即兴的作品往往是众人合作，你画一石，他画一草，我又补个仕女，这是真文士，玩真性情，也得有真能耐。

"神仙会"也与"春游社"一样，往往就在大师们的家中进行，这次是张伯驹家，下次是史怡公家，再下次……没时间做午饭了，耿际兰就会把大家从家中请出来，到吉林艺专的食堂，边吃边继续聊。而在这个时候，宋振庭往往会就吉林文化事业哪个决策或细节征求大家的意见，把自己多日来所思所想与大家交流。一位省级领导与众人没有距离地在艺术气息中融合在一处，大家的心里都热乎乎的。

从1962年开始，到1965年前后，张伯驹收录了36人的363篇文章，组成了厚厚的6卷，张伯驹将其定名为《春游琐谈》。他在一篇序言中比较正式地解释了取名的缘由："昔，余得隋展子虔《游春图》，因名所居园为展春园，自号春游主人。乃晚岁于役长春，始知'春游'之号，固不止《游春图》也。""……晚岁役于长春，更作《春游琐谈》《春游词》，乃知余一生半在春游中，何巧合耶！"既然"春游"与他的一生结缘，所有在此期间的考证、思考、回忆，自然都以"春游琐谈"概括之。

《春游琐谈》涵盖的面是很广的，历史、文化、艺术的很多领域皆有涉猎。张伯驹后来在一篇名为《也算奇缘》的文章中有过这样的记述：在长春期间，与朋友合写了六集《春游琐谈》，为一资料笔记的书，例如于省吾专写甲骨金文，罗继祖专写宋辽金史料，恽宝惠专写清史料，我专写诗词戏曲书画及轶闻故事，裘伯弓专写版本，并约北京、天津、上海旧友供给文稿。

最初，《春游琐谈》是以油印本的形式问世，张伯驹自费出版，仅印了100套，在文人间小范围流传。然而，这部书的影响却至深至远。"一九五八至一九七六年间,中国知识分子黄杨厄闻,大受冲击。刚烈者一死了之,怯弱者随缘忍辱,惟旷达者犹能夷然处之,不改其乐……如春游主人,则创为此举,集体成书,以贻后人。我辈今日读之,非但可以博闻多识,继承薪火,亦可仰诸老辈之坚贞风度。"这是著名作家、学者施蛰存先生对《春游琐谈》的评价。

1984年7月,河南中州古籍出版社首次将《春游琐谈》公开出版,但也没能收全所有文章。

50多年后的今天,在张伯驹曾经生活过的长春,当年离他最初居住地向西步行不超过5分钟路程,就是吉林省图书馆的旧址。在2014年老馆搬走之前,馆舍后面的藏书库里,就藏着油印版的《春游琐谈》,书页已经泛黄,但墨香还在,唯一的遗憾是,只有一本。

二、罗继祖:生死书丛似蠹鱼(纪晓岚自拟挽联)

"我写笔记导源于张丛碧先生(伯驹)的《春游琐谈》。"罗继祖在他的《自传》中这样写道。

罗继祖是于省吾介绍给张伯驹的好朋友之一,也是"春游中人"里很特殊的一个。他从1961年与张伯驹结识,并在后来加入"春游",仅两年左右时间,就在1963年被借调到北京中华书局校点《宋史》去了,然而,他给《春游琐谈》写的文章并不少,共有文史札记数十则。

说罗继祖特殊,是因为他从小到大,没有上过一天正规的学校,接受的完全是传统的家庭式教育,后来却成为吉林大学的教授;也因为他是罗振玉的长孙,罗振玉对古文字学的研究贡献巨

罗继祖先生

大,后世常将他与王国维相提并论,称为"罗王";还因为罗振玉虽然在我国学术文化研究方面享有很高的地位,却在伪满时期失足,身上有着一定的悲剧性。然而,罗继祖却能正确看待这些,不但从祖父手中接过了学术研究的接力棒,还客观公正地对其祖父的行为进行评价。正是深厚的历史学养、端正的做人风格以及一笔好字、画艺亦丰,让罗继祖和张伯驹等人心意相通。

1913年,因躲避辛亥革命而到日本专心著书立说的罗振玉已经年近50岁。恰是这一年,罗振玉的眉头舒展开来,伴随着一个男婴的大声啼哭,罗家的长孙出生了。想着自己16岁考中秀才后再去应试却连考不中的过往,以及不甘为人下的夙愿,兴奋的罗振玉期望孩子能继承上一辈人的志向与追求,遂给他起名"继祖"。从此,陪伴小小婴儿的不但有这块岛屿上的片片樱花,更有祖父关切的目光和无微不至的疼爱。

作为前清旧臣,罗振玉对新政权有抵触,一生追随大清的价

第二章　一场与春天的邂逅

值观让他做出了不许子弟上新式学校的决定。除父亲罗福成毕业于日本早稻田大学兽医科外，罗家再无一人上过学校。

在日本期间，罗振玉集中精力辨释甲骨文字，颇有心得。在罗继祖5岁时，罗振玉即给自己的长孙开蒙，立下每天学会8个字的规矩。大概四五个月的时间，幼小的罗继祖已经掌握了1000多个汉字。此时，罗振玉又把这些被罗继祖熟知的汉字写成甲骨文进行教授，让自己甲骨文研究工作后继有人的目的不言而喻。

罗振玉视古代书籍、字画及器物如同自己的生命，不管什么样的"老古董"统统被他看作珍宝，时时刻刻把自己"埋"在其间。小小年纪的罗继祖耳濡目染，也几乎天天与古旧的气息打交道，从而塑造了他未来的生命偏好。

1919年，中国社会进入了一个风云激荡、孕育着无限历史可能的年代，五四运动把民主和科学的精神播种在这片拥有数千年文明的土地上。这一年，罗继祖跟随祖父举家从日本回国，暂住天津。1928年，全家又迁移到旅顺。正处在学习黄金期的孩童，仍然按罗家的规矩不进学校。本来想继续亲自教孙子学习的罗振玉因为各种事情异常忙碌，只好外请私塾先生来家里教罗继祖读书。但罗振玉放心不下，只要有一点空闲，便来查问罗继祖的功课，教授古文和诗词。

让罗振玉高兴的是，罗继祖小小年纪，却在大是大非面前有自己的见地。比如，罗继祖把《三国演义》的人物一一列表，为了让汉献帝的臣属不与曹魏的人混在一处，他把汉献帝的臣属单独列出来。这让罗振玉兴奋得不得了，见到人就表扬孙子一番，说这么小的孩子就知道"汉贼不两立"，让人欣慰。后来，罗继祖还写过一篇《曹操论》，对曹操始终保全汉献帝表示了肯定，认为曹操心里还是有一点君臣之义的。

罗继祖在自己的童年和少年时期，读完了四书五经。对《左传》，罗继祖情有独钟，格外喜欢，并奠定了后来治史的基础。此外，《古文观止》《古文雅正》《古文关键》《古文笔法百篇》等，是罗继祖深入学习古文的书目，这些著作中的每一篇文章几乎都通读百遍以上，良好的古文功底慢慢养成。罗继祖19岁时，罗振玉又给他请了当时吉林的著名国学先生宣铎教读，宣铎欣赏庄子，便把《庄子》全篇一句一句给罗继祖讲解，但只教了一年。

在读古书的间隙，看到祖父甲骨篆隶楷行无一不工，罗继祖也常常拿起毛笔描红影摹，打下了扎实的书法功底。后又学绘画山水，下笔颇有古意。

看着长孙已经长成了一个大小伙子，忙碌的罗振玉感到安慰。经过他的悉心培养，罗继祖也熟悉了治学的方式方法。此时的罗继祖开始"胡思乱想"，他还不知道，这"胡思乱想"其实是自己"疑古"的开始。在反复读《左传》的过程中，他觉得有三件事越琢磨越不可思议："一是史官何以有那样宛转动人的文笔，如身临其境；二是有些私房话也明白写出来，到底根据什么；三是古人的乱七八糟，偷男盗女的丑事很多，为什么说后世'人心不古'呢？"（罗继祖：《自传》）正是这些怀疑和追问让罗继祖兴奋起来，开始刨根问底地查找起来。

从青年时代开始，罗继祖帮助祖父罗振玉做誊写文稿、检查材料的工作，正式成为罗振玉学术方面的助手。他也有心继承家学，认真阅读家藏的大量图书，并对考证颇有心得。后来，随着阅读的深入，罗继祖确定了自己未来研究的一个重要的方向——史学。一个令人吃惊的著述目录在罗继祖30岁之前便已经完成：《春秋异地同名考》《朱笥河年谱》《程易畴先生年谱》《李蠡园先生年谱》《段懋堂先生年谱》《明宰相世臣传》《毛文龙

第二章 一场与春天的邂逅

传》《老莲遗事》《辽汉臣世系表》，等等。而这些研究成果，基本都是他继承和运用罗振玉的一套清代乾嘉学派的考据方法完成的。

让罗继祖一举成名的，是有关《辽史》的《辽史校勘记》8卷。这其实是罗振玉交给罗继祖的"作业"。在做辽代两墓志研究的过程中，罗振玉发现，由元代脱脱等人撰写的《辽史》，写作的依据是辽代耶律严的《实录》、金代陈大任的《辽史》，没有广泛采用汉人的著述，不仅写作简陋，错误也多。恰好当时随着近代东北考古的不断发现，辽代人的墓志不断出土，可以此作为校正史料的重要参考。

于是，罗振玉就让罗继祖利用已经发现的考古文物资料，对脱脱等人的《辽史》从头到尾重新校对，订误正谬，最后写成《辽史校勘记》。罗继祖没有辜负祖父的期望，在认真阅读《辽史》两遍之后，用了大约两年的时间，写成《辽史校勘记》8卷。因此时罗继祖的四叔罗福葆经营一家叫作"博爱"的印刷厂，罗继祖的这部著作即在罗振玉的认可后，由家里石印了300部。此书一出，立即引起反响，罗继祖也奠定了在辽史研究中的重要地位。

此时的罗继祖刚刚27岁，而文史专著已达10部，其学术成就令人侧目。成功，让这个年轻人意气风发，踌躇满志。

正因为《辽史校勘记》的影响，罗继祖走上了讲台，被伪满时期沈阳的一所医科学校聘为国文教师。一年后，赴日本京都大学文学部做讲师。但家里所有人都以孤身一人出远门可虑、政局恶化不稳为由，反对他出国。可罗继祖却有自己的主张，在家人的反对声中，罗继祖决计成行。

来到日本的罗继祖教授《四书》以及明代李攀龙的《唐诗选》。日本是罗继祖出生之地，又有一些罗振玉的旧日相识，所以在樱花树下的生活也算优雅。两年间,罗继祖利用在日本京都查到的汉籍资料,增补了他所辑录的《辽史拾遗续补》,又写了《涧上师友记》等文。

身处战乱年代,又是国家羸弱之时,却受着中国传统文化的教育,且没有对政治的兴趣,作为一介书生,究竟要怎样活着,才算是活着?才算是对得起给予自己生命的父母,对得起陪伴自己成长的家人?罗继祖选择的其实是大多数平民百姓选择的道路,找一个僻静处,安安稳稳地生活。只是,因为他的家学,让他把自己的精神安放在一摞摞古书里面,一段段历史之中。

1943年的日本京都,夏季温暖的海风并没有吹来惬意,却吹来了美国战机在头顶的轰鸣,虽还没有投弹,但也惊出了人们一身冷汗。太平洋战争已经接近尾声了,日本的军事疲态显露无遗,失败已经成为迟早的事情。仔细判断了战争的形势之后,罗继祖决定借暑假辞职回国。

此时的中国东北也处在人心惶惶之中。好在,凭借着自己祖父的影响和自己学术方面的功底,罗继祖在长春一家叫作"康德印书馆"的出版机构找到了谋生的职位。然而,1945年8月,日本就投降了,伪满洲国也随之瞬间崩塌。沦为日本人殖民地的东北土地终于又回到中国人自己的手中。

敏感的罗继祖认为长春待不下去了,他惦记着家人,也惦记着祖父去世后留下的大批古旧书籍,于是迅速赶回旅顺。家里人劝他,既然国民党要来,还是赶早与他们取得联系,免得将来没有生计。亲戚朋友中有人认识一个姓张的国民党军官,要介绍给罗继祖认识。但罗继祖素来对国民党的印象不好,而且觉得他与国民党从来没有什么瓜葛,不愿与其结交。于是,他就在家里干熬着。

可是混乱之中，一个弱书生根本保护不了自己的家庭。一些人早就知道罗家有价值连城的藏书，便趁火打劫，或偷或抢，有时甚至一麻袋一麻袋地扛走。

正在无可奈何之际，中国共产党接收了旅顺，并且成立了地方政府，在家中彷徨无措的罗继祖见到了对他此生以及他家藏古书都异常重要的一个人，这个人叫廖华。

廖华非同等闲。他1898年8月出生于福建莆田，曾用名王晓林、陈继周、陈国柱。早在中学时期，他就参加了护法战争和五四运动。1925年，成为中国共产党党员。经过多年革命斗争的历练，1931年7月至9月任中共北平市委员会书记，1933年任中共河北省委常委兼北方互济会书记。1937年到新四军工作，1939年5月起任新四军江北指挥部秘书。1945年4月至6月间作为华中代表团成员，出席了中共七大。

1945年抗日战争胜利后，廖华被党中央调到东北工作，任辽宁省教育厅厅长，1946年任旅大行政联合办事处党团成员，后又任旅大行政公署民政委员会主任，关东行政公署委员兼文管会主任，1948年10月任大连地委文物委员会主任。1949年后，他任福建省人民政府委员兼教育厅副厅长，1951年调任中央文史馆办公室主任兼参事，1954年起任国务院参事。

在任旅大行政联合办事处党团成员期间，廖华从位于大连的满铁图书馆听到了一件事：原罗振玉家的大量藏书遭劫，对于历史文化的保护来说，已经形成重大损失，如不将剩余的藏书保护并整理出来，使其有数可考，有序可查，可能损失更大。

当时，大连的满铁图书馆已经被苏联军队接管，廖华专门到馆里调查了一番，看到了罗继祖的那部《辽史校勘记》。他眼前一亮，认为罗家有人能够胜任这一整理的工作。他很快把此事向上级党组织做了汇报，最后，上级党组织责成廖华前往罗家调查，如果有抢救整理的必要，征求罗家意见，即安排办理。

廖华告诉尚感茫然的罗继祖，罗家藏书已经损失了一部分，剩下的如不及时整理，很有可能被偷或因为藏书条件有限而发生霉烂，罗家只有罗继祖有能力把书籍整理出来，不知道他是否能够担此重任，书籍整理后，所有权仍属罗家，政府介入整理只是革命工作的一部分。

"你愿不愿意参加革命工作？"廖华最后问。

既能让藏书得救，又有了工作，家里十口人的生活也有了着落，而且是革蒋家王朝的命，为什么不愿意参加呢？罗继祖欣喜若狂，毫不犹豫地答应了。

不久，罗继祖成了人民政府教育局的一名科员。相关工作人员帮助罗继祖在市里找了一个废弃不用的娘娘庙作为整理藏书之所，从此，罗继祖一头又埋在了古旧的书籍当中。

面对家藏的浩繁图书，罗继祖也是第一次系统地了解全貌。在整理的过程中，他再一次窥见了中华民族几千年来传统文化的力量，窥见了一代又一代知识分子的理想、奋斗和对家国命运的全身心投入与融合，窥见了像自己祖父罗振玉一样的文人是如何珍惜、珍视、珍爱一本本凝结着智慧和情感的古籍。

一转眼，罗继祖在这所破旧的娘娘庙里已经待了一年。1947年，随着大连关东公署的成立，在相关部门的支持和安排下，罗继祖又找了两处废弃的佛寺作为新的图书整理场所，把古书全部运去。不久，廖华也来到大连任文物委员会主任。1948年，罗继祖终于将家藏图书全部整理完成。

这是一个令罗家上下十分高兴的消息。经过与祖母商量，全家一致同意，把整理完成的图书以罗继祖和其弟罗承祖的名义全

第二章 一场与春天的邂逅

部捐献给国家。廖华得知罗家的决定后，对这一行为表示赞赏。

按照廖华的安排，在劳动公园设了一个小型的劳动人民文物陈列所，已经转文管会工作的罗继祖就在这个陈列所上班。

1949年，中华人民共和国成立。在这一年的冬天，按照罗继祖的申请，他又从大连来到沈阳，被安排到沈阳博物馆工作。后来，苏联交还了满铁图书馆，由于馆里大量工作需要接续，罗继

工作中的罗继祖

祖再一次回到了大连。1955年4月，东北人民大学需要增强教学力量，正在全国范围内网罗人才，罗继祖因在史学方面的独特贡献和影响，被调来长春。

罗家对东北的每一座城市都十分熟悉，大连的环境和气候显然优于长春，多病的老母不宜搬离，罗继祖便把家人都留在了大连，自己孤身前往长春，从此，过上了"独身"然而丰富的教学与科研生活，一过就是24年。

刚到东北人民大学的罗继祖被安排到历史系任教，但只是一名讲师。一些熟悉他的朋友听说了，觉得这对罗继祖不公平，他的学问早达到了教授的水平。罗继祖却不以为意，他觉得现在自己走上了人民的讲台，对自己的意义非同寻常，计较职位的高低没有一点必要。后来，罗继祖被聘为教授，被人称为没有念过正规学校，身上也没有过去所谓功名的教授。

罗继祖在历史系负责教授的是"中国史学史"，那时候没有现成的教科书，全靠教师自己的智慧。罗继祖就把金毓黻先生的一本著作当成基本教材，加上自己多年的知识积累，以及中国史学的最新成就，写成了讲稿。为了把课讲好，罗继祖还虚心地向顾颉刚先生请教，顾先生对此表示了肯定，并表示，这门课确实不好讲，但金毓黻的书暂时可用。从1960年开始，罗继祖又给学生教《中国历史文选》课。

罗继祖来到长春时，恰逢匡亚明校长把于省吾从北京请来，很快，他就与于省吾成了至交。两个人在做学问方面志同道合，且遵循着共同认可的原则和底线。比如，于省吾认为写文章必须做到"三不说"，人家说过的不说，叫不准的不说，证据不足的不说。对此，罗继祖深以为然，在做学问中严格遵守。

不久，张伯驹来到了长春，经于省吾的介绍，罗继祖才遇见了张伯驹，遇见了"春游社"。

"浮沉宦海如鸥鸟，生死书丛似蠹鱼"是清代纪晓岚生前给自己写的一副挽联。罗继祖十分欣赏自喻书虫的情境，由于自己的一生也是与书打交道的一生，故而十分欣赏这句话，并常以此自况。

三、史怡公：八千里路云和月（岳飞《满江红》）

1937年，按照伪满洲国《大新京都市计划》，以伊通河支流兴隆沟为水源，以东南—西北为方向，修筑高10米、长800米的拦河大坝，实施分流制排水，污水入河，雨水入湖，形成总面积200多万平方米的一处风景绝佳的公园，时称"黄龙皇家公园"。这就是今天长春市南湖公园，以拦河大坝走向修建的马路即为今天的工农大路。

吉林艺专坐落在南湖公园东北侧不远处，而学校的南湖宿舍离公园更近。而且，吉林艺专与南湖公园还有更多的缘分。公园里标志性的景点——四亭桥（风雨四亭）的设计就出自曾在吉林艺专任教的阎环之手。

每天，吉林艺专的师生们呼吸着南湖公园飘来的新鲜空气，工作、生活、学习，心情舒畅，心旷神怡，史怡公先生就在其中，他的家位于艺专的南湖宿舍一栋二楼。

1962年的一个周末，史怡公家高朋满座。史怡公摆好了桌子，找出家里最好的宣纸铺上，放好了笔墨，沏浓了茶水……今天，将有贵客光临。

张伯驹来了，潘素来了，王庆淮来了，孙天牧来了，耿际兰来了，卜孝怀来了，青年教师华天章来了……但正式的聚会还未开始，他们还在等着一个更重要的人。大家正闲谈叙话之间，一个大个子脚步匆匆，跨进房门，宋振庭到了。

不管什么时候见到宋振庭，他充满激情的风格都会感染到每一个人。在他"开笔开笔"的连声敦促下，青年教师华天章提笔蘸墨，以宣纸为天地，瞬间勾勒出一块棱角分明的大石。

卜孝怀看罢，突觉有了灵感，站起身来，接过华天章的笔，在大石边补画了一位仕女和一丛兰草，那笔墨之妙，妙在仕女含羞掩面，兰草却跃然欲动。画毕，卜孝怀眼睛看向了张伯驹，张伯驹会意地微笑着，拿起笔，随手画了一株梅花，点映在仕女的边上，然后，把笔交给了潘素，潘素上前迅捷地绘上了一束纤纤菊花。

一幅作品就这样完成了，旁边的孙天牧、王庆淮不停地点头称赞。宋振庭的赞美更具自身的代入感："你们都是我的老师，我也要拜师学艺啊！"[1]

这只是当年"春游"中人的一个截图，一个艺术生活的画面。而这一个截图或画面却令如今的人们赞叹：艺术家们的和谐相处，交流交融，艺术技能的取长补短，你帮我衬，多么暖心和耀眼，多么让后辈艳羡。

同大家到外面吃过午饭，史怡公赶回家里，收拾好笔墨。回想着上午的一幕又一幕，他觉得精神舒畅，内心充盈。人生的快意一阵又一阵地撞击着自己的灵魂。

史怡公生于1899年，比张伯驹小一岁，他是河北安国人，在20世纪30年代初迁到北京生活。他擅长中国画，画作主要是山水花卉，在作画的同时，他也精耕于绘画理论。

---

[1] 任凤霞：《一代名士张伯驹》，北京：当代中国出版社，2006年，第189页。

第二章 一场与春天的邂逅

对青年时代的史怡公影响最大的画家是董其昌。年轻时候的史怡公曾尝试经营小手工业作坊，但几次都没有取得太大的成功。史怡公觉得自己可能没有这方面的才能，转而全身心地投入他喜欢的绘画事业中。一开始，他找了几个志同道合的朋友，开起了一个规模不大的美术社，这样既可做些经营，也可专心学画，算是两方面兼得。美术社开起来之后，他平常做些"堆花手工业"，有时间了，就学习绘制水彩肖像画。后来觉得不过瘾，他又开始学习花鸟山水，向纯国画进军。

正在史怡公如醉如痴，渐入境界之时，有人建议他走"文人派"的路子，那样才能登堂入室，走进绘画的大雅之堂。随着与文人墨客、高士名流的接触日深，史怡公也日益督促自己向更高的方向努力。而中国千百年来绘画艺术的最高收藏殿堂当然在北平，史怡公便举家迁往北平。到北平后，史怡公成为故宫博物院的常客，这里不仅让他大饱眼福，更增长了见识，陶冶了情操。

为了更上层楼，史怡公购买了大量绘画书籍，领会什么叫"神乎其技"，什么叫"可以意会，不可言传"，什么叫"书卷气""士大夫气""金石气"……

董其昌曾经说："不行万里路，不读万卷书，欲做画祖，岂可得乎？"正因如此，"行万里路，读万卷书"成了史怡公梦寐以求的理想。1932年，他踏上了自己的"文化旅程"。从这一年的春天一直到深秋，史怡公从北平出发，徒步2万余里，用自己的脚丈量了中国的名山大川，用自己的心去体会和感知千百年来古人留下的众多名胜古迹。直到他觉得自己的身体和精神全都装满了青山绿水，才在10个月后，返回家里，一心作画谋论，慢慢小有名气。

1949年，中华人民共和国成立，史怡公来到中国美协美术研究所工作，专门研究中国肖像画发展的历史，后出版《古代肖像画的造型法则》。后来，在宋振庭的主持下，吉林省力邀史怡公来长春任职。1961年，史怡公成为吉林艺术专科学校美术系主任。在吉林工作期间，史怡公深入莽莽长白山，创作了代表作《长白山林海》等画作。

真正的文化艺术作品其实来自"行走"。

安下心来，好好想想"行走"这个词在几千年来中国文人身上发生的变化，就能明白一个道理：一代一代人，一茬一茬文化艺术作品，之所以能够不断地出类拔萃，不断地推陈出新，不断地前赴后继，一个重要的原因就是在不断地行走。老子在行走，其经典的著作据说都是在出函谷关时口授出来的；孔子在行走，周游列国，弟子三千，他的思想才被广泛传播；屈原在行走，不但被流放汉北，还被放逐江南，却成就了"辞赋之祖"的美誉；李白、杜甫在行走，令华夏大地豪情万丈、诗意丛生；苏轼、黄庭坚在行走，不但性情超迈，词意高昂，更笔走龙蛇……画家更要行走，看多了江山，懂得了江山，江山才会在心里，才会下笔如飞，潇洒如仙。不爱上那江山，画上的山水哪还有气象。

四、潘素：气质美如兰，才华馥比仙（曹雪芹《红楼梦·世难容》）

向董其昌学习"行走"的，绝不止史怡公一个，也不仅须眉男子，更有娇弱红颜。

20世纪40年代初，在张伯驹的陪伴下，潘素几乎走遍了祖国的万水千山。在骨子里，她同自己的丈夫一样，对大山、大河、大海，以及那莽苍苍的绿、水灵灵的蓝、朵朵白云点缀的幽远，有着超乎一般的爱和超乎常人的敏感。每次旅游归来，往往

第二章 一场与春天的邂逅

都是潘素先把心绪和灵感用画笔勾勒在纸上，让雄奇的大山大水着了墨，继续气韵超拔，然后，张伯驹再为画作赋词抒怀。

在他们同游秦岭山脉最高峰太白山之后，夫妻二人由衷感慨：太白之奇，奇于黄岳；险，险于太华；雄，雄于五台；峻，峻于峨眉。其林木之美，草卉之艳，兼有他山之有；积雪灵池，更有他山之无。

带着自然之山在胸怀中形成的险峻、壮美和雄奇，翩跹婉转的女子，挥毫泼墨，将作为秦岭群峰之首的太白山的高、奇与神秘转化为生成自己精神气韵的山水画卷。这令通晓中国千年以来画作的夫君张伯驹惊叹不已：你这批画的韵律感很强，这是因为你对古典音乐、音律有较深的造诣，又在实地考察山川脉络时，观察细致入微，显然气韵比原来的画要高一筹。将来你的画越向前发展，越得音律之妙。音乐和绘画在初学者看来是不相通的，但是到顶层，又是相融的。

兴奋的张伯驹为身边这位美丽夫人的作品挥笔填词《沁园春》，内有"紫气东来，黄河远上，画地浮天若可扪""有凝冰积雪，终年不夏，灵花异药，亘古长春"等瑰丽之句。

后来，潘素还与陈少梅、惠孝同、周元亮、胡佩衡合作绘了一幅《江山无尽》图，更是峰峦滚滚，壮丽磅礴，气势恢宏。

黄山、峨眉山、莫干山、天台山、华山、衡山、泰山……遍览名山古迹，把山水早已收入胸间的潘素，绘画创作自然也就有信手拈来之感。现在，在广阔的东北大地，一代才女再一次出发。

1961年底，就在潘素来到长春不久，在宋振庭的安排下，与王庆淮、孙天牧、卜孝怀等当时吉林画界的顶尖高手举办了一个"八人画展"，潘素精心选择了自己的参展画作，一幅名为《门头沟食堂》的现实题材作品受到人们的广泛关注。

1964年，中国登山队员攀上了希夏邦马峰。这是一座海拔8012米的高峰，也是唯一一座完全在中国境内的8000米级山峰，东南方距珠穆朗玛峰约120公里。

消息传到长春，潘素兴奋不已，立即绘制了一幅浅绛山水，题名为《征服希夏邦马峰》。画面层峦叠嶂，气势逼人，却因色调淡雅，减少了高山压迫的凌厉之气，整幅画透露出的是中国人面对挑战时立志征服自然的镇定与从容。

在水墨勾勒皴染的基础上，敷设以赭石为主色的淡彩山水画，就是浅绛山水，用这样的绘法，表达征服高峰的意境是最好不过了。《芥子园画传》说："黄公望皴，仿虞山石面，色善用赭石，浅浅施之，有时再以赭笔勾出大概。王蒙复以赭石和藤黄着山水，其山头喜蓬蓬松松画草，再以赭色勾出，时而竟不着色，只以赭石着山水中人面及松皮而已。"清代沈宗骞在《芥舟学画编》中说："浅绛山水，则全以墨为主，而其色轻重之足关矣。"也就是说，浅绛山水画法的特点是素雅清淡，明快透彻。而这种设色的特点，则始于五代董源，盛于元代黄公望，亦称"吴装"山水。

熟稔这一技法的潘素，在墨色足后，为那大山大峰大石略施淡彩，令画面色调单纯统一，突出了"征服"这一绝对的主题。

浅绛山水只是潘素诸多绘画技巧中的一种，其他如金碧青绿、雪景山水、水墨山水等等，她都无一不能。在每天的日常教学之余，潘素必然拿起画笔，日日作画，从不间断。在几十年的创作中，潘素的绘画作品数量高达近千幅。

最幸运也最幸福的莫过于吉林艺专的学生。在课堂上严肃认真的潘素，绝不允许半分马虎，她不厌其烦、反反复复地告诉学生们，一定要高度重视传统技法。她会把自己的绘画经验和心得

第二章 一场与春天的邂逅

毫无保留地教给学生们，学生们领会需要时间，她就手把手地教他们如何实际作画。有时，她还会拿来一些古人绘画的真迹给学生们开眼界。

把学生教好，更需要精深的绘画理论，潘素一边琢磨，一边实践，其绘画功力更见精深。

以史为师，令潘素的画神韵高古。"神韵高古，直逼唐人，谓为杨升可也，非五代以后所能望其项背。"张大千先生在看了潘素的《云峰春江》画作后，欣然写下题词。杨升是盛唐时深得张僧繇真传的著名山水画家，将潘素与这位古人相提并论，足见潘素在张大千心中的位置之高。

潘素画作《云峰秋色》

057

嫁给张伯驹的潘素是幸运的，因为她的丈夫有一个非同寻常的"朋友圈"，更是当年天下民间收藏第一人。张伯驹的爱好之多、涉猎之广令人咋舌，鉴赏收藏、诗词歌赋、绘画书法、戏曲音乐等等都是能让他爱得死去活来的领域。而这些领域的背后则站着一个又一个文化艺术界的顶尖级人物，这些人物也因为张伯驹的喜好而成为他的好朋友、座上宾。张大千就是其中的一个，他曾多次与潘素合作绘画，对潘素十分了解。此外，还有溥心畬、余叔岩、傅增湘、沈裕君等等，这些人身上被浸透了的传统文化意蕴，也在深深地影响着潘素，重塑这个貌美的绝代佳人。

众所周知，张伯驹在收藏古代书画方面，从来不吝资财。早在1927年，他在收藏了康熙御笔"丛碧山房"横幅后，又跑到天津，把末代皇帝溥仪从皇宫里带出来又变卖掉的一大批书画揽入囊中。比较有代表性的有，五代关仝《秋山平远图》，黄庭坚《诸上座帖》，文徵明《三友图》，后又将传世墨迹的"开山鼻祖"、被称为"天下第一帖"的《平复帖》收藏入室。再后来，更是以重金购得"天下第一藏"隋代展子虔《游春图》。此外，还有唐李白《上阳台帖》卷，唐杜牧《张好好诗》卷，宋范仲淹《道服赞》卷，蔡襄《自书诗卷》，黄庭坚《草书卷》……

在这些国宝重器的身边生活，潘素的笔底所临摹的不是一般人能够见到的真迹，其心得与收获必有格外的不同。"功力既深，培基复厚，远绍祖国唐宋传统，下与明清名家并驰。"著名美术史家和评论家常任侠曾著文如此品评潘素。

以蕙为美，令潘素的画明丽清朗。作为旧上海穿梭在各界名流中的青楼女子、琵琶丽人，潘素到底有多美？体态婀娜？眼波流转？唇红齿白？笑靥如霞？肌肤胜雪？手臂凝霜？都有吧。但她最美的应该还是那份由内至外的明媚，这明媚可以消弭一切世

第二章 一场与春天的邂逅

俗的影响和渗透。细观潘素画作，也是如此，不染一分世俗之气，颇类蕙草之息。

"文革"开始的时候，潘素也被罗列了一大堆罪名，"江南第一美人"竟也成为罪状之一，被写进了大字报。潘素看罢，第二天也写了一张大字报，还署了名，贴在墙上，题目是："江南第一美人是何罪名？"对之前的大字报提出质问，并用自己为国家所做工作一一作答。后来此事不了了之。

这个美人不一般，她用自己的秀外慧中，为新中国的建设奉献了一位艺术家的辛劳，深情讴歌了祖国的伟大，时代的伟大，最后竟然发挥着这样强大的震慑作用，让"文革"小将们也望而却步；这个美人不一般，她自带嫁妆嫁给张伯驹，大量金银最后都支持了丈夫的收藏事业，张伯驹后来说，"自潘素（字慧素）嫁我以后，我未曾给过她一文钱。卢沟桥事变后，我的家境已经中落。民国三十年，我又突然遭到汪精卫伪军绑架，这时奉养我的生母、营救我的都是潘素一人，任其劳，借款卖物把我救回。……为我保存国家文物购买书画大部分都是潘素未嫁我以前的财物。例如，我为保存展子虔《游春图》免落投机商人手中贩卖国外，也是潘素卖出首饰贴补，始得了我心愿"。对物质金钱的"舍得"筑高了一个女人精神世界的高度，也为那淡雅袭人的气质做了最美好的注释。

也许，那佛家的法师早已经看准了她内心的高雅和美丽，笃定了她一生的清朗从容，才赐了她那个"慧"字。

以实为真，令潘素的画意境幽深。前文已经提及，潘素自嫁给张伯驹后，游历大山名川，在自然之中流连，在古迹边上沉醉。在面对自然奇境的同时，她把自己在传世古画中看到的景致一一对应，细细揣摩那真实的山峦怎样变为千古画作的一招一式。同时，也把那些高耸入云的气魄，收入自己的眼中、心里、手上，变成自己血脉中流淌的精神的一部分，时刻准备着绘入画境。正是几十年来的不间断行走，不间断地实地写生，让山水的美在潘素的笔下变得气韵幽远，壮美深藏，意境超然。

以气为魄，令潘素的画华贵雍容。在长春，一些到张伯驹家有缘见到潘素作画的人都由衷感叹，这位美貌与气质集于一身的女子，很少画小品一类，下笔即是六尺、八尺、一丈甚至丈二，而画作本身也是气度恢宏、超凡脱俗。人们常说"读书破万卷，下笔如有神"，读书与作画虽不相同，内在的精神却十分相通。力透潘素画作的华贵雍容，首先来自这个人的华贵雍容，而前提则是见多识广，历经风霜，无大悲之情，亦无大喜之绪，胸襟为之广阔无际，一口气皆发于自然。在这样的情境下，其纯粹深沉超迈却又被掩盖内蓄的动魄神采，体现在一幅幅画作上，也就无法不令人动容。

以爱为轴，令潘素的画情怀扑面。从认识张伯驹那天开始，潘素就被一个男人的爱深深地滋润，这爱变成一个又一个句子，以中国传统诗词的方式每天都在抚摸那个被爱的人的心灵。游历名山大川，张伯驹写《六州歌头》，大气磅礴地说"万里看山来"，但前面却一定要加个限定："相携翠袖"；外出看朋友，被潘素挽着归家，写《人月圆》词，描述月夜"冰壶澄澈，纤尘俱净，万象清虚"，但绝不会忘记自己夫人的相陪："玉街踏去疑空水，双影似双鱼"；潘素的每个生日，张伯驹均以词记之，其中《水调歌头》一词流传最广："当时事，浮云去，尚依然。年少一双璧玉，人望若神仙。经惯桑田沧海，踏遍千山万水，壮采入毫端。白眼看人世，梁孟日随肩。"

"白眼看人世，梁孟日随肩。"何谓"日随肩"？天天都在一

第二章 一场与春天的邂逅

起,绝没有一时半会儿的分离吧。而人生又怎能没有分别呢,这时候的张伯驹又是诗情满腹,赠予他一生的佳人。1975 年,77 岁高龄的张伯驹暂别潘素去女儿家,还是不能自已,深情满满地创作了《鹊桥仙》:"不求蛛巧,长安鸠拙,何羡神仙同度。百年夫妇百年恩,纵沧海,石填难数。白头共咏,黛眉重画,柳暗花明有路。两情一命永相怜,从未解,秦朝楚暮。"

再美貌的女子也终有老的那天,但张伯驹对潘素的爱却至死不渝,这在很大程度上也来自潘素的通达大度。在嫁给张伯驹之前,潘素并不知他此时已有几房妻子。待过门知悉后,短暂的伤情过后,潘素感知女人在乱世的不易,主动提议张伯驹把财产分给前任的妻儿,以弥补张伯驹与她们之间没有感情而造成的亏欠。张伯驹十分动容,感慨不已,自言:"本人生来爱女人爱文物,但自此以后只心系潘妃一人!"

张伯驹与潘素

张伯驹不仅为她写了一生的诗词，也是潘素成为一代绘画"国手"最好的助力者，没有张伯驹的帮助与栽培，潘素不可能达到日后的境界。他用自己的人脉给心爱的人重金聘请名师，让张大千等自己的朋友与潘素共同作画，把自己收藏的古画一幅幅拿出来，供她赏玩、临摹……终于，一代名士的爱让曾经旧时代的女子，成为中国绘画界的"巨擘"之一。

被爱滋养的潘素，自然而然地将这种爱转变为对生活的热爱，对事业的追求，自然而然地把这种爱变成一种情怀，随着那支朱笔的勾勾点点，深深地嵌进精彩迷人的山水之中。

《青山红松图》《秋山烟霭图》《叠嶂秋色》等画作都是潘素的经典作品。1958年，一幅《临吴历雪山图》山水画作就曾被作为礼物送给英国首相。自长春回北京之后，她的作品更是以国礼赠予英国首相撒切尔夫人、美国老布什总统和日本天皇裕仁等。

那每一幅画里，都有着她一生的饱满与充盈。

五、孙天牧：三百年来一支笔，青藤今日有传灯（绍兴诗人王素藏对艺术家徐生翁的评价）

20世纪60年代的长春，被艺术家们的笔墨染得妖娆起来，来自全国各地的画坛巨匠把这座城市的气韵装点得令人神往。

而在每周吉林艺专组织的"神仙会"上，总有一个说话略带一点儿山东口音、身材挺拔的人站在张伯驹和潘素的旁边。他偶尔的一句对某幅画作的点评，往往切中要害，令人眼前一亮，心中一动。

他就是被称为当代中国北派山水最后一位大师的孙天牧。其父乃辛亥革命老人、书法家、曾任中华民国临时大总统孙中山

第二章 一场与春天的邂逅

孙天牧先生

的参军孙墨佛。

　　孙天牧来长春,比张伯驹和潘素早了一年。受吉林艺专的聘请,主要也是宋振庭部长的意见,他在1960年来到学校教授学生国画技艺。

　　每一次与潘素等人在一起作画,都是一次切磋,是在实践层面最好的交流,大家彼此之间没有丝毫保留,把自己的经验和体会都和盘托出,大家总是兴致勃勃,酣畅淋漓。在欣赏名作、交

063

流技法、拿笔实战的同时，孙天牧还一直想着走出去，找到令自己心魂获得震慑的实际创作的体验生活之所。

从长春向东出发，大概三四百公里的地方，有一个县，根据女真语"旺钦"的转音而取名汪清，翻译成汉语是"堡垒"的意思。这里是有着大片大片苍茫林海的长白山麓，全县90%左右皆为林地，红松、白松、鱼鳞松、沙松、臭松、长白落叶松、水曲柳、柴油椴、白桦、赤松和色木等30多种树木，令一座座山峰披挂整齐，昂首挺胸，气势雄奇。

就在20世纪60年代初的一个秋季，一位高高瘦瘦的老人背着画板，循山而来，在被秋天的阳光染得或红或黄的树叶间穿梭，然后坐下来，一支笔在画板上勾勾抹抹。广阔的长白山脉用秋风轻拂树叶的飒飒之声表达着对这位艺术家的欢迎。

来到中国如此之北的偏僻山林里写生的艺术家实在是太少了，而此前画东北的山水画作也太少了。但让东北的山水为之自豪的是，这位老人来过之后，静静伫立了千万年的它们长到了画纸上，成了艺术品。

《吉林汪清秋光》是孙天牧到长白林海写生的作品之一。透红的枫叶，墨绿的松针，骨感的山坡，起伏的峰峦，以及遥远的迷蒙，在坚卓的笔力下，在独特的笔墨色彩中，在不同于一般的视角里，在出于自然的构图前，秋天的吉林汪清秋光悲凉之气竟显得苍劲、挺拔起来。

对于五六十年以前的艺术家来说，长白山还是一片未被开垦的处女地，这里的自然造化，草木山峦的神奇境界，被人发现的次数不多，频率不高。孙天牧把带有浓重北方苦寒之地的自然景观融会到时代精神当中，融会到自我体验之中。他一改传统的渲染法为厚涂、厚点，尝试使用石黄、朱砂、石绿、石青等覆盖力

第二章　一场与春天的邂逅

吉林汪清秋光

较强、十分浓艳的色彩，使画作虽然艳丽，却无火气。

当他把作品展现在长春的方家面前时，大家交口称赞。史怡公更是评价说：北宗山水画家多少年没能解决的问题，没想到你一次就给解决了，一次就拿出了新东西。

把中国画分为南宗和北宗，始于明代的董其昌。他认为，自唐以来，李思训可称为"青绿"画法的始祖，王维可视为"水墨"画法的始祖。所谓南北之称，并非完全指的地理方位，而是缘于禅宗有南北二宗的分法，南宗重"顿悟"，北宗重"渐悟"，这正是中国画两大传统的区别。南宗以王维为代表，重渲染，风格比较飘逸；北宗以李思训为代表，重勾勒，风格比较刚劲。在具体技法上，南宗多用"积墨法"，一般情况下，可改可救；北宗则多用"泼墨法"，一遍写就，无须反复。

其实，艺术源于生活，南北宗山水画法与不同地域的画家的生活体验分不开。北方风骨峻拔的自然景色涵养的当然就是北宗在绘画中领悟的境界；南方的轻灵、小巧自然深深地影响着南宗艺术家们的下笔风格。

然而，有了南北宗山水画法的区分之后，却对北宗山水画法产生了巨大的冲击。人们更倾向于"顿悟"的南宗，认为那是高越绝伦，层面境界皆令人追慕，南宗的画也被称为文人画；而北宗只能"渐悟"，在勤学苦练中才能慢慢有所成就。慢慢地，北宗山水画法被轻视和贬低，遭到冷落。明末至今，300年中竟然少有北宗山水画的大师。

没想到，代表北宗山水画法的大师孙天牧来了。

1911年4月，正是春花烂漫之时，孙天牧在山东莱阳出生。此时，他的父亲孙墨佛正在追随孙中山奔走革命，后入山东军官讲习所学习军事。1927年，带着重要使命的孙墨佛举家迁往河南，此时的孙天牧已经是16岁的翩翩少年。1928年，父亲孙墨佛在河南省创建"民权县"，深入推广孙中山的"三民主义"。1929年，受家庭影响，酷爱书画的孙天牧遵从父亲安排进入位于开封的河南艺术学校学习。在这里虽然不能看到中国的山水古画，但曾经作为宋朝都城的城市，却让孙天牧每天抚今追昔，遥想当年大宋帝都从皇帝到平民的艺术盛景。

1930年，孙墨佛淡出政界，迁居北京，专事著述，开始编写《书源》《孙中山先生年谱》等。孙天牧也随父进京，转入北平华北大学艺术系，主攻国画。于非闇、赵梦朱、李苦禅等都曾经给他上过课。

孙墨佛看着已经长身玉立的孙天牧，开始操心起他的婚事来。1937年7月8日，震惊中外的"卢沟桥事变"发生后的第二天，孙天牧登上了开往天津的列车，迎娶他的新娘卢秀珍。让他

第二章 一场与春天的邂逅

没想到的是,他不仅找到了温柔贤良的一生最爱,还遇到了一位影响了他一生艺术成就的人。

在天津完婚后,岳父卢之美对孙天牧说:"你要不要到外面做点什么,反正家里也比较殷实,托关系弄个一官半职或是到学校教书什么的,都可以考虑安排。"

孙天牧却摇头拒绝,对卢之美说:"岳父大人,现在这里都是日本人的天下,我不管到外面做什么,都是汉奸,我不想当汉奸,反正你也不缺钱,就让我学画吧。"卢之美听后慨然应允。

通过岳父在天津的关系,孙天牧有机会看到一些皇室贵族家中收藏的历代书画真迹,这让他对绘画更加着迷。令他振奋的是,在这些书画真迹中,有几幅是唐寅、仇英的作品,这两位是典型的北宗山水画大师。然而,如痴如醉的孙天牧却不知道如何才能达到那样的境界。

就在颇感惆怅,不知如何才好的时候,孙天牧听说有一个画展正在举办,立即前往观赏学习。看了几幅展览的作品后,孙天牧停在一幅仿仇英的北派山水画作前,惊呆了。只见那爽劲的笔力、绚烂的敷色、新巧的意境,让整幅画甚至有超越原作之感!孙天牧细看作者署名:陈少梅。

"震惊了,也很惊奇,觉得这才是自己想要的那种东西!"90多岁高龄的孙天牧在接受吉林电视台《回家》栏目采访时回忆说。后来,孙天牧在不同的场合都这样表白自己对陈少梅的崇拜:"看他的画需沐浴更衣、需心怀虔诚、需诚惶诚恐、需拜观礼赞。"

辗转找到陈少梅的孙天牧发现,这位自己崇拜的人不过才大自己两岁。但孙天牧毫不犹豫地屈身投入陈少梅门下,成为其忠诚的弟子,从此随其十年,耳提面命,朝夕相处。"我跟陈先生习画达十年之久,这是我一生中最大的幸运!为此,我手不释笔，情不别移，心无旁骛。"孙天牧说。在此期间，陈少梅也将自己的经验感悟、笔墨要诀倾囊相授。往往是当着孙天牧的面，陈少梅边画边讲，一幅幅当世珍品便问世了。"少梅师才称得上是中国画坛上的大师、巨匠。他的画属文人、雅士极度理想化的那种。他不但讲究美，是讲究极致的美，是人的思想能够想象到的那种极致的美。因此他的作品超凡脱俗、不同凡响。常有人形容音乐的美，说'此曲只应天上有，人间能得几回闻'；我说，少梅师的画就如天籁之音般的纯正，直抵心灵深处，沁人心脾。"多年以后，孙天牧回忆起陈少梅的作品，仍然崇敬不已。

不仅如此，在陈少梅的悉心指导下，孙天牧临摹了一大批宋、明时期的名作，如《雪窗观梅图》《望月图》《听泉图》以及明代仇英的《树荫联吟图》、蓝瑛的《溪山行旅图》等等。1948年，已经颇有所成的孙天牧在老师的支持下，于徐州举办了自己的首个画展。

然而，天不假年，也可以说是天妒英才，1954年，45岁的陈少梅遽然去世，孙天牧在老师的棺木前顿足捶胸，号啕大哭。即令过去了几十年，在吉林电视台《回家》栏目组采访孙天牧的时候，提起恩师撒手人寰，孙天牧仍然老泪纵横，不能自已。

启功先生曾经这样评价陈少梅：近代画家得宋贤山水人物遗法者，推衡山陈少梅先生（云彰）为第一，陈先生所作山水远沿郭熙、李唐，近学唐寅、仇英而挺拔开拓，又非明贤所能及。间作人物，亦俱有娴雅高风。

孙天牧没有令自己的老师失望。在陈少梅去世的前一年，父亲孙墨佛曾带着他的三幅作品拜见齐白石。齐白石临别赠言："天牧学宋，必成大器"，并手书"着此人入中国画研究会，并参加本次展览"。白石老人所说的"本次展览"即新中国成立后的

第二章　一场与春天的邂逅

山居图
丁亥年亥夫敬

山居图

首届全国美展。孙天牧参展的作品是《山居图》《南山翠屏》等。

从1953年开始,孙天牧名气渐高,先是应邀为沈阳博物馆临摹复制宋代郭熙的《溪山行旅图》、李成的《宿鸟归林图》、刘松年的《松窗读易图》等10幅名画,后又为北京故宫博物院临摹复制宋代王晋卿的《渔村小雪图》、王诜的《玉楼春思图》、惠崇的《沙汀烟树图》、马远的《梅石溪凫图》、陈居中的《四羊图》、萧照的《红山秋树图》,以及元代赵子昂的《秋郊饮马图》和《雪江买鱼图》、赵忠穆的《寒江澄月图》等诸多画作。这些作品在孙天牧一笔一笔的敬畏与虔诚中形成,与原画难分你我,几可乱真。如今,当人们在众多展览中看到这些画作,很有可能就是替代原画展出的孙天牧的作品。

受邀来到吉林艺专任教,正是孙天牧绘画技艺炉火纯青之时。也正因此,他在吉林期间所创作的《吉林汪清秋光》等作品才被同人们给予了那么高的赞誉。孙天牧没有满足这些,他通过自己身体力行地探索和应用,再利用教学的机会,系统整理、总结出他一生中非常重要的北宗山水画论。这部著作最终在1986年正式出版,名为《孙天牧北派山水画谱》,这也是北宗山水画问世以来唯一一部可供遵循和学习的教科书式的作品。启功对这部著作赞叹不已:"笔力坚卓,设色大方,无丝毫暮年风貌。"

从1960年来到吉林艺专任教开始,到1975年退休,孙天牧在长春生活了15年。这对于长期处于艺术"边塞"地位的吉林来说,何其幸也!

退休之后的孙天牧回到北京生活,于1985年被聘为中央文史研究馆馆员。2010年5月11日,百岁高龄的孙天牧在北京画院美术馆举办画展,名为"化古开今",近百幅作品光耀京城。时任国务院总理温家宝专门给孙天牧发来贺信,信中说:"先生的作品继承中有创新,运用传统笔墨为山水画注入了新意境。人们在欣赏先生笔下雄伟壮丽的北国风光、旖旎秀美的江南景色时,领略到自然山水和精神理念的完美结合,更感到先生博大的爱国情怀。循古法而出新是先生对中华绘画的重要贡献。"

有人说,孙天牧和他的老师陈少梅一起,成为继承北宗山水画并开拓出新气象的杰出代表,起笔接续了北宗画派300年的沉寂,令北宗山水的辉煌在今天再现。

2016年9月,吉林艺术学院在70周年校庆到来之际,专门推出"北骨南风——孙天牧捐赠作品展",并举办"孙天牧北宗山水学术研讨会",以此向这位对东北三省山水画创作做出巨大贡献的大师级人物表达崇高的敬意。同时,宣布成立"孙天牧艺术基金",致力于资助品学兼优的学生,成立"孙天牧北宗山水艺术研究中心",建立了第一个北宗山水艺术研究的高校平台。

这也许是对孙天牧最好的纪念。

第三章　士人的风骨

一、"关东画派"的肇始者：山随平野尽，江入大荒流（李白《渡荆门送别》）

起于北地的朔风，从伫立在旷野中的村落木栅上吹过，呜呜长鸣，千百年来，不但雕刻了坚硬的大地，也雕刻了生活在这片大地上人们的嘴角和额头，那样的坚毅会让当代的艺术家们在画板上如何表达？

伫立在长白山脉的座座山峰，向上追慕日月星辰，向下滋养林间万物，亿万年间最原始的生命力量在持续地累积和壮大，深沉而又浩远，峻逸而又挺拔，纯粹而又神秘，它所预设的人生构图，会让艺术家们用画笔怎样展现？

1961年9月，在张伯驹和潘素来长春的前一个月，一个后来成为他们最交心的朋友，一个在当地文化建设方面具有开创意义的至关重要的人物，用自己的视野和智慧揭开了中国绘画史上又一页崭新的篇章。

他就是宋振庭。

第三章 士人的风骨

就在这一年的9月,22岁的赵华胜以学生代表的身份作为鲁迅美术学院和辽宁省美术家代表团成员,回到了他出生的地方——吉林省长春市,参加"首届东北三省美术家代表大会"。这位日后在中国美术界拥有鼎鼎大名的艺术家,永远也不会忘记这样一个场景:会上,吉林省委宣传部部长宋振庭做主题报告,在总结东北三省自新中国成立以来美术创作等方面取得的成就和丰富经验之后,振聋发聩地提出,我们要创立"关东画派"。与会者给予了热烈的响应,会场上的掌声震耳欲聋,经久不息。"要敢于画大画,画重大题材的画""要有豪迈的关东画风为自己的特点,画出关东特色"……仿佛宋振庭当时发言的声音仍在耳边。

何谓"关东"?辽宁、吉林、黑龙江三省,从在中国的地理方位上来说,人们习惯上叫作东北,而若以山海关为界,山海关以东的区域即为关东,其实说的仍然是这三个省份。

宋振庭道出了东北画家们的心声,更关键的是,准确地说出了中国东北画的面貌和特点。也就是从这个时候起,赵华胜和他的老师王盛烈,在已经创作了大量代表性画作的基础上,有了某些精神方面的遵循。这种遵循让他们持之以恒地坚持着自己鲜明的艺术个性,坚持着严肃的现实主义、民族精神和地域特色,继续把他们眼中的乾坤世界,通过他们的双手在灵魂的层面实施"冶炼",创造出中国画的"东北风骨"。

然而,宋振庭的深意远不止这些。从王盛烈等人创作的作品中总结出的关东画的风骨,主要体现在人物画方面。比如,王盛烈的《八女投江》、王绪阳的《黄巢起义军入长安》、贾庆余的《瓦岗军开仓分粮》、许勇的《戚继光平倭图》、赵华胜的《电缆工人攻尖端》,等等。这是一大批人物画的精品,在全国产生的反响非常强烈。可是，要想建立和完善"关东画派"，人物画还仅仅是一个方面，还需要有山水，有东北的山水，有东北的大山大水。

而东北的大山大水集中在吉林绵延千里的长白山脉，集中在黑龙江高高耸立的兴安岭内外。可是，长白山的神秘，兴安岭的富饶，松辽平原的肥美，长期以来并不处于中华民族政治、经济、社会与文化的中心，绘画艺术当然也就同政治经济一样被边缘化，从没有产生过自己的艺术流派，更谈不上举世闻名的艺术大家。资源富饶的关东，成了艺术贫瘠的所在。

时代终于给了东北机会。一方面，从1945年开始，延安鲁迅艺术学院的师生开始奔赴东北，佳木斯、哈尔滨、沈阳等地纷纷建立起东北鲁迅艺术学院，大批年轻的革命文艺战士成长起来，这些青年正是日后"关东画派"的火种。1949年，学校曾更名为东北鲁迅文艺学院。1953年，以东北鲁迅文艺学院美术部为基础，在沈阳组建了东北美术专科学校，1958年，学校发展成鲁迅美术学院。王盛烈等画家都是鲁美的艺术家。

另一方面，在宋振庭的大力招募下，吉林艺专聚集了一批从北京等地来此的画家，比如孙天牧、史怡公等。1961年9月在"首届东北三省美术家代表大会"上，宋振庭获知了潘素同意前来任教的消息。不仅如此，宋振庭手中还握着一张王牌，那就是他几年前发现的本土画家王庆淮。有了这些人，就有了"关东画派"中山水画的可能。

正是此前东北人物画作品的积累和具有山水画基础的人才的积累，才让宋振庭敢于首提创立"关东画派"。对绘画艺术的追求及个人的生命历程奠定了他能够熟练总结和掌握艺术规律，继而提出开创一个艺术流派的能力。时至今天，我们仍然能看到很多宋振庭的画作，其中不乏与潘素等人合作的佳品。在他生命的后期，还举办过个人画展。

更关键的是，宋振庭懂得关东的山水。1921年，宋振庭出生在吉林省延吉市，这里四面环山，离长白山的主峰只有百余公里。1936年，在长白山脉生活了15年的宋振庭因为日本的侵略开始了流亡生活，而他首先要做的，就是穿越数百公里的茫茫林海，走出大山。特殊的人生际遇，会让人对身边的山林溪水有着特殊的感受。经历过大山大水的洗礼之后，人的精神境界又会瞬间放大数倍。

他不是一个匆匆而行的赶路人，高超的艺术天赋和领悟力让他记挂着路上的风景，那风景与心灵的碰撞，势必迸发出别样的火花。

宋振庭的振臂一呼，让中国的东北产生了一个绘画艺术的流派，那是无产阶级掌握政权后在全国诞生的第一个画派，那更是东北自有记录以来的第一个画派！

在宋振庭的号召下，吉林的艺术家们摩拳擦掌，孙天牧深入到汪清等地体验生活，正是在这样的背景下发生的。

而有一个人，走进关东的山水，显然比孙天牧还早，还深，还远。

二、关东绘画奇才的发现者：请君老笔尽纷披，江河万里写花枝（宋振庭《题庆淮老师山水》）

公元前2世纪，有一个少数民族政权在如今的吉林省中部松花江沿岸崛起，并建立了中国东北地区第一个少数民族政权，这就是扶余国。历经1000多年的更迭，清王朝在昔日扶余国的疆土内设伯都讷城，成为"边外"七大军事重镇之一。又是几百年的沧海桑田，今天已经更名为吉林省扶余市。扶余市辖区内有一个建治于清乾隆年间的古镇，江水拍打她的胸襟，长草荡漾，水鸟集翔，波光潋滟，美不胜收，名为三岔河镇。1909年2月9日，寒冬未去之时，一个男婴在一户生活还算温饱的家庭里诞生。清澈的江水缓慢西流，出于对水的境界的追求，他的名字中带了一个"淮"字，他就是王庆淮。

从小就在松花江畔玩耍的王庆淮，看着源源不断的江水从不知道的地方流来，又流到那不可知的地方去，两头都是神秘和幽远，而那美景就在流动中塑造和完成，不能不激发他的想象力，这既是美好袭来的力量，也是探求未知的力量。大美给了王庆淮独特的感受，幼年即钟情于美术。这使得他不是为了获取一种生存的技艺，而是追求感知和享受这个世界的能力。父亲发现了他对美术的热爱之后，大力支持，为他到处寻访画谱碑帖。《芥子园画传》是少年王庆淮的启蒙作品。

1925年，年仅16岁的王庆淮做出了独自南下，到东北文化艺术的中心城市奉天（今沈阳）学习的决定。就是在这一年，他考取了奉天美术学校，这所学校也是当时东北唯一的美术学校。在那样的年代，追求艺术往往是政界、军界或是经济界较有经济基础的子弟，对于王庆淮这样的家庭条件，温饱尚可、积累无余，其实已经算是一种奢求，但他坚定不移，他要用国画艺术展现他生命中的河流与山川。

1928年，小有所成的王庆淮毕业了，初尝甜头的他却觉得仍不解渴，随即赴北平京华美专寻求进一步深造的机会，考入国立北平大学艺术学院国画系，与徐悲鸿、齐白石、萧谦中、汤定之、王梦白、陈半丁等画界名流皆有接触，对齐白石更是执弟

第三章　士人的风骨

创作中的王庆淮

子礼。1933年毕业后，再随齐白石、萧谦中等几位名家进行深度研修。

　　自1925年从东北偏僻的松花江岸走出来，到1935年在中国文化艺术中心北平研修结束，王庆淮深学与精耕中国画整整10年。

这个从北方而来的小青年，以其卓尔不群的艺术风格渐渐被艺术家们刮目相看。"下笔老辣有神，颇得缶翁用笔之妙，不作过奖之词。"在王庆淮所做的瓶梅上，齐白石这样题识道。后来，齐白石又见到王庆淮所作《天竺》，又题："予之友人画天竺不恶者半丁，今见庆淮画此画不亚半丁。""半丁"说的是画家陈半丁。陈半丁则评价此作"气韵生动"。王庆淮作山水画《秋山过雨图》，山水画大家萧谦中题评："此幅巨帧，云中山顶虽学荆关，但风神韵骨颇似巨然。庆淮学弟共勉之。"由于王庆淮的与众不同和惊人成就，在北平大学毕业的那年，被接纳为中国画研究会会员，此时他才24岁。

1935年，由于生活所迫，王庆淮中断了在北平的发展，回到了生他养他的东北。此时，东北已经沦为日本的殖民地，满身精湛技艺的王庆淮不肯出来任职，只是在家中守着清冷的小园度日，成为隐于乡野、自甘清贫的寒士。"丹青不知老将至，富贵于我如浮云"，如此抱节自居，一过又是10年。

抗日战争胜利后，王庆淮终于有了一点用武之地，先后在吉林省扶余县二中、一中、四中和师范学校任美术教师。但他注定不是一个普通的美术教员，而是卧于乡间尚未高飞的龙凤。1952年，他创作了一套新时代人物连环画，并参加了全省的美术展。其鲜明的写实主义风格以及不同凡响的绘画功力让这套作品脱颖而出，获得了美术展的一等奖。这不仅鼓舞了王庆淮，更让他所在的扶余中学感到振奋。

创作热情被不断激发的王庆淮，在1955年又创作了《松花江烟雨》参展吉林省美术展览会，又获一等奖。1956年，在当年的展览会上，一幅《雪后松花江畔》再获一等奖。1957年，吉林省举办"第一届国画书法展览会"，王庆淮有10幅作品入

第三章　士人的风骨

选,"不仅入选数量之多,而且风格样式之别致,技法语言之成熟,都充分标明已形成了地域个性面貌。画作那浓郁的生活气息,纯朴的关东风情,深深触动了观众的心灵,引起观众的共鸣"[1]。

此时,有一双眼睛正盯着王庆淮的画作《松花江烟雨》《雪后松花江畔》等仔细观看,他不仅领略了作品的意境,更看到了这位画家的未来。

没错,王庆淮引起了省委宣传部部长宋振庭的注意。此前,他就有耳闻,吉林省有个土生土长的画家,曾经在北京求学时,对齐白石执过弟子礼。原来这位画家现在就在省内。此时,雄心勃勃的宋振庭正想通过各方力量组建吉林艺术专科学校,为学校招揽人才,而且要招揽大家名家。他找到相关人员,嘱咐他们一定要把王庆淮请到省城来,给他更大的创作空间。

1958年,王庆淮迎来了他人生中的一个重大转折。他从偏远的乡村来到了长春,进入到刚刚诞生的吉林艺术专科学校的美术系任国画教师,后任国画教研室主任。

王庆淮没有辜负宋振庭的寄托。就是从这个时候起,他开始用自己的双脚丈量关东大地的广度,用自己的双手追寻眼前画板的深度。其实,他的心里早就有一座山,不,何止一座,是一片山,就长在天涯边上,上连起天来,下连起地来。现在,他开始实际地触摸了,从山海关的高高耸立到兴安岭的广阔无边,从松花江的蜿蜒曲折到长白山的浩瀚雄奇,王庆淮充满深情地体会着,感悟着,实践着。

---

[1] 唐世和、王喜璞:《怀念关东山水画的拓荒者王庆淮先生》,《美术》,2006年5月,第103页。

而对于长白林海，王庆淮则格外地情有独钟，通化、集安、敦化等长白山山区都是他经常体验生活之所，最长一次，他一住就是三个月。1959年1月，他来到长白山三岔口采运管理处的森林采伐工地，全身心地和工人们投入生活体察当中，由于没有完成相关工作，连春节他也没有回家。

1960年，王庆淮为人民大会堂创作《长白放木》和《长白呦鹿》，其开阔的画面与强烈的关东风情，震动了京城画界。此后不久，王庆淮又推出《十里黄云过大川》《迎春花》等作品，这使得50岁出头的王庆淮成为公认的关东画界巨擘，在山水画和花鸟画方面独领关东画坛风骚。

1972年，吉林艺术专科学校学生甘雨辰专门到北京美术馆参观纪念毛泽东同志《在延安文艺座谈会上的讲话》发表30周年全国美展。他知道，这里展出着一幅自己老师的作品。没想到，老师的巨幅国画前面早已经挤满了人，大家目光中透出欣喜，由衷地赞叹着。他费力地挤到了画作的前面，如醉如痴地观赏着（甘雨辰《"意匠惨淡经营中"——记已故著名国画家王庆淮教授》）。

绚丽的朝霞把清晨着上了颜色，时间原来是五彩的；如浪的林海滚滚而来，空间原来是层叠的。光色交融的勃勃生机流淌在长白山中，更充盈着画面上的每一个角落，无与伦比的万千气象被开拓出来，延续下去……《林海朝晖》，一幅具有跨时代意义的山水画，甫一出现，立即引起举国震惊。"从全国各地来长白山写生的画家很多，身居长白山并引以为自豪的艺匠也不少，可是将长白山表现得这样苍茫、劲秀、浩瀚而又生机盎然的却堪称绝无仅有"（甘雨辰：《"意匠惨淡经营中"——记已故著名国画家王庆淮教授》）。

第三章 士人的风骨

王庆淮画作《长白呦鹿》

  特别是画中红松的画法吸收了西方绘画艺术中光影体积塑造的方法，表现出红松特有的生命气息与韵味，打破了传统中国画法中符号式的松针叶画法，成为创新之举。与此同时，一列运送木材的小火车从左右两组松林间的悬空大桥上轰鸣而过，不但用现实手法点出了茫茫林海的勃勃生机，也带来了画面上黄金分割的美感。"关东画派"从此有了真正意义上的山水画的扛鼎之作，这也成为王庆淮的巅峰之作。就像传统的中国画表达的是当年当月当日当时那一刻的情怀一样，王庆淮的中国画在继承传统技法的同时，表达的也是他所属的那个时代。因为这画属于那个时代，属于那个人的情感与领悟，属于那个人土生土长的环境，才真正把艺术作品的生命交给了时间的永恒，打动了所有人的心灵，让一个表现一域的画作登上了世界艺术的高峰。

  若干年后，王庆淮的弟子甘雨辰以自己在长白山脚下二道白河镇的一段亲身经历，探求了《林海朝晖》画作的创作基因：

为了亲眼眺望长白山的气势,他带我们去登瞭望塔。这天山风很大,当我们来到塔下时,松涛林涌,连高耸入云的木塔也随风摇曳起来。大家都劝他别上去,说局里有一些照

第三章 士人的风骨

王庆淮画作《林海朝晖》

片可供参考，但他却毅然背起画夹子走了过去。只见他两手紧握扶杆，一步步坚定地向上攀登，终于艰难地登上塔顶。我们也跟随着登了上去。塔顶的风更大，木塔摇摆得更厉害，站在上面使人目眩头晕，木塔仿佛是一个巨人，在有意晃动他的身躯，恫吓和考验登在他头上的人们。可老师却谈笑自若，他俯视着蜿蜒逶迤的长白山和群峰环抱的天池，激动地指点着，滔滔不绝地议论起来，我们的注意力全都被他吸引过去了，以至全然忘记了畏惧。他画了详尽的素描式的写生，把长白山宏大的气势生动地记录在纸上。我想，那《林海朝晖》的构思，可能就是由此而得到启发的吧。（甘雨辰：《"意匠惨淡经营中"——记已故著名国画家王庆淮教授》）

纪念毛泽东同志《在延安文艺座谈会上的讲话》发表30周年全国美展结束后，人民美术出版社编辑出版《全国美术作品展览会选辑·中国画》，《林海朝晖》作为仅有的两幅山水画作品入选，代表着北国。另一幅是钱松岩的《锦绣江南鱼米乡》，代表着江南。此后，人民美术出版社还将《林海朝晖》出版了单幅画在全国发行，可见其影响之深。不仅如此，画作还被复制多幅，陈列在中国的多个驻外使馆（魏国强《从〈林海朝晖〉说起——谈长白山画派》）。1979年，王庆淮再一次重新创作了《林海朝晖》，这一次他把画作放大绘制成8米长（还有一说是5米，见孙吉安《忆著名国画家王庆淮》）、2.5米宽的宏幅巨构，后悬挂在人民大会堂的吉林厅。

1981年，人民美术出版社编辑出版《王庆淮画辑》，这使王庆淮成为人民美术出版社为之出版画集的第一位东北艺术家。画辑专门邀请宋振庭作序。"一、传统的笔墨功力深，深入到生活时间久；二、用传统笔墨写新的山河风貌，创新毅力坚；三、有深厚的乡土感情，力求写貌我国的北国风光，有一定地域特点。"宋振庭在序中这样写道。而这，正点中了"关东画

第三章 士人的风骨

王庆淮画作《长白山下之小天池》

派"的精髓。王庆淮也因为他的杰出成就,后来成为吉林省美术家协会主席。

千百年以来,关东大地上,从来也没有像此时一样,出现了一群群璀璨的艺术明星。吉林涌现出王庆淮、孙天牧、黄秋实、卜孝怀、高盛连等一批突出山水画的关东画家,黑龙江涌现出以于志学等人为代表的突出冰雪雾凇的关东画家,辽宁涌现出以王盛烈、孙恩同、王绪阳、赵华胜等以鲁美为"根据地"突出人物画的关东画家,这就构成了具有东北地域特色,运用和发展中国传统绘画技法,结合现实生活,展现崭新时代的"关东画派"。

让"大画"起于豪迈,令生命"冶炼"乾坤。对这样一个结果,宋振庭应该安心了。

三、新中国吉林文化建设的奠基者：昔日烽火地，今朝杏花天（宋振庭《登青沟高峰口占》）

接纳张伯驹、挖掘王庆淮、参加春游社、首提创立"关东画派"……说到此时此刻的吉林文化建设，总是绕不开宋振庭这个"轴心人物"，此君到底何许人也？

1921年4月19日，伴着料峭春寒，宋振庭在吉林延吉出生。面对日本人的占领，少年时代的宋振庭离家出走，辗转来到北平，在六部口北方中学读书。意气风发的少年，对日本人在家乡的侵略行径深恶痛绝，加入学生进步组织"民族抗日先锋队"当中。七七事变之后，宋振庭和志同道合的一大批热血青年一起，奔赴他们心中的"红色圣地"——延安。到延安后，因为年龄还小，他先入延安抗大学习。

由于他对哲学有着不同于一般人的领悟力，后被转入抗大马列主义哲学院研究室学习，幸运的是，他遇到了艾思奇，正是这位先生把宋振庭带进了哲学修为的广阔空间。

1939年，只有18岁的宋振庭因为广博的知识、深厚的理论水平以及崭露头角的实践能力被华北联大校长成仿吾先生发现，邀请他担任该校教育科长。

然而，坐在办公室里的宋振庭却禁不住外面枪声的诱惑，他希望到抗日前线去，他更想用自己的血肉身躯让抗日烽火燃烧得更旺，让侵略者最终灰飞烟灭。在他的再三申请之下，组织上经过慎重考虑，将他派往晋察冀根据地的曲阳抗日前线，并出任曲阳地区的游击大队政委。

为了提升击毙敌人的准确性，宋振庭没日没夜地练习枪法，

第三章 士人的风骨

进步神速，最后竟让人有种出神入化之感，六七十米的范围内，二十厘米的树干，连瞄准都不用，甩手就是一枪，十有八中。

一次，宋振庭在战斗中被器械精良的日本军队包围，在弹尽粮绝、没有退路的情况下，他毫不迟疑，纵身跳下黄土岗。一位和他共同跳下去的战友牺牲了，宋振庭却凭着惊人的毅力爬进了岗下的一片玉米地，昏死过去。战斗结束了，战士们来寻找宋振庭，结果看到了那位牺牲的战友的尸体，以为他也牺牲了。消息传回，华北联大还专门为他挂起挽联，召开了追悼会。后来宋振庭醒了过来，靠吃生玉米，吸玉米秆里的汁水保命。几天后，被当地老乡发现，帮助他找到了组织。

枪林弹雨的日子也眷顾这位视死如归的英雄。正是在曲阳打游击的战斗生活中，他遇到了自己中意的女子：曲阳民政助理员宫敏章。在刀头饮血的岁月里，他迎娶宫敏章过了门。

豪放的性格让宋振庭纵横疆场，而这一段经历又进一步涵养了他的豪放。几十年后，宋振庭在一次登山过后，与一位朋友唱和，写下如此诗篇：

> 向阳攀绝顶，高风鼓袂寒。
> 袒胸披红雨，垂肩带远山。
> 当年烽火地，今日杏花天。
> 耽景追斜日，归途月如镰。

经过浴血奋战，1945 年，中国人民的抗日战争取得了胜利。就是在这一年，由于宋振庭生于吉林，对东北比较熟悉，组织上派他回东北开展工作，而他回到东北的第一个职务是担任《东北日报》主编。

马匹是宋振庭回东北的唯一交通工具。当跨上马背，伴随一声嘶鸣，24岁的宋振庭开启的不仅是他个人在东北的辉煌岁月，也是这个地域的文化福音。那匹发出嘶鸣的马匹并不是一匹普通的马，它曾经的主人是邓拓。那一年，他与妻子宫敏章在回东北的路上，经过河北时，由于脚被扎破感染，走路十分艰难。此时恰好遇到在此间工作的邓拓。邓拓的夫人丁一岚与宋振庭曾经在1937年结伴奔赴延安，是老熟人。为了共同的革命理想，邓拓把自己的坐骑赠送给准备回东北建功立业的宋振庭，期望他开创新的功绩，在更多的领域也能横刀立马。

在《东北日报》工作一段时间后，根据工作需要，宋振庭又回到自己的家乡——延吉，出任这里的第一任市委书记。1950年秋天，29岁的宋振庭从延吉市被调至吉林省人民政府，出任省政府党组成员、文化处长。1952年，省委宣传部部长彭飞调中央工作，宋振庭接任了宣传部部长一职。

当时的省委宣传部人员很少，只有三个科。为了适应新的发展形势，宋振庭到任后，把三个科扩建为五个处、室，然后又从各部门调来一些懂宣传的人员，充实到宣传部，这令全省宣传工作面貌为之一变。

领导干部的理论建设工作是宋振庭抓宣传部工作的第一步。他让宣传部副部长董速协助他，首先在省直机关培养一批理论教师，然后再把这些教师撒下去给广大干部上课。为了尽快提升干部的理论水平，宋振庭有时亲自上阵，哲学、政治经济学、科学社会主义、中国共产党党史，他无一不专。1954年之前，吉林省省会在吉林市，在这里的工人俱乐部、光华电影院，时常能见到宋振庭给干部讲课的身影；1954年以后，省会搬到了长春，长春市工人文化宫、省宾馆礼堂又成了宋振庭登台之地。

第三章 士人的风骨

宋振庭与宫敏章结婚后的第一张照片（摄于1945年）

与此同时，在宋振庭的主持下，省里建立起报告员、宣传员制度，一个从省直机关到工矿企业、广大农村的自上而下的宣传工作网形成了，县级以上设的是辅导员、报告员，县级以下设的是宣传员。正是这些报告员、辅导员和宣传员，把不同时期的方针政策、中心任务、国内国际形势等，传播和宣讲到广大基层干部群众身边。为了调动这些报告员和宣传员的积极性，还会定期交流经验，奖励优秀。

在这个宣传网的基础上，宋振庭看准机会，又组织领导建立起了通讯网、有线广播网、科学普及网，思想文化建设工作可谓风风火火地开展起来了。

1954年，宋振庭深感吉林省社会科学研究领域需要加强，提出筹建吉林省哲学社会科学研究所。1958年，在宋振庭的协调下，省里专门拨出经费，从全国各地买来许多珍贵图书资料，其中不乏孤本和善本，将省哲学社会科学研究所建立起来。

从20世纪50年代中期开始，宋振庭为了烘托艺术工作建设氛围，倡导全省在城镇建立起街头画廊，打造通俗易懂的文化阵地。他还深入农村和农民同吃同住，调查研究在民间具有生命力的艺术形式。"口唱山歌手摇鞭，心田如蜜耙地欢。鞭儿扫落天边月，耙走切平万座山。"在离长春不远的农安县，有一个古老的镇子巴吉垒，翻身做主人的喜悦鼓舞着人们，大家群情涌动，以诗歌的形式表达对新中国、新社会、新生活的热爱，农民诗人王振海豪情万丈，创作了这首名为《耙地》的脍炙人口的诗歌。王振海在诗中表达的东北农民的崭新气魄一下让这个偏僻的小乡村在全国声名鹊起。作为农民诗人的代表，王振海参加过全国群英会，受到了毛泽东主席等党和国家领导人的接见。在1960年于山西召开的全国文化工作会议上，巴吉垒被正式命名为"诗乡"。而这正是宋振庭多次下乡调研发现的典型，也是他抓文化建设的一个缩影。他还专门为巴吉垒题诗：农民自古有诗章，万颗明珠土下藏。一经东风吹雨后，满园草绿百花香。

从20世纪50年代中期到60年代初，吉林省从上到下建立起多处文化场所，无论是企业还是乡村，到处都是书声琅琅，器乐声声，工人诗人、农民作家不断涌现。

在近代史上，长春是个很特殊的城市，曾经在十多年的时间内沦为伪满洲国的"首都"，殖民文化在一定程度上影响着这里的人们。为了彻底消除伪满统治时期的影响，繁荣和发展新文化，从1952年宋振庭接手宣传部工作开始，仅仅6年的时间，在他的全力推动和支持下，省博物馆、省歌舞剧院、省京剧院、省艺术专科学校、省戏校等多家文化单位和艺术团体相继成立。

所有这些，几乎都是今天吉林省各种文化事业的起点和源头。

提出创立"关东画派"，鼓励东北的画家"画大画"之后的宋振庭，做好了一切准备，因为他知道一代名士张伯驹要来了，也许这个人的到来，会让吉林省的文博事业陡然崛起。

在此之前，宋振庭已经让文博事业"一穷二白"的吉林省发生了翻天覆地的变化。在20世纪五六十年代，在全国各地，提起吉林省博物馆，大家都有一个普遍的共识：吉林对文博事业是真重视，他们是真有钱。在宋振庭的直接协调下，每年省级财政都会给省博物馆拨出专款10万—20万元，用于收集文物藏品。

这在当时可是大数字，这也让吉林省文博事业的从业者们精神抖擞，腰杆硬实。正是因为有了这些经费，张伯驹带着郑国、苏兴钧等博物馆工作人员多次到北京、天津收购书画。有时，博物馆派出的征集文物人员到山西、陕西、河南等地，一走就是两个月。在短短几年间，吉林省博物馆的文物藏品得到极大丰富，仅书画艺术品就达到七八千件之多，这使吉林在全国各地方博物馆的评比中名列前茅（吕长发：《宋振庭与吉林省文教事业》）。

且看宋振庭的主张。他大胆地告诉省博物馆的文物收集人员，能不能尽最大可能把溥心畲、张大千、吴昌硕、王一亭、赵云等艺术家的画作"买光"，来个应收尽收。

有人说，现在溥心畲、张大千的画也不值钱呀！他说，你别看他们的画现在不吃香，可是你看那技法，是有着独到之处的，再过几百年，那可就成了古画，一定会值大价钱。

宋振庭第二个"买光"政策是针对市面上的扇子和碑帖。他说得明确而且具体：要买一万把扇子，把市面上的扇子和碑帖全部买光，让博物馆的藏品配套成龙，突出重点，各家各格，照顾一般。

毕业于中央美术学院版画系、1959年起在吉林艺专美术系任教、后来曾任该校版画教研室主任、教授的英若识清晰地记得宋振庭在北京琉璃厂选画的场景。那是1960年的春天，宋振庭盯着一家画店挂满四壁的卷轴，眼里放着光，脸上全是欣喜的神采。那神态甚至有几分天真。这一年，在宋振庭的直接参与下，吉林艺专与吉林省博物馆进行了一次大规模的书画采购活动，宋振庭所展现出来的，不仅是一位省委宣传部部长对文化工作的高瞻远瞩和强烈责任感，更有着不同于一般的艺术鉴别能力。英若识在后来的回忆文章《烈焰熄灭的时刻》中毫不掩饰他对宋振庭的赞叹与崇敬："他对许多画家身世、经历之谙熟，对许多画派形成、演变之分析纯乎是个精于此道的鉴赏家，他对不同画风直言不讳的品评和对作品优劣的独到见解都使当时我这个初出茅庐

第三章 士人的风骨

的美术工作者备受教益和启发。"

英若识,满族,其身世不同寻常,他出生在书香门第,在文化世家长大成人。他的祖父是曾创办《大公报》和辅仁大学的中国近代知名学者英敛之。他的父亲则是著名抗日英雄和教育家、曾任台湾辅仁大学校长的英千里。他的兄长也赫赫有名,是曾任文化部副部长的著名艺术家和翻译家英若诚。他的儿子是著名编剧英宁,英达是他的侄子。而他自己在长春工作了近半个世纪,有人评价他是中国现代美术在吉林的薪火传人。

英若识记得,正是这次大手笔的出击,吉林艺专以较低的价格购进了上千把古代和近代的折扇,其中,任阜长、陈师曾、任伯年、吴昌硕等人的扇面都是十分难得的艺术精品。而这些被宋振庭称为书、画、扇骨雕刻"三绝"的折扇,后来成为英若识等人美术教学、创作中"弥足珍贵的参考资料"(英若识:《烈焰熄灭的时刻》)。若干年后的一天,宋振庭忆起那一段往事,感慨而深情地对英若识说:"幸亏我们当时抓住了这些珍贵东西,才算有了点家当,你作为一个见证人回去要告诉年轻人,让他们知道,这都是得来不易的啊!"

1957年5月,在长春市大马路32号,长春文化服务社开张营业。这是宋振庭为更加方便地抢救收集文物,支持文化部门成立的。长春文化服务社是后来省文物店的前身。服务社的成立使吉林省收集文物的大网撒得更大了,收集到了众多重要的藏品。

在博物馆日渐完整的藏品格局中,宋振庭觉得还有很多不整齐的地方。他和张伯驹谈天,讨论能不能尽全力把明四家(沈周、文徵明、唐寅和仇英)、元四家(黄公望、王蒙、倪瓒和吴镇)的画买齐。他要求博物馆,将刚刚从大学毕业的好苗子选出来,交给张伯驹带,专门学习书画鉴赏。正在这时,苏兴钧有幸成为张伯驹带的第一个文博方面的学生。张伯驹告诉苏兴钧,要迅速熟读熟记《书画著录》《大观录》等书籍。不久,张伯驹就带着苏兴钧到书画等传世之物较集中的北京、天津、青岛等地搜寻。在此期间,他们购买了元、明、清等朝代的《劲亭山寺》《脂砚斋》等数十件珍品。①

听说公主岭有一卷董其昌的画,宋振庭马上告诉张伯驹,请他出山去看看,如果是真的,马上购回。张伯驹带着郑国、李莲两位工作人员前往寻访鉴定,果然是真品,即以3000元购到博物馆,这就是董其昌青绿山水的代表作《昼锦堂图》,描绘的是宋代大臣韩琦的居读处所及其周围的自然环境。更珍贵处还在于,画的后面有董其昌亲笔书写的宋代著名文学家欧阳修为韩琦撰写的《昼锦堂记》。

虽然收了一些宝贝,但大家仍然觉得省博物馆的藏品不足。

在经过与夫人潘素商量,反复考虑后,张伯驹决定把自己家中收藏的最后一件珍品《百花图》卷捐给省博物馆。同时,他把手中的另外30多件收藏品也悉数捐赠。其中包括宋拓《九成宫醴泉铭》、宋拓《圣教序》等著名碑帖。

宋振庭收藏有一幅元代何澄的手卷《归庄图》。这幅作品取材晋代陶渊明的《归去来兮辞》,所以又名《归去来兮图》,是画家90岁时的作品。当年,为了收藏这幅作品,宋振庭卖掉了自己和妻子宫敏章的手表,才凑够了700元钱,将画作买来收藏,视为家里的珍宝。为了让博物馆的馆藏更加丰富,宋振庭把这幅作品连同五本宋版图书原价转让给了博物院。而当博物馆工作人员郑国带着《归庄图》到北京故宫鉴定时,专家给出的参考价格

---

① 任凤霞:《一代名士张伯驹》,北京:当代中国出版社,2006年,第194页。

是 1 万元。

在宋振庭、张伯驹等人的感召下，阮鸿仪也把家藏的书画珍品拿了出来，如赵孟𫖯的《种弘书札》卷、《宋元名人诗笺册》、明代孙隆的《花鸟草虫图》卷都捐给了省博物馆。

于省吾先生也找到省博物馆，把自己珍藏的明代马守贞的《兰花图》卷捐了出来。

一时间，吉林省博物馆在全国博物馆界的腰身挺拔起来。

先生们深厚的文化情怀让人们感动，在此过程中，宋振庭功不可没。而对于丰富国家文化收藏的痴心，宋振庭更是终生不渝。十年动乱期间，他在吉林省委一间办公室的墙角垃圾堆里发现了一幅被造反派当作垃圾扔掉的米芾的书法真迹，便装作收垃圾把这幅书法珍品带出来，并妥善保存。十年动乱结束后，他第一时间把这幅书法作品交给省博物馆收藏。

1978 年 7 月，在宋振庭的积极倡议和主导下，吉林省正式成立了省文物局，下设 6 个直属单位：省博物馆、省革命博物馆、省图书馆、省文物考古队、省考古研究室和省文物店。与此同时，各市县也相应地成立了文物管理机构，吉林省的文博事业初步有了系统的管理机构。

四、诚恳与谦恭的交心者：愿结岁寒图里友（张伯驹《蝶恋花·柬胡秋词家》）

（一）

熟悉宋振庭的人都知道，他在与人交流的时候永远兴致勃发，有讲不完的话；而在他闲暇的时间里，他对知识的探求则永远兴趣盎然，从无停歇。文史哲是他的看家本领，但并不妨碍他百科全书式的阅读。他对戏剧感兴趣，有时候也唱上两嗓子；他对书画感兴趣，开笔作画不输名人，《水仙图》《雨竹》《虾趣》等画作后来竟拍出十多万元一幅的高价；他对音韵、围棋、中医、经济，甚至佛法，都感兴趣，讲什么都能讲得头头是道。

他家里没有别的，只有书，书包裹着他，一圈，也涵养着他，一生。

吃饭前，他手里拿的是书，睡觉前，他手里拿的是书，出差了，他手里拿的还是书。他生活上并不精细，出门不是丢衣服就是丢毛巾，但从不丢书。熟悉他的人都知道，凡有关哲学、历史学、文学、音乐、戏曲、美术的书，他见到了绝不会错过，必须买到手里，买来就读，从不耽搁。

宋振庭曾经这样告诫自己：一个合格的干部不能做本职工作的外行。历史证明，他在理论界、教育界、文艺界、新闻界、出版界等等一个宣传部部长所能涉及的所有方面，都是行家里手。

为了弄明白一些问题，书里找不到了，他就找学者和专家。在一些节假日或休息时间，历史学家兼古文字学家于省吾，文学家、诗人张松如（公木），历史学家、文学家杨公骥经常会接待这位专程登门求教的宣传部部长。

有一段时间，宋振庭要弄清楚佛教唯心论方面的几个问题，但读过的书却让他觉得不能完全解决这些问题。于是，到了星期日，他早早就会来到长春般若寺，向佛学界很有名气的老方丈澍培讨教。有时，兴之所至，他会和澍培谈一整天，担心记不住或有启迪的地方，他还要记笔记。后来，他曾经和赵朴初长谈佛学，让这位卓越的佛教领袖慨叹：想不到我们的老干部里还有对佛学懂得这样多的人！

第三章 士人的风骨

为了弄清楚更多的艺术问题,宋振庭还主动去结识知名的画家、音乐家、戏剧家、曲艺家,如吴作人、谭元寿、骆玉笙等。他说,这些人都是老师啊,要向他们虚心讨教,只要有机会就应该登门拜访(孟宪伦:《无悔的人生——宋振庭同志二三事》)。

正是这样孜孜不倦的学习,让宋振庭在很多方面都达到了炉火纯青的地步。一次,北方昆曲剧院请他去看《牡丹亭》的彩排,在与演员们交流的时候,他竟能将杜丽娘的唱词大段大段地背诵出来,让众多在场的戏曲专家惊异不已。

越是好学,就越是诚恳和谦恭。1962年6月25日,他给省博物馆负责人王承礼写信:"你努力于搞地方史,对事业有热情,很感动我,我也想有机会和你们学一点,我个人浅薄得很,

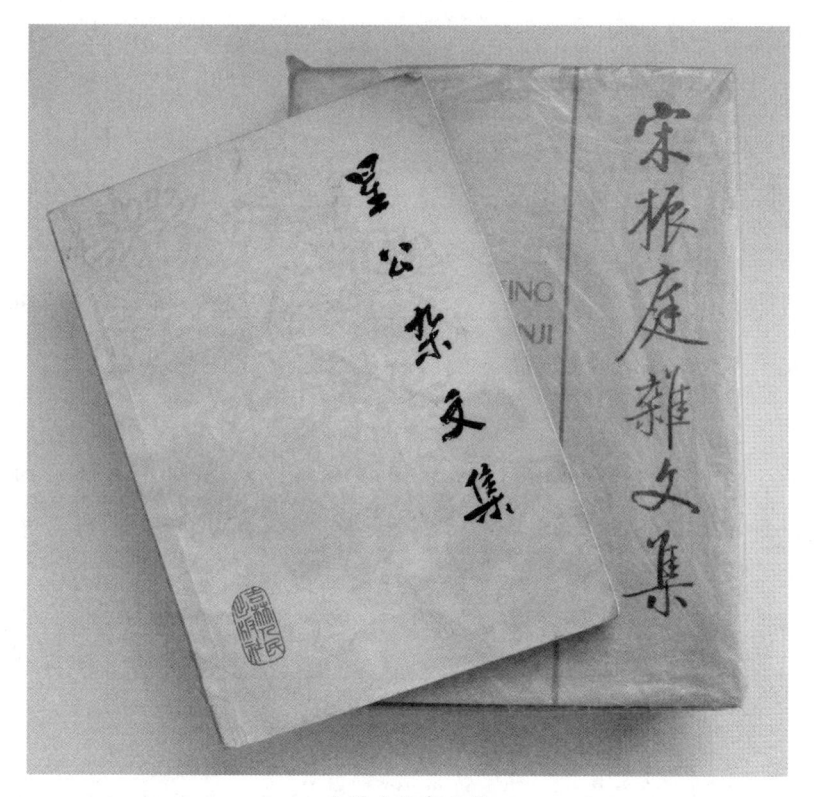

宋振庭的杂文集

但什么都想知道一点,确是诚心诚意,并不虚假……"(吕长发:《宋振庭与吉林省文教事业》)

他笔力精专,《星公杂文集》《怎样自修哲学》《什么是辩证法》《新哲学讲话》《思想、生活、斗争》《当代干部小百科》,等等,思想被他的一支妙笔描绘得栩栩如生。在20世纪50年代末,他还组织省内高校的知名学者编写了《马恩列斯的哲学语录》《马克思哲学原理》等教科书。其中,《马克思哲学原理》后来被教育部指定为全国大专院校哲学教材,曾先后再版六次(孟宪伦:《无悔的人生——宋振庭同志二三事》)。

正因为宋振庭的好学,其纵横古今的学问与叙理精辟的见识令人刮目相看。1961年6月,傅抱石和关山月来吉林写生。宋振庭对两位艺术家的到来给予了热情接待。对于书画艺术的交流和长谈,让傅抱石对宋振庭惊为天人。宋振庭对两位艺术家画作的评价,让傅抱石长衣作揖,说,你把我最近苦恼的问题点出来了,你是我的老师。此后,傅抱石对关山月说,想不到东北还有这么一个人,地方官里还有这样懂艺术的人!在胡志亮所著《傅抱石传》中有一段宋振庭陪着傅抱石乘火车到延边的描写,他们在火车上的对话,成为品评当时中国绘画艺术的经典:

"……对目前流行的一些山水画,我有一些看法。什么仿黄鹤山樵啦,用羊毫软笔来画,乍看还很见笔力,看多了,黑乎乎一片,造型千篇一律,脱离了生活的中心和自然的面貌,这样下去是不行的,是没有前途的,我感到苦闷。这是第一点。"

傅抱石极有兴趣地听着宋振庭"谈画论道"。

"其次,清代'四王'的摹古之风,那种琐碎的、积木

第三章 士人的风骨

式的、半工半写的山水，到清末以后，越无生气。而有些老先生，功力也不惟不厚，却专事于临古，陈陈相因，再这样下去，中国的山水画还有什么出路呢？"

宋振庭说得很认真，表情是严肃的，情绪也很激动。

"第三，"宋振庭接着说，"解放后的五十年代，出现过利用油画的方法，以重彩来表现山水，是不是历史上的大青绿？我倒认为，看来看去，这种以彩代笔，笔不胜墨，实际上就是水彩画，是一种新的、重的水彩画，还不是国画。……"

……傅抱石这时倒严肃起来："简直是切中时弊，一针见血！好久没有听见这种见地透脱的直率话语，真乃肺腑之言。而且这种观点，从你这样的党的高级领导干部口里讲出来，我真有些奇怪呐。共产党里有你这样的人，真不好理解！"

傅抱石说完这话，两人不觉会心地哈哈大笑起来，确实，傅抱石已经把宋振庭引为知己了。……

几天的接触，傅抱石已将宋振庭引为知己。在实地体验了长白山天池后，傅抱石耗费5天时间绘制了高不足30厘米、长达2米有余的横幅长卷《天池林海》。

1961年7月1日一大早，宋振庭又来宾馆陪傅抱石，这时傅老先生兴致极高。《傅抱石传》又记述了精彩的一幕：

"你出题，我给你画，但你要为我服务。"

"行，今天的时间就归我们两个人所有！"

"你出题吧！"傅抱石说。

"画一幅《水墨飞泉图》，不用一点颜色；要万山空鬟，流泉从山里喷射出来，满室要能听见水响；而且要进屋看了画后，身上感觉冷，体温得降多少多少度。——如何？"宋振庭笑曰。

听宋振庭说完，傅抱石也笑着说："这真要我的老命！"

……

整整画了五个小时，才算完成。最后，他在画上题写："振庭同志出题考试之作，即请教正如何？"

"傅公，看见你这幅画，我想起了石涛收到八大山人寄来的《大涤草堂图》时，喜极而漫题其诗，我稍改一字即成'画成巨幅真堪涤，炎蒸六月飞秋霜'，果然有此神力呀！"

傅抱石大作告成，也很高兴，风趣地说："感到了凉意就可，我就算考试及格，你的体温可不能降呵，否则我可吃不消！"

两位知音爽朗地哈哈大笑起来，声震屋宇。

（二）

宋振庭与张伯驹、潘素等人的友谊，一直被后人津津乐道。可以说，没有宋振庭，张伯驹和潘素很难有人生后半段的那次闪光。宋振庭给张伯驹提供了一切能够想到的条件。而这种友谊延伸到所有志同道合的人身上。

当张伯驹提出想组织"春游社"的时候，宋振庭二话没说，指示王承礼在博物馆二楼专门开辟出一块地方，这才让张伯驹、于省吾、罗继祖、裘伯弓、单庆麟、阮鸿仪等艺术家有了聚会场所，"春游社"日后演变为政协书画组也是由此发端。

不仅如此，宋振庭为了张伯驹能够早日摘掉右派的帽子，不

第三章　士人的风骨

宋振庭与潘素合作绘画

停地到处奔走。在他坚持不懈的努力下，时间不长，中共吉林省委有关部门就做出了摘掉张伯驹右派帽子的决定。这对于一个熟悉历史，又在历史中沉浮的人来说，内心是多么大的一个安慰。张伯驹夫妇以更加澎湃的热情投入工作与生活当中，他们寻找一切可能的机会，希望发挥自己的才能，为社会做一点儿贡献。

一天，上课回来的潘素有些抑制不住激动的心情，她告诉张伯驹，吉林艺专刚刚购进了一批数量可观的扇面和字画，但由于没有真正懂行的人，无法确定这批藏品的真正价值。潘素希望丈夫帮助学校鉴定一下。张伯驹欣然应允。在张伯驹的帮助下，吉林艺专收购的这批700多件扇面以及一些古字画，一一得到准确的鉴定，扇面都是清朝和近代画家的作品，收藏价值巨大。特别是内有张大千的 26 幅国画，件件保真。作为一家省级的艺术院校——吉林艺专能有如此收藏，堪称奇迹。而这批经张伯驹鉴定的艺术作品在日后的学校教学中发挥了难以替代的巨大作用。

宋振庭与张伯驹真诚相交，其友谊延伸到了家庭的内部，宋振庭及夫人宫敏章、张伯驹及夫人潘素，两家之间常有来往，相处甚欢。以心相交的友谊让张伯驹动容，也成为他为国家文博事业做出无私奉献的一个隐性的缘由。来到吉林省博物馆工作之后，为了丰富这个建馆只有几年的新博物馆的馆藏，张伯驹把自己珍藏了数十年的几十件书画文物捐赠、转让出来，如唐写经《大般若波罗蜜多经》卷，元代仇远的《自书诗》卷，颜辉的《煮茶图》卷，赵孟𫖯的《篆书千字文》，明代薛素素的《墨兰图》轴以及董其昌的字对，等等。

张伯驹担任吉林省博物馆副馆长后，宋振庭找到张伯驹，言谈中寄予深切希望：长春作为昔日伪满洲国皇宫的所在地，地位十分特殊，各种文博资源也十分丰富，很多珍宝散落民间。过去，长春本地缺少张先生这样的鉴定专家，现在伯驹先生来了，这是吉林省的机会，要把征购工作迅速开展起来。

宋振庭的信任让张伯驹精神抖擞，马上投入工作当中。张伯驹在当时中国的收藏界是无人能够匹敌的，在认定并为省博物馆收购董其昌《昼锦堂图》之后，张伯驹一发不可收，把一件件珍宝揽入博物馆囊中。1963 年，听说他在吉林任职，他的一位名叫戴亮吉的四川朋友来到长春，找到张伯驹，向他出示了一方精致异常的砚台：砚盒为珊瑚红漆盒，盒底有"万历癸酉姑苏吴万有造"字样，盒上盖内刻一人物像，砚下刻"脂砚斋所珍之砚其永保" 10 字。经张伯驹认定，此砚所绘人物像即为明代十能才女之一的薛素素，砚为江南名砚"脂砚"，是明代端砚里的极品。在

第三章 士人的风骨

张伯驹夫妇在家中与宋振庭等友人合影

清代初年，此砚辗转流传到曹雪芹祖父曹寅的手上，再后来，收藏此砚之人将自己的住处命名为"脂砚斋"。《红楼梦》最早版本即为"脂砚斋"所做批语的版本。曹氏家族衰败后，此砚转到清末收藏家端方手里。端方到四川做官，即携砚入蜀，至此，这方砚台也就流落到了四川。

惊喜的张伯驹立即把这件事情告诉了宋振庭,后用重金把此砚收入省博物馆。他还拿出自己收藏的一幅薛素素所绘《墨兰图》,让宋振庭把玩欣赏。对于薛素素的画与砚同现北国长春,宋振庭惊叹不已。而张伯驹毫不犹豫地在博物馆收藏砚台的同时,把自己收藏多年的《墨兰图》捐献给吉林省博物馆,让画与砚隔了几百年后再度重逢、相伴。

令人痛心疾首的是,在"文化大革命"期间,"脂砚"在外地展出途中神秘地失踪了。张伯驹、宋振庭得知消息后,痛心不已。

1964—1965年间,张伯驹主持编辑《吉林省博物馆藏画集》时发现,博物馆收藏的画作中唯独缺少宋代的真迹,这仿佛一条河流突然断流一样,让某种文化的流传无法得到接续。蓦地,他

张伯驹工作时的吉林省博物馆

第三章　士人的风骨

想起了那幅宋代杨婕妤的《百花图》。

早在北京生活期间,张伯驹已经把自己收藏的晋、唐、宋、元的诸多真迹、名迹捐赠给了故宫博物院,只给自己留下了一件自娱的《百花图》。1958—1959年间,时任中共北京市委书记处书记,分管思想文化战线工作,并兼任中国历史博物馆建馆领导小组组长的邓拓曾通过不同的途径多次找到张伯驹,甚至两次宴请张伯驹夫妇,一方面闲话叙旧,一方面希望他把手中的这件文物重器——南宋杨婕妤的《百花图》卷能够留给中国历史博物馆。

《百花图》卷是已知我国现存最早的一件女性画家的作品,曾著录于《石渠宝笈初编》《书画记》及张伯驹的《丛碧书画录》。画卷于乾隆时期入藏清廷内府,清亡后由北京辗转流于长春,后被张伯驹收藏。面对邓拓的迫切心情,张伯驹迟迟没有答

原文化部颁给张伯驹夫妇的奖状

应。最终扔给邓拓一句话:"画随人走。"

面对吉林省博物馆藏画的断流,张伯驹又一次站到了十字路口:没有留给北京的中国历史博物馆,反倒要留给祖国边陲的吉林?抑或干脆谁也不给就这样不动声色?但这不是张伯驹的性格。更何况,在吉林省得到的礼遇,让张伯驹心跳怦然。最终,为充实吉林省博物馆馆藏,张伯驹忍痛割爱,把自己收藏的最后一件珍品《百花图》无偿捐献出来,成为吉林省博物馆的镇馆之宝。这对于一位视文物如生命的收藏家,一位已经走入暮年的收藏家,弥足珍贵!

"谢谢你,张老先生,你使我们的博物馆成富翁了!"宋振庭握着张伯驹的手,激动不已。

这种友谊一直延续了一生。1982年2月26日,张伯驹逝世,宋振庭亲送挽联:"爱国家,爱民族,费尽心血,一生为文化,不惜身家性命;重道义,重友谊,冰雪肝胆,赍志念一统,豪气万古凌霄"。当年7月,宋振庭专门给时任中共中央总书记胡耀邦和吉林省委书记强晓初写信,把潘素的相关情况说得一清二楚,请求组织处理好潘素的有关事宜。不久,胡耀邦就做了批示,吉林省为潘素落实相关政策,正式聘任潘素为吉林艺术学院(前身为吉林艺专)美术系教授,有关部门还补偿了张伯驹和潘素在十年动乱中的经济损失。政府还拨出专款,修缮潘素的旧宅。一个新的职务很快被任命,潘素成为中国画研究会理事。不仅如此,潘素还被推荐为全国第六届、第七届政协委员(吕长发:《宋振庭与吉林省文教事业》)。

当然,这些都是后话。回到20世纪五六十年代,吉林艺专的史怡公、卜孝怀、孙天牧等大画家都不是本土的画家,但他们知道吉林有个宋振庭,知人善任,并且在宋振庭直接或间接邀请下，他们来到了彼时交通闭塞的关外，然而，他们心甘情愿地在这里工作和生活，因为宋振庭营造了一个能够充分发挥他们特长的环境和天地。有一个懂业务、重情义的"门内汉"时常关心他们的生活，肯定他们的成就，时常来看望他们，与他们说话聊天，没有任何领导的架子，这比什么都让艺术家们暖心。

有很多本来临时来东北帮忙的专家也因为感受到了某种美好而留了下来，并且一留就是一辈子。吉林省博物馆的郑国、刘俊普就是比较典型的两位。他们原本在北京故宫工作，因为工作需要被派到吉林锻炼，结果却在吉林扎根，一直工作到退休。

本土画家王庆淮，如果没有宋振庭的发现、关心和提携，恐怕很难成长为吉林省美协主席，在更高的层面推动"关东画派"的成长和完善。

王庆淮去世之后，宋振庭不顾身染沉疴，对王庆淮的家人呵护备至，给以多方面的支持和关怀。他冒着酷暑联系火化及购置骨灰盒等事宜。在向王庆淮遗体告别时，他的泪水更是夺眶而出。

宋振庭后来曾对朋友说起自己在当年招揽四方贤士、振兴东北文化的事情。他说，"文革"中那些造反派说被他"网罗"重用的艺术家当中，卜孝怀、张伯驹、包桂芳、佟雪凡……还有王庆淮，现在他们都先后作古了，而这些人都是确有真才实学、不可多得的人才啊！

（三）

吉林省有一出地方剧种的代表剧目——吉剧《桃李梅》，剧本的第一作者署名"薛白洛"。何谓"薛白洛"？"学伯乐"的谐音也。谁在以"学伯乐"自勉？宋振庭也。

"薛白洛"这个名字是怎么来的？这里面有一个鲜为人知的故事。

在东北二人转的发展史上，王肯是个响当当的人物，因为他对二人转的历史、理论以及曲目整理、编排、创新等方面的贡献，被称为二人转的教父。然而他却被打成了右派。在1959年下半年，求贤若渴的宋振庭为了创排吉剧，跟别人打听王肯的下落。有人告诉他，王肯在吉林省西北的偏远城市白城改造，在那里修公路。

宋振庭立即安排赴白城的行程，他要亲自会一会这个与二人转有着千丝万缕联系的传奇人物。整整坐了一天车，宋振庭终于来到了白城，他又马不停蹄找到相关部门，直接来见王肯。两人见面后，大聊特聊东北的戏曲，聊东北二人转，聊创排吉剧的路径。宋振庭大感快意，迄今为止，他还没有碰到过一个像王肯这样对二人转、对新创排一个剧种有如此深刻认识的人，有如此远见卓识的人。"跟我回长春！"宋振庭临了对王肯说。

随后，宋振庭找到相关负责人说，这个叫王肯的人，我要带走。负责人说，那不行，他在这儿改造，省里要带走，我们同意，但必须得有手续。宋振庭说，手续我给你们后补，人我必须带走！

第二天，王肯坐上汽车，与宋振庭绝尘而去。王肯在后来的回忆录中说，他是被宋振庭"救"回来的。然而这时的王肯还是右派，他表示做一些事情不太方便。宋振庭说，你先改个名。叫什么呢？所谓"近朱者赤，近墨者黑"，王肯说，就叫"王近朱"吧。这个名字一直叫到他摘掉右派的帽子。期间，王肯整理完成的第一本《东北二人转资料》就是以"王近朱"的笔名出版的。

知遇之恩，让王肯牢记心中。在随后创排的吉剧《桃李梅》

第三章　士人的风骨

王肯（左一）与王兆一合影

中，由于故事梗概都是宋振庭创作的，王肯给宋振庭郑重地起了一个笔名："靳伯乐"，意为"今天的伯乐"。宋振庭知道了，坚决不同意。他说，党才是今天的伯乐，我怎么能担得起啊！我顶多算是向伯乐学习。这样，王肯才又给他起了"薛白洛"的名字。

像对待王肯一样，人才在宋振庭的眼里是绝对的生产力，否则不会有对张伯驹等人那些细致呵护、关心的行为。20世纪五六十年代，在奔赴吉林从事文化工作的浩荡大军里，在众多能够称为"先生"的阵营中，绝大多数是宋振庭请来的、挖来的、要来的。

反复提及的书画界的艺术家们不再多说，单以戏曲界为例，为了振兴吉林省的戏曲事业，宋振庭瞄准人才济济的北京，因为他的谋划，众多名家巨擘开始了人生中的文化"闯关东"。20世纪50年代末60年代初，北京戏曲界一些著名的老艺人，因年龄原因，已经无法经常性地登台演出。宋振庭向他们隆重地伸出了橄榄枝，把他们请到吉林，大胆使用。有的直接安排在吉林省京剧院院长、吉林省戏曲学校校长等关键岗位上。一时间，吉林在北京刮起的招贤纳士风，风头强劲，令人瞩目。京剧四小名旦之一的毛世来来了，王瑶卿的弟子王玉蓉来了，梅派传人染小鸾来了，马派老生丁英奇来了，余派老生万啸甫来了，倪兰萍、郝明超、贾多才……

从此，咿咿呀呀的戏韵响彻吉林长春的街头，关外的天空飘荡起戏曲艺术的彩云追月。

1962年，吉林省图书馆的一名普通员工金恩晖根据自己的研习所得写了一篇美学研究的论文，发表在《吉林大学学报》上。令金恩晖无论如何也想不到的是，不久，他接到来自省委的长信，写信的人竟然是省委宣传部部长宋振庭。在这封3000多字的信里，宋振庭广泛而深入地谈到了美学和文艺理论的诸多问题，特别是对金恩晖的治学方向、方法给予多方面的指导，还专门引用了一首郑板桥的诗《偶然作》鞭策他，诗云："英雄何必读书史，直摅血性为文章。不仙不佛不贤圣，笔墨之外有主张。"

"我刚走出校门，二十几岁，大有受宠若惊之感，将这封毛笔写得龙飞凤舞的十多页信笺珍存案内，不时翻检，以为砥砺"（金恩晖：《直摅血性为文章——缅怀宋振庭同志》）。金恩晖还写到了他对宋振庭的印象："他虽为省委宣传部部长，却平易近人，不摆大官的架子，对古今中外各种问题即兴发表的议论，虽片言只语，却幽默风趣，常常蕴含着某种深刻的哲理。他给我的印象是通体透明的，其人、其言与其文是完全一致的。"

第三章 士人的风骨

后来，金恩晖成长为我国图书馆领域的专家，曾任吉林省图书馆馆长。

所有这些，其实缘于宋振庭对文化的深深敬意，也缘于他高贵的人格。就在1961年接待关山月和傅抱石的过程中，一幕宋振庭啃馒头的场景让两位艺术家永远也不能忘记："领导为了让关内远来的稀客生活过得好一些，在物质匮乏的情况下从各方面调来比较难得的食品，保证客人的伙食。可是，宋振庭从来不肯跟客人一起进餐，每天带着几个黄馒头跟着傅、关等上山游览写生；客人吃饭时，他就躲在一旁啃硬馒头。"[1]

这就是宋振庭！"一个有着文人风骨、士人情怀的高级官员，一个被大师名宿惊为'东北竟有此等人物'的博览群书式的人杰，一个深邃多思、表达灵动的思想大将，一个颇有个性、激情澎湃的关东汉子，一个重情重义、令人神交久矣的师长、朋友……"他"身上的每一个细胞都是属于文化的，从一开始就热烈地燃烧。……当小小少年流亡到北京街头的时候，他的文化属性与抵御外侮迅速结合，救国图存成为他人生的主题。然而战火没有挡住他思想的光亮，被慧眼识珠者选送到华北联合大学从事哲学理论研究。在短暂的战场烽火之后，文字的魅力再一次把他唤回到新闻纸前。继而他回到故乡，当了一段公务员。最终，新中国建设中文化的力量促使他进入地方官员的高级别层面，并把自己对文化的理解彻底点燃，然后尽情地在文化的大地上放起大火。这种力量，只属于宋振庭。""像北方大地上一株高大的柳树，他往往最早听懂春风的心思，而暗暗释放出绿意，随风的摇摆其实

---

[1] 关振东：《情满关山——关山月传》，北京：中国文联出版社，1990年，第178页。

是向周围的万事万物挥手示意。他的树干非常粗壮、坚硬、挺拔,他的丝绦却柔和、体贴、敏锐。他要告诉你态度,他能听懂你话语。""他是千年士人藏侠气,他是一代文官宋振庭"(鲍盛华:《一代文官宋振庭》)。

五、地方戏剧的创立者:回首丘山重,佳木已成林(宋振庭《社会科学战线》发刊五周年题词)

1959年元旦刚过,长春进入到一年中最冷的时候,最低温度常常达到零下三四十摄氏度。就在天寒地冻之时,一个叫作"新剧种创编组"的临时团队成立了。这个团队里有写剧本的,有设计唱腔的,还有导演,一大帮人每天晚上就聚集在省委宣传部部长宋振庭的家里,连弹带唱加争论,不到后半夜很少离开。

关于这个团队的成立,有一个非常流行的说法:1958年,东北各省区域协调会召开,周恩来总理亲临会议。他在谈到东北的文化创作时说,南方各省的地方戏很多,东北却很少,有名的更少,几乎没有。他鼓励大家加大艺术工作力度,改变钢铁、电力、煤炭、大豆、高粱都位居全国前列,赫赫有名,而艺术作品却令人知之甚少的局面。

正是在这次会上周总理的鼓励和指示,让宋振庭立即行动起来,拉起一支人马,立志要创建一个具有吉林地方特色的新剧种。

(一)

创编出一个新剧种谈何容易!但宋振庭有信心,他把目光锁

第三章　士人的风骨

定在了"二人转"上。

然而，把二人转作为创编新剧种的基础或者"母体"，在当时是有争议的，原因并不复杂，很多人认为二人转粗气、俗气、土气，本身不是什么阳春白雪，难以登上戏曲的大雅之堂。但宋振庭却坚持认为，吸收传统二人转的精华，就可以实现登上大雅之堂的新剧种的梦想。从宋振庭1962年3月24日《在全省二人转工作会议上的报告》以及《独辟蹊径，并坚持走下去》等一系列讲话或文章中可以看出他对二人转的分析和理解。

> 为什么总讲二人转，是个人偏爱吗？不是。我个人喜欢的东西多了。我是吉林省委宣传部长，省委宣传部和省文化局与一千五百万人有关。我个人啥都喜欢，为什么老讲二人转？因为"嫁"到这里了，中国有个吉林省，吉林省有个二人转，二人转是个大问题。十年来有些争论，越争论越清楚。①
>
> 我是从宣传工作的角度，从东北人民（特别是农民）最喜欢二人转，要努力发挥它的威力，为思想工作、政治工作、文艺工作的作用，才爱上二人转的……想当年敌视二人转的人是多么厉害呵！讨厌二人转，公开地诅咒二人转，攻击它，一提起它就会气不打一处来的阻力，当年是多么强大呵！
>
> 现在许多剧团赔钱，只有二人转剧团不赔，全省数二人转剧团赚钱，而且还养其他剧团。为什么会出现这种现象？道理简单……二人转的根基在人民群众之中，是很好的、很有生命力的东西。大剧团、大戏有些地方比不上它……它和人民日常生活艺术最接近，和民歌、秧歌、笑话、民谚、相

---

① 转引自吕树坤：《宋振庭与吉剧》，《社会科学战线》，1991年第1期。

声等接近。和人民最近，这更是它的长处。……1. 它是农民语言的宝库。要想学习农民的语言，当然要向农民直接学习，但是二人转的语言，就是东北农民最生动的语言，民间化、口语化，它的唱词根本不存在听不懂的问题……2. 它是音乐曲调的宝库。二人转的音乐曲调丰富多彩，素有"九腔十八调"之称，什么曲调都能吸收，充满各种各样的曲调。音乐语汇平易近人，为东北人民喜闻乐听，直到现在我们还没有把它所有曲调都挖掘完毕。3. 它是舞蹈舞汇的宝库。二人转的舞蹈基本属于秧歌体系，借鉴了其他姊妹艺术的许多东西。4. 它是东北民间说唱表演艺术的表现方法的宝库。戏剧的"四功五法"，相声的"逗哏""捧哏"，曲艺的"现身说法，说法现身，行出行入，分包赶角，装啥像啥"等等表演形式，在二人转里都有。

在二人转的基础上发展成一个剧种，这不是主观的想象。二人转本身就有这么一个发展道路，它已经出现了拉场戏。我们不搞，人家自己也干。

本着"有源可寻，群众喜欢，独具一格"的要求，我们就有可能创造富有地方特色的"吉林戏"。

宋振庭的选择是明智的。就像没有能够植根的土壤，植物不能存活一样，任何一个剧种如果失去了人民，也必然走向最终的消亡。为了让最终创编的新剧种能够登上大雅之堂，宋振庭告诉这些在他家里"折腾"的团队成员们，要坚决把二人转中的脏口、带有性暗示的"双关语"、色情挑逗、互相贬损、粗俗的语言等等完全去除。更关键的是，他要求，头几个新戏一定要依据二人转的传统剧目做，这样就会使新戏创编减少阻力、避免走弯路，可以集中力量突破主要的问题。[①]

经过几个月的艰苦努力,在当年9月,秋风刚刚刮起的时候,吉林迎来了新剧种的收获之时,"新剧种创编组"的第一个实验剧目《蓝河怨》上演了。这个剧是在多年流传的深受老百姓喜欢的二人转《蓝桥》基础上创作出来的。通过《蓝河怨》的首演,"创编组"解决了新剧种的小生、小旦、彩旦、小丑等行当的问题,并把二人转中的"柳调"做了大胆的改造和运用。

然而,《蓝河怨》作为新剧种的"第一块基石",宋振庭却并不满意,因为他觉得作为地方戏曲,这个剧没有让新创编的剧种"过戏曲关"。他在思考着,琢磨着,一段时间内,甚至着了魔,连做梦都在考虑剧情和内容。他是想创编一个比较大的袍带戏,那样的话,行当会比较全,能够真正为新剧种奠定基础。

(二)

1959年秋,《蓝河怨》开始在省内一些有条件的地方巡演。当剧团来到通化地区的时候,适逢宋振庭在这里视察工作。北方的秋天,透出的冷峻着落在漫山树木之上,便拥有了五颜六色的枝叶渲染的群山。此时宋振庭的心情正被自己连日来反复琢磨的一出新剧的剧情激荡着,他觉得,这幕新剧也许能像秋染群山一样,让新创剧种的色彩绚烂起来。

一天晚上,顶着秋凉,宋振庭来到剧团所住的招待所看望演员。他随意地在房间里的床上一坐,倚靠在床头的枕头上,听大家说完演出的感受后,向众人讲述了他近段时间以来日思夜想的

[①] 吕树坤:《宋振庭与吉剧》,《社会科学战线》,1991年第1期,第241页。

新构思。

宋振庭把故事的背景设定在明朝的万历年间。集宁县知县袁如海被称为"弯腰知县",老实厚道,为人懦弱。袁如海的夫人封氏却与他正好互补,精明干练。二人育有三个聪明伶俐、貌美如花的女儿:袁玉桃、袁玉李、袁玉梅。长女袁玉桃已经嫁给了总兵府文案赵运华;次女袁玉李聘给甥儿燕文敏,尚未过门;三女袁玉梅精通诗书,文思敏捷,聪慧过人。一天,次女袁玉李去赶庙会,路上巧遇总兵方亨行,方亨行被其美貌打动。残暴专横的方亨行,立即迫使赵运华做媒人,逼着袁如海答应这门亲事,准备中秋节时正式迎娶。夫人封氏听说后,勃然大怒,但思虑多时觉得不宜强辞,只能智斗。于是,她找到三女儿袁玉梅,商量计策。后通过巧计使方亨行在庚帖上写下了"銮驾迎亲"字样,获得了方亨行轻视皇威、欺君犯上的罪证。袁玉梅遂女扮男装,进京告御状……

跌宕起伏的剧情吸引着大家,每一个人都想不到,日理万机的宣传部部长会创作出这么婉转的故事。他们都明白,这个故事拿到舞台上表演再好不过了。

说完故事,宋振庭又给大家讲人物的设定,情节的设置,场次的安排,以及剧目演出过程中的每一个细节,甚至连舞台提示和上下场诗,都做了详尽解说。大家兴奋起来,他们觉得,宋振庭哪里是在讲剧情,其实已经把一整部剧全都想通透了,把每一个需要具体操作的环节都安排完了,给他们分配一下角色,他们就可以上台演出了!

一种抑制不住的激动情绪撞击着演员们的心,大家的脸上洋溢着满满的期许。此时,已是午夜时分。然而,那对于新剧种创编的心情,仿佛仍然意犹未尽。宋振庭告诉大家,他想好了,这个新剧就叫《桃李梅》。

1960年，在众人的期待之下，在一班人细致润色之后，《桃李梅》正式问世，走上了艺术舞台。从此，个性鲜明、不受欺压、聪明智慧的"桃、李、梅"三姐妹形象成为中国戏剧界的经典。由于该剧剧情跌宕，矛盾冲突处置合理，引人入胜，且东北地方特点突出，大方、生动、热烈，观赏性强，很快在长城内外唱红，很多南方剧团还进行了剧种移植，让《桃李梅》的故事从东北走向江南。

《桃李梅》公演之后，吉林省的这一新兴剧种也有了自己的名字——吉剧。这也是吉剧史上的第一座难以逾越的丰碑，成为后来数十年经久不衰的保留剧目。在唱腔的设计方面，《桃李梅》把柳腔和嗨调作为两大基调，同时，还增加了花旦唱的"打枣"曲牌。

《桃李梅》让吉剧作为具有鲜明地方特色的剧种起航了。而宋振庭的创作热情还在继续，除《桃李梅》外，他又参与了《杨家将十小战辽王》《杨家将十女夺雁门》等剧本的创作。

"新中国成立后，在百花齐放、推陈出新方针指引下，二人转有很大发展。1958年，又出现向戏曲发展的趋势。我省人民也有创建本省剧种的强烈要求。正在这个时候，敬爱的周恩来同志指示我们要繁荣发展东北的文化，丰富创造自己的地方剧种。这样，吉剧便应运而生了。"宋振庭在《吉剧创建二十年》一文中这样总结吉剧的诞生。而在同一篇文章中，他点到了吉剧发展的"命根子"："二人转是吉剧的母体，创建吉剧离不开二人转，发展吉剧更离不开二人转。这是吉剧的命根子。吉剧离开二人转，就要脱离东北人民，就要处在茫茫十字路口，无所适从。"

而在此过程中，如何保留，如何创新，宋振庭又在《从炒菜想到文艺》一文中有过经典的论述："太顽固、保守，抱残守缺，明是自己的弱点也不改，明是糟粕也硬说成传统或精华，硬是守着老腔老调，不管观众接受不接受，这种僵化的态度要使一个剧种走到死胡同里去，没有好结果。可是，如果翻转过来一味地追求别人的长处，忘记自己的长处和风格，从形式到内容全盘变成别的东西，那也只能是自己消灭自己。"为了让吉剧拥有长久的生命力，宋振庭主张，吉剧要"通盘吉剧化"，"要形成东北丑流派"，原因很简单，东北有这样的土壤。此外，他还主张，吉剧要有自己稳定的、独特的基调旋律，不要太复杂，要让广大东北的男女老少像随时能哼唱几句二人转一样，也能随时哼唱几句吉剧的经典唱词。

宋振庭深度的思考和前行的脚步惊醒了吉林戏曲的晨星。

（三）

宋振庭以饱满的热情和钻研的精神促动着吉林省新剧种的诞生，而更关键的是，他打造了一支兵强马壮的队伍，这支队伍的每个人都足以熠熠生辉，照亮吉剧前行的夜空。

先看那日日夜夜在宋振庭家里"折腾"的"新剧种创编组"的组长张先程，当年，那可是个家喻户晓的人物。

"五十岁的老司机我笑脸扬啊，拉起那手风琴咱们唠唠家常……"1956年7月13日，新中国第一辆解放牌卡车在长春一汽诞生，结束了中国不能生产汽车的历史。几乎同时，一首《老司机》伴随着解放牌卡车风靡大江南北，红遍祖国大地山川，其欢快而又充满激情的旋律让新中国人民的自豪与幸福传递到每一个人的心灵深处。他的曲作者就是张先程，词作者则是"新剧种

第三章 士人的风骨

创编组"团队另一个重量级人物刘中。

1959年1月,宋振庭着手组建"新剧种创编组"时,把早已相中的张先程任命为组长,把刘中、刘方、那炳晨拉过来作为骨干成员,而这些人,也成为宋振庭给吉剧播撒的"第一把种子"。

张先程是土生土长的长春人,原名张宪民,笔名先程,1931年出生。1953年,22岁的他从东北鲁艺作曲系毕业,回到长春文工团工作。因为歌曲《老司机》,他在二十几岁就已经国内知名。宋振庭认为,他是创编新剧种的最合适人选之一。而就在被宋振庭选中做"新剧种创编组"组长、并创排了《蓝河怨》之后的这一年10月,他作为吉林省劳动模范,参加新中国成立10周年国庆观礼,受到毛泽东等党和国家领导人的接见。

从北京回到长春后,张先程立即马不停蹄地投入《桃李梅》的创作当中。他以二人转曲调作为总的基础,确立以"柳腔""嗨调"为吉剧的主要基调,还设计了原板、慢板、二六、流水、散板、哭头、叫头等多种板式,并吸取其他剧种的长处,为新剧种——吉剧的音乐特色的形成奠定了基础。在《桃李梅》以及后来的《搬窑》《燕青卖线》《江姐》《三请樊梨花》等吉剧剧目中,张先程的音乐才能得以淋漓尽致地发挥。在吉剧戏曲理论探索方面,张先程不但是实践者,也是理论的集大成者,著有《吉剧音乐》《吉剧创腔参考》《吉剧唱腔选》《吉剧创作纪实》等理论著作,为吉剧的剧种建设奠定了坚实的理论基础。吉剧作为新剧种被正式确立后,张先程还当过一段吉剧团副团长,后来到吉林省戏曲学校担任副校长、校长。可以说,吉剧能够在几十种新创剧种中保留下来,并且在全国数百个戏曲剧种中脱颖而出,以顽强的生命力走到今天,张先程做出了巨大的贡献。

张先程的老搭档刘中是吉林省九台县(现长春市九台区)

人，比张先程大两岁。在发表《老司机》之前，刘中曾经作为戏曲工作者在抗美援朝时期赴朝鲜前线为志愿军进行慰问演出。加入"新剧种创编组"后，他夜以继日地工作，对吉剧创编做出了重要贡献。他与宋振庭一起，讨论剧情，设计矛盾和冲突，也是《桃李梅》的作者之一。

就在《桃李梅》进入紧锣密鼓创作的时候，一个对二人转传承发展和吉剧创编都起到至关重要作用的人物被宋振庭调进了省吉剧团，他就是王肯。

1959年11月8日，是王肯永远也不能忘记的日子，这一天，吉林省宣布第一批摘掉右派分子帽子的名单，王肯名列其中。与此同时，宋振庭催促相关部门，一纸调令发到东北师范大学，王肯从此改变了命运，吉剧从此绽放了青春。

王肯何德何能，让省委宣传部部长为他在"摘帽"上做工作、并急令其加入创编吉剧的"战团"？

王肯，1924年出生于辽宁海城。青年时期，曾在东北军政大学、佳木斯大学学习。26岁时，他来到东北师范大学工作，成为音乐系的一名教员。

王肯从小就酷爱辽南的大秧歌，喜欢二人转，"我是吃二人转的奶长大的"成为他对自己艺术人生的评价。他终生研究东北民间戏曲艺术，被一些业内人士称为"二人转大主教"。

早在土改时期，王肯就运用二人转的曲调，创作了唱遍全东北的秧歌剧《二流子转变》。

1951年，他从长春赶到沈阳，把二人转著名老艺人程喜发请到了东北师范大学。程喜发精神抖擞，带着一副竹板，登上了音乐系讲台，边唱边讲，成为国内首个走上大学讲台的民间老艺人，是中国教育史上破天荒的佳话。王肯虚心向程喜发学习，与其朝夕相处，记录整理了这位老艺人一辈子的艺术道路，并将其定名为《二人转的六十年》，成为当时少见的民间老艺人回忆录。这对二人转艺术的传承起到了重大的推动作用。

为了掌握二人转的第一手资料，王肯从1951年开始，一直到1957年，遍访东北三省二人转艺人，每年的寒暑假，都会背着行李到各地采风。在艰苦的工作环境下，他写出了东北第一本《二人转史料》。这在当时人们把二人转视为"下九流中的下九流"的历史背景下，是十分难能可贵的。

这时候，早已经有一双眼睛"盯"上了他。"记得20世纪50年代初，当我知道了东北师范大学音乐系，有一位青年教师研究二人转，并写了很好的文章时，我是多么高兴啊！并且几乎就在50年代初，我就冒叫一声地讲：'我们这里已有了二人转专家了'。其实，那时当这个专家并不是什么好头衔，甚至还容易因此遭到人们的轻视。可是，对我来说，大学的高等学府中有这么一个人在干这件事，该多么宝贵啊！"宋振庭在《独辟蹊径，并坚持走下去》一文中这样写道。

调来吉剧团之后，用王肯后人的一句话说，王肯对吉剧的投入是"心血当墨嫌不浓"。他一头扎进吉剧的创作当中，把多年来研究二人转取得的成果和心得，全部用在新剧种的创建当中。他不负众望，《搬窑》《燕青卖线》《包公赔情》《包公赶驴》《三放参姑娘》等由他编写的剧目，都成了吉剧的经典保留剧目，吉剧一时声名鹊起。后来，王肯担任了吉林省吉剧团团长、吉林省艺术研究所所长、吉林省作家协会主席。

第四章　大学的路径

一、公木：人比山高，脚比路长（公木《吉林大学校歌》）

对于东北腹地吉林的文化建设来说，1961 年是一个极不平凡的年头。从历史的角度看，张伯驹与潘素在这一年加盟东北的文化建设其实并不是一个孤立的案例。

1961 年年底，时任吉林大学校长匡亚明听说了一个消息：著名诗人、学者，中国作家协会文学讲习所所长公木先生因为 1958 年被划为右派而被开除党籍，"发配"到吉林省图书馆做了一名普通的馆员，已经三年多了。想到学校中文系正处在建设的关键时期，匡亚明的嘴角露出了微笑。

公木先生

第四章 大学的路径

公木,非同小可的人物。1910年出生,原名张永年,又名张松甫、张松如,河北辛集人。

"向前!向前!向前!我们的队伍向太阳!脚踏着祖国的大地,背负着民族的希望,我们是一支不可战胜的力量……"1988年7月25日,时任中央军委主席邓小平签署命令:"经党中央批准,中央军委决定将《中国人民解放军进行曲》定为中国人民解放军军歌。"而这首原名为《八路军进行曲》的《中国人民解放军进行曲》,词作者就是公木。

那还是1939年,时任延安抗大政治部宣传科时事政策教育干事的公木,与小他四岁的郑律成住隔壁。郑律成当时是抗大政治部宣传科的音乐指导。由于经常在一起谈话聊天,他们成了很要好的朋友。郑律成发现,公木在笔记本上写了不少诗歌,而且写得很有声势和味道,读起来气韵十足,就尝试着给他的诗谱曲。在这一年春暖花开的时候,郑律成提出了一个让公木听后十分兴

创作中的公木先生

公木先生的著作

奋的想法：你作词，我作曲，咱俩联合起来搞个"八路军大合唱"！

公木的诗情再一次被点燃了，他迅速写出了《八路军军歌》《八路军进行曲》《骑兵歌》《炮兵歌》。大概用了三个多月的时间，公木把构思中的"八路军大合唱"的所有歌词全部完成。

正当郑律成一首首谱曲的时候，组织上调他去了鲁艺的音乐系，但他继续着这项令自己心潮澎湃的工作，直至当年10月，曲子全部谱就。很快，"八路军大合唱"的全部歌曲被油印成册，并迅速传遍全军，掀起了前后方高唱军歌的高潮，其中，《八路军进行曲》更是流传甚广。

解放战争时期，《八路军进行曲》更名为《人民解放军进行曲》；1951年2月1日，中央人民政府人民革命军事委员会总参谋部颁发试行的《中国人民解放军内务条令（草案）》，将《人民解放军进行曲》改名为《人民解放军军歌》；1953年5月1日，中央人民政府人民革命军事委员会重新颁布的《中国人民解放军内务条令(草案)》,又将其改为《人民解放军进行曲》;1965年更名为《中国人民解放军进行曲》,并于1988年被确定为中国人民解放军的军歌。

1958年毕业于吉林大学并留校任教的中文系教师刘中树了解公木被打成右派后来到吉林省图书馆工作的详细信息。看着对人才如饥似渴的校长匡亚明,刘中树把公木的情况做了详陈。对公木文学素养早有耳闻的匡亚明,立即做出邀请公木到吉林大学中文系做代理主任的决定。

1961年底,51岁的公木被安排住进了吉林大学号称"十八家"的宿舍楼的二层,并在那里开创了一个属于他、也属于一代吉大人的文学时代。

还是在1961年,眼看着招募的大家、名家越来越多了,一所大学的底气越来越足,本应感到欣慰的匡亚明却要面对一位得力干将被调走去开创另一番事业的不舍。这个人就是时任吉林大学副校长的佟冬。正是他,多年来协助匡亚明,把他们能够想到的人才"抢"了个够,让这所北国的大学"吃"了个饱。

2011年,由吉林省社会科学界联合会编著的《吉林省社会科学学术名家传略》中对佟冬有这样一段描述:"在他任东北人民大学主管人事和干部的副校长期间,积极协助匡亚明校长招贤纳士,不拘一格,唯才是举。著名古文字学家于省吾、历史学家金景芳、经济学家关梦觉、法学家马起、哲学家刘丹岩、文字学家蒋善国、古汉语学家霍玉厚、文学家张松如(公木)等,一时间群贤毕至……"

打开近代东北高等教育的"历史地图",追寻白山松水间的人文气脉,你也许才会知道,他们开创的事业有多么重要和可贵。

二、东北近代高等教育的"历史地图":吹尽狂沙始到金
(刘禹锡《浪淘沙·莫道谗言如浪深》)

清光绪三十四年八月初一(1908 年 8 月 27 日),晚清政府颁布了中国历史上第一部宪法性文件《钦定宪法大纲》。就在这一年,远在千里之外的吉林,在蜿蜒曲折的松花江边,锣鼓喧天,人们在庆贺一所学校的落成。

1906 年 12 月 30 日,清廷在吉林省城吉林市设立了吉林法政馆,百名左右学员开始了他们中外法律、中外历史、古今舆地、通商约章、教育等课程的学习。1907 年,吉林法政馆又改为吉林法政学堂。1908 年,正式更改为吉林法政专门学校,成为吉林省内第一所高等专科学校。千百年来,广袤而肥沃的黑土地上终于有了自己的高等学府。

然而仅仅过了三年多的时间,大清覆亡,民国肇始,吉林法政专门学校停办。在各方努力下,1916 年,学校才正式恢复,并于 1922 年迁至省城吉林的财神庙胡同。

1927 年,省立女子中学校长祝瀛洲上书省府,提出创建大学的建议。1929 年,时任吉林省政府主席张作相采纳了这一意见。吉林省档案馆《档案吉林》下卷第 82 页记述着张作相对大学的理解:"文教不倡,民智固闭,不设最高学府,何以启迪民生。"[①]为此,张作相安排专人,拨出专款,在吉林市城外一个叫作"八百垄"的地方建立全省最早的一所综合性大学——吉林大

---

① 任美霖主编:《永远的长白山赋》,长春:吉林人民出版社,2018 年,第 105 页。

第四章　大学的路径

学,并亲任校长。1929年8月2日,学校正式成立了。

当年的"八百垄"就是今天东北电力大学的所在地,在该校主楼东侧的一块石碑上详细记录了当年吉林大学的基本情况:"吉林大学是民国时期吉林省官办的唯一的近代大学。由时任吉林省省长张作相主持修建,著名建筑设计大师梁思成先生设计,1931年竣工。由主楼、东楼、西楼三座建筑物组成,皆用长方形花岗岩砌成。三座石楼按海、陆、空三军的含义,象形飞机、军舰、堡垒的特点进行设计,形式宏伟,结构非凡,是梁思成设计的少有的建筑之一,为我国近代建筑的佳作。"(朱彤:《物碑尚在　口碑犹存——张作相在吉林》)

吉林有了自己的综合性大学的消息被流淌着的松花江水,欢快地带到白山松水的每一个角落。吉林从此在教育文化的发展规模上与关内省份并驾齐驱,这也是吉林省独立发展高等教育的历史源头。

按照计划,吉林大学"设文学、理学、法学、工学四院和法律专门部,招收文理预科两班,法律、教育、土木各1班,共有学生329人,教职员55人……"[①]

1931年九一八事变爆发,日军陆续侵占东北三省,刚刚起步的吉林大学被迫停办。

1932年3月,日本人在中国东北扶植清朝末代皇帝溥仪,建立伪满洲国,其"首都"设于新京(今吉林省长春市),除旅顺和大连以外的东三省全境,以及蒙东和河北省的承德市、秦皇岛市,成为伪满洲国的"领土"。

1932年5月,伪满洲国国务院颁布命令,要求各学校课程应

[①] 鲍盛华主编:《吉林文化简史》,北京:人民出版社,2017年,第322页。

教授"四书"等图书，以此尊重礼教，凡是包含党义内容的教科书全部予以废除。1937年，又确定了新的学制，其中高等教育的大学为3—4年。同年，伪满洲国组建了"建国大学创设委员会"，欲建立一所综合性大学，东条英机、星野直树、张景惠、罗振玉等皆为委员会委员，这所学校也成为日后伪满洲国境内最受官方看重的大学。1937年，由吉林国立医院附属学校改造而成的"新京医学院"开始招收学生，1938年更名为"新京医科大学"。1939年1月，"国立新京工业大学"以及"国立新京法政大学"（前身为伪满司法部学校）同时开始授课。

此时，1923年由奉系军阀张作霖创办、张学良曾任校长的东北大学从沈阳被迫迁出，在北平、开封、西安、四川等地"流浪"。

东北的高等教育迎来了最黑暗的时代，殖民文化侵蚀着这片圣洁的黑土地。

黑暗一直延续到1945年。日本战败后，东北有一小段国民党政府统治的时期。1946年，国民党找到著名学者方永蒸，让他出任在原伪满时期吉林师范大学基础上成立的国立长白师范学院，院址在今天的吉林省永吉县。方永蒸，1893年出生于辽宁铁岭，1930年底出国留学，赴美国哥伦比亚大学研究教育。回国后曾出任北平师范大学及西北师范学院教授兼附属中学校长。然而，方永蒸出任国立长白师范学院院长不久，国民党即开始在东北战场节节败退。很快，方永蒸带领部分师生南迁至海南岛，后又迁往台湾。

就在国立长白师范学院成立的同一年，国民党将长春伪满时期留下的"建国大学""新京工业大学""新京医科大学""法政大学"等学校合并建立起一所综合性大学，定名为长春大学。由于原来这些伪满时期大学的规模就已经不小，新成立的长春大学校区更为广阔，规模极其宏大，与国内一些著名大学相比，毫不逊色。

1948年，吉林解放后，长白师范学院与长春大学也迎来了新的生命，它们被归入东北师范大学的前身——东北大学。

三、伪满炭矿株式会社大楼：病树前头万木春（刘禹锡《酬乐天扬州初逢席上见赠》）

1945年，奴役了东北人民14年的日本侵略者终于被赶出了中国，伪满洲国随之瞬间倾覆。就在日本战败的第二年，中共中央为了迅速培养一批党的干部，认为在东北解放区首府哈尔滨建立一所大学十分必要。当年9月24日，这一命令正式签署，学校定名为东北行政学院。仅仅过了10天，在1946年10月5日，学校正式成立了，由东北行政委员会直接领导，院长由时任东北行政委员会主席林枫兼任。

林枫出生于1906年，原名郑永孝，黑龙江望奎人，抗战胜利前任晋绥军区政委。由于熟悉东北的情况，抗战胜利后，中央安排他自1945年9月起任中共中央东北局委员。1946年1月至7月任中共吉辽省委书记、吉辽军区政委。1946年4月至5月任中共长春市委书记、长春警备司令部政委，8月起任东北各省市联合办事处（10月改称东北行政委员会）主席。

1948年5月，又是一年春草绿。为充实办学力量，扩大办学规模，东北行政委员会将此前接收的私立哈尔滨大学改为公立后，并入东北行政学院，改称东北科学院，并于当年7月6日举行了开学典礼，院长由林枫兼任。学校分设理工系、农林系、教育系、行政系和公安系。

东北科学院开学后不到两个月，1948年9月12日，历时52天的辽沈战役打响。同年11月2日战役结束，东北全境得到解放。

就在战役结束的当月，东北科学院奉命迁往沈阳，又改回东北行政学院的名称。"东北科学院"这个牌子只存在了6个月。林枫兼任院长，分设行政、教育、司法3个系，还有一个师范部。经过紧张的筹备，1948年12月，新的东北行政学院在沈阳开学了。

1949年8月，中共中央东北局和东北行政委员会颁布《关于整顿高等教育的决定》，正式将东北行政学院定位为"培养与训练行政干部的高等行政学校"。1950年3月，东北行政学院再一次更名，确定为东北人民大学。任命原副院长王一夫为校长。学校先后设立行政、教育、司法、财政、银行、会计、工厂管理7个系，以及俄文、会计两个专修科和工农干部文化补习班、地方干部训练班、合作干部训练班和第一期研究班。

此时林枫当选东北人民政府副主席，任职从1948年到1953年。1954年4月，他又被任命为中共中央副秘书长。

1910年出生于辽宁省辽阳县（今辽阳市）的王一夫对教育并不陌生。1929年，19岁的他虽然还是北平师范大学的一名学生，但已经参与了创办平民夜校工作，从事一些宣传事宜。23岁时，他曾担任抗日同盟军第十六军一个师的政治部主任。抗战胜利后，党组织派他到东北任中共哈尔滨市委副书记。

就在定名为东北人民大学后的第三个月，朝鲜战争爆发了。为安全起见，东北人民政府于9月4日下达疏散命令，王一夫开始组织学校由沈阳迁往长春。仅仅用了12天的时间，所有学生全部疏散完成。

第四章　大学的路径

在长春，王一夫带领着师生们来到有关部门为他们安排的位于今天解放大路北侧的伪满炭矿株式会社大楼以及附近的几处楼舍，并立即复课。

日本投降后，一个崭新的东北站在国人的面前。蒋介石当然知道东北在中国的军事和经济地位。这块土地肥沃的平原曾经承载着无数闯关东人美好生活的梦想，成就了一代枭雄张作霖的雄心，甚至让日本人垂涎三尺，并最终以侵略者的角色把这里作为他们走向统驭世界之路的根据地，也让那个希望重振祖宗基业的末代皇帝又延续了十几年帝国幻梦。

蒋介石紧张地部署着。

1945年10月刚过，一支由国民政府外交部东北外交特派员公署相关工作人员组成的先遣团队，乘飞机从重庆起飞，在北京逗留一夜后，于10月9日抵达长春。为首的名叫胡世杰，是东北外交特派员公署的主任秘书。他来长春的目的只有一个，为蒋经国、熊式辉到长春与苏军驻东北全权代表马林诺夫斯基交涉东北交接事宜打前站。10月10日，国民党东北行营机关正式决定到伪满炭矿株式会社大楼内办公。从这一天起，一直到1946年的春天，国民党东北行营机关一直没有离开此楼。

来到长春的蒋经国住在离这座楼并不太远的今康平街与新华路交会处的一座院落，人称"琉璃瓦"居所。此时蒋经国是"东北行营外交特派员"。

彼时走进伪满炭矿株式会社大楼办公的蒋经国不知做何感想。大楼地上四层，地下一层，局部五层，长120余米，高近25米，钢筋混凝土框架结构，内设一部电梯。整栋楼造型简洁，开窗较小。这座占地近1.5万平方米的建筑，1938年6月29日动工，1939年12月22日竣工，工程造价180万元伪币。大楼建成

伪满炭矿株式会社旧址

后,试图对东北煤炭业实施控制的伪满炭矿株式会社正式入驻,开始了新一轮对中国东北地下资源的攫取。

不久,蒋经国就离开了长春,带着他对时局的忧虑,对东北的担心,或许也有对未来的惆怅。

1950年王一夫带领东北人民大学的师生来到了解放后的长春。9月中旬,伪满炭矿株式会社大楼正式成为东北行政学院的新校址,从此,象牙塔里的书香气息一直延续到今天,这成为这座大楼的新生,也是荣耀。

与校领导班子商议后,王一夫把这座大楼作为学校的综合大楼使用,校部机关、总务后勤办公室在里面办公,中文、历史、俄文、图书馆等专业系也在里面工作。后来,随着学校规模的不断扩大,学校文科楼和理化楼的建成,伪满炭矿株式会社大楼逐渐演变为以图书馆为主的专用大楼。

西侧为学校主楼——理化楼，北面则是花香四溢的牡丹园。如今，已经被列为"长春市文物保护单位"、划归吉林大学附属中学的这座大楼，与马路对面的交通大厦相望，屹立在长春解放大路的旁边，仍然伴着琅琅书声，看着一代又一代人成长。

四、吕振羽：既滋兰之九畹兮，又树蕙之百亩（屈原《离骚》）

来到长春的王一夫知道，按照中共中央的设想，东北人民大学给共产党培养干部的任务十分艰巨，特别是对于一个刚刚诞生的共和国来说，各方面、各领域的知识分子，都是急需的人才。为此，王一夫紧张地筹备着。1951年3月，随着各方面师资力量的逐渐到位，学校增设贸易系、合作系、经济系。同时，把财政系与银行系合并为财政信贷系，会计系改为会计统计系，俄文专修科改为俄文系。

东北人民大学校长吕振羽

1951年8月29日，校长王一夫调任中央内务部副部长。一位史学大师继任校长兼党委书记。

这位史学大师带着对这所学校的浓浓的爱，开始了他四年的履职！

即便是在 29 年之后,他去世的那一刻,他仍然念念不忘这所投入了他全部心血的大学。他逝世后不久,他的夫人江明及其子女按照他的遗愿,在这所大学捐款设立奖学金,并把个人多年购买和收藏的 2.5 万册珍贵图书,连同在北京的一套四合院住宅,全部无偿捐赠给了学校。

他就是 1900 年出生于湖南武冈一户农家的吕振羽,学校里的学生都知道,他设立的奖学金叫"吕振羽奖学金"。

1926 年夏,毕业于湖南大学电机工程专业的吕振羽,挥洒着青春的热情,参加了北伐战争。后赴日本留学。回国后,在北平《村治》月刊任编辑。在此期间,他开始系统地了解和学习马克思主义,深度研究经济学和哲学,努力结合中国的实际,探索中外各国政治经济发展的规律和特点。不久,他到民国大学任教,后又在朝阳大学、中国大学、复旦大学讲授历史,20 世纪 30 年代初被评为教授。

在中国大学任教授期间,他主讲中国经济史、农业经济学、计划经济、中国社会史、社会科学概论、中国政治思想史,被人们称为"红色教授"。[①]

1934 年 6 月到 1937 年 6 月,吕振羽的学术研究进入"井喷"期。系统地论证了殷以前为中国史的原始公社制阶段、提出殷代是奴隶制阶段、西周是初期封建制阶段的论断、论定鸦片战争以后的中国是半殖民地半封建社会、提出殷代奴隶制社会的生产工具是青铜器、确认中国社会资本主义萌芽于明末和鸦片战争之前⋯⋯随着一个又一个开疆破土性质的史学论断的推出,他相继

[①] 邴正主编:《吉林省社会科学学术名家传略》,长春:吉林人民出版社,2011 年,第 169 页。

出版了《史前期中国社会研究》《殷周时代的中国社会》《中国政治思想史》等专著。他的这些观点,很快被当时的新史学阵营所接受。吕振羽一时名声大振。

后来,吕振羽又写了《中国民族简史》及《简明中国通史》等专著。1949年,历史学家齐思和在载于《燕京社会科学》第2卷第2期的《近百年来中国史学的发展》一文中说:"对于中国社会史研究最努力的是吕振羽先生。吕氏自民国二十年到现在共著成了关于中国社会史六七种著作。他用了唯物辩证法,将中国社会史分期来研究。"

1936年3月,吕振羽加入中国共产党。1937年秋,吕振羽赴湖南,负责当地文化界抗敌后援会、中苏文化协会湖南分会工作。在此期间,吕振羽筹建了塘田战时讲学院,并主持讲学院的工作,还亲自走上讲台,给学员们讲授《中国民族解放运动史》。1939年,他又奉党中央的指示赴重庆,在周恩来的领导下,从事抗日统一战线、理论宣传及历史研究工作。皖南事变爆发后,他到位于新四军根据地的华中局党校,给党校学员讲授《中国革命史》《中国社会史》以及《中国哲学史》等课程。1942年,他来到延安,先后担任刘少奇的政治和学习秘书,并入职中央马列主义研究院。1945年抗战胜利赴东北工作。中华人民共和国成立后,曾任大连大学校长兼党委书记、旅大地区党委大学部党委书记、东北人民政府文化教育委员会副主任。

来到东北人民大学后,吕振羽发现,学校正处在关键的节点上:革命年代,学校的职责是给战场输送革命干部,带有一定的培训性质,而如今,中华人民共和国已经成立,国家进入各方面、各领域的新的建设时期,学校应该向正规化大学转变。可是,学校各方面的基础十分薄弱。

8月底9月初是长春从暑热走向秋凉的时候，由于地处北国，夏天的长春没有南方热得那么猛烈，但动一动，一样挥汗如雨。如今，秋凉已至，让人感受到了全身心的舒适。然而，吕振羽却在不间断的忙碌中汗水直流，他迅速地确定了五件大事。

办好一所大学要有正确的理念，这个理念慢慢会成为大学坚守的灵魂。吕振羽告诉他的助手们，"提高教育质量的中心环节在于提高师资水平"，并且多次强调"理论与实际一致"是我们"教育的基本方针"。他提醒全校的教师，"高等学校的教师要树立为新民主主义教育事业而奋斗的人生观"，在教学工作的方法上要"发挥分工合作的集体主义作用"。他倡导"知识是无穷无

工作中的吕振羽

尽的，要补足我们知识有限的缺点，就只有走群众路线"，他提倡集体主义，但不否认个人的作用，他说："科学知识必须通过具体个人去研究和掌握，所以在集体主义的基础上，个人的钻研仍是起决定作用的一面。"（刘中树：《我所知道的吕振羽、匡亚明和公木》）这就给学校未来的发展奠定了理论和实践方面的思想基础。为体现这一办学理念，在吕振羽的带领下，学校选拔了一批青年教师送到有关院校深造，攻读研究生，以此提高教育队伍的学术水平。

第二件大事是给大学的发展制定一个"纲领"。此时的东北人民大学还只限于培养财经政法等方面的专门人才，在社会主义建设时期，怎样适应大规模开展的国家经济建设需要？学校的性质、任务、培养目标都是什么？学校的机构设置、各部门的职责分工如何明确？这些在今天看来都是必备的要件，在当时却是一张白纸。为此，吕振羽亲自主持制定了《东北人民大学章程》。1951年10月15日，经校务委员会通过，《东北人民大学章程》由吕振羽签署发布实施。

第三件大事是成立马列主义夜大，系统地提高全校干部队伍的理论水平。吕振羽亲任夜大校长，亲自登台讲课。

第四件大事是实施科学有效的教育管理。吕振羽提出在"民主集中基础上的大家办学"。党委集中领导必须坚持，各职能部门作用必须充分发挥，教师和学生代表必须参与进来管理。他创新性地推出责任制分级管理：即把责任制分成"个人专责制""逐级责任制"和"相互保证的联系责任制"。"在不到一年的时间里，全校各部门紧紧围绕着教学工作，各负其责，工作井然有序，出现了一片新气象"（刘中树：《我所知道的吕振羽、匡亚明和公木》）。

第五件大事是解决培养什么样的人的问题。在新中国教育史上率先提出"知、德、健、美齐备"全面发展人才观，是吕振羽对于东北人民大学，甚至国内其他大学的一个巨大贡献。"知"是指具备高水平的文化，掌握丰富的科学知识；"德"是说正确的人生观；"健"是要有强健的体魄；"美"则是生活和工作的审美情调。

1952年，一个提升大学质量和品质的机会扑面而来，这让吕振羽激动不已。这一年，在全国范围内实施了高等教育的院系大调整。按照统一部署，东北人民大学要建成一所以培养科学研究人才及中、高等学校师资为目标的文理兼备的综合大学。这一目标与此前吕振羽所思考和确定的方向是一致的。52岁的吕振羽迸发出生命中极大的热情，全身心投入这项工作当中。这热情是对一所大学的向往，是对一个国家的希望。

专业调整了，学校新设数、理、化三个系，文科则调整为中文、历史、经济、法律、俄文五个系；课程重设了，教学计划重新制订；教学设备增加了，一大批图书和新仪器购置入校；规模扩大了，1954年，本科生由1952年的930人增加到2386人，教职工由100多人增加到372人。正是从这个时候起，东北人民大学成为东北地区最有影响的文理学科兼备的新型综合大学。

五、先生开始闪耀东北：星月皎洁，明河在天（欧阳修《秋声赋》）

更令人额手相庆的是，在吕振羽大量深入细致的工作下，在中央高教部的大力支持下，全国院系调整过程中，北京大学、清华大学、燕京大学、北京师大、辅仁大学等高校一批学术界的璀璨明星来到了这个建校只有几年的东北高等学府,为这片黑土地奉献他们的学术人生。

1952年10月,这是应该被所有东北人铭记的时刻,更是应该被后来的吉林大学人铭记的时刻。

王湘浩的数学梦

且看,中国计算机事业的开拓者之一、中国人工智能的奠基人,时年37岁的王湘浩来了!

受到早年毕业于天津北洋大学的叔父的影响,王湘浩在1931年考入北洋工学院附属高中。由于高中需要学机械制图,喜欢数学的王湘浩有点应付不来。于是,他在1933年高中毕业时放弃了直接从附属高中升入北洋工学院本科的机会,考取了北京大学算学系。

王湘浩先生

这一下,王湘浩如鱼得水,学习成绩更是名列前茅。在北京大学读书期间,得到了每年240元的最高奖学金,让师生们赞叹不已。1937年日本侵占北平,王湘浩随北京大学、清华大学、南开大学组成的临时大学南下,并于1938年春来到云南昆明,在西南联合大学任助教。不久,他又考取研究生,研读拓扑学,1941年毕业,成为西南联大讲师。1946年夏天,王湘浩远赴重洋,来到美国普林斯顿大学深造,相继取得硕士、博士学位。此时,他耀眼的成绩是"以无可辩驳的反例推翻了格伦瓦尔定理,动摇了有理单纯代数理论的基础，引起国际代数界的震动"（王汝梅：《〈红楼梦新探〉序言》）。

1949年6月，王湘浩学成归国，当年8月被北京大学聘为副教授，并于1950年晋升为教授。1952年，全国院系调整安排，在金秋十月，他来到东北的腹地——长春。

吕振羽二话不说，立即对王湘浩委以重任，安排他负责建立完整的数学系，并担任系主任。王湘浩把多年积累的学问与思考全部用到了数学系的创建上，他富有远见地为数学系规划了微分方程、计算数学等诸多重要的方向，并在教学与人才建设上下大功夫，扶植青年教师快速成长，使该校数学系在全国高校的地位日渐提高。

正是王湘浩的努力，1976年，学校正式成立计算机系，这也成为国内最早设立的计算机系之一，王湘浩任系主任。仅仅10年左右时间，王湘浩就带领广大师生把计算机系的软件专业建成国内第一批被批准的有博士学位授予权、有博士后科研流动站的专业。

兼容并蓄、博大包容、人尽其才是王湘浩创建数学系和计算机系时重要的成功因素，没有任何私心的他，把学校的这两个学科的建设发挥到了极致。1976年，王湘浩担任吉林大学副校长。

王湘浩作为数学家，却酷爱中国古典文学，并有很深造诣。在王湘浩的一位弟子家里，如今还珍藏着一本他的专著——1993年吉林大学出版社出版的《红楼梦新探》。担心日久破损，书被专门包了书皮，翻开书页，在所包书皮的纸边能看到"恐难再版，注意保管"的手写字样。书的《序言》由吉林省红楼梦学会副会长王汝梅撰写。"王湘浩教授不畏艰难，乐此不疲，以勇于求解难题的探索精神，缜密地分析了前八十回提供的信息，梳理千头万绪的伏线，阐释脂砚斋的评语，在这些工作的基础上，提供了《红楼梦》的一种可能的结局。"在《序言》中，王汝梅以专业的视角，高度评价了王湘浩的见解。

王湘浩这本《红楼梦新探》的若干章节在国内著名刊物上曾经发表过，但用的是"黄鹤乡"的笔名，他的女儿王坤健在给该书写的《后记》中说明了原因："本书中的第一篇、第三篇和第四篇文章，我爸爸曾以黄鹤乡为笔名分别在《吉林大学学报》《红楼梦学刊》和《红楼》杂志上发表过。之所以使用笔名，是因为我爸爸不愿意借他在理科方面的名气来提携他在红学方面的工作。……随后收到了不少寄给黄鹤乡的信，其中包括红学界知名人士写来的信。信中对于我爸爸文章的水平和见解给予非常高的评价，而且写信者全都理所当然地把黄鹤乡当成了文学界的某个'后起之秀'和'奇才勇士'。"

余瑞璜的报国情

且看，著名物理学家、国际一流的结晶学家、中国金属物理的奠基人，时年46岁的余瑞璜来了！

1906年4月3日，余瑞璜出生于江西省宜黄县一个普通的农民家庭。不幸的是，父亲不久即病逝。母亲担起了家庭生活的一切。四五岁时，读书断字的母亲教他背诵古诗词，以致长大成人之后的余瑞璜除了自己从事的专业以外，格外喜欢唐诗宋词，会常常高声唱诵岳飞的《满江红》等诗词。

1925年，余瑞璜考入国立东南大学物理系。1930年被清华大学聘为物理系助教，并从这一年年初开始，在吴有训的指导下，开始了X射线物理学的研究。两年之后，他的第一篇科学论

余瑞璜先生

文《关于氩的 X 光的吸收和散射简报》发表，其成果后来被国际著名专家 A.H.康普顿（Compton）在《X 光的理论与实验》一书中引用，其结论是：X 光的散射系数不同于经典散射系数。

1934 年，想在物理学领域继续深挖的余瑞璜考取公费英国留学。由于当时日本占领了中国东北，余瑞璜改学 X 光晶体学，期待自己的研究能够为国家的独立做一点贡献。在英国曼彻斯特大学，他有幸得到了诺贝尔奖获得者、X 光结构分析的创始人 W.L.布喇格（Bragg）的指导。

1938 年 9 月，余瑞璜放弃了到英国皇家研究所工作的机会，带着家眷回到正受到战乱困扰的祖国。在回国的漫长的航海旅途中，他完成了"X 光结构分析新综合法的思想原型"的科学构思。

到达昆明的西南联合大学，已经是 1939 年 1 月。在夫人李宝环靠为妇女接生赚得一些收入补贴家用的艰难处境中，余瑞璜开始了创建清华大学金属研究所的工作。本来，他在英国等地购买了一些实验仪器，可是，当时纷乱的国内环境使这些仪器在运输过程中全部损坏了。现在，只有余瑞璜一个人，其他都是零。在什么地方做研究？城内几乎天天都有日军飞机的轰炸，余瑞璜找到昆明郊区一个叫作大普吉屯的地方，在那里，有一间闲置的小平房；没有高压变压器，他托关系找人借了一台；没有石英管和真空抽气机，他自己动手一点一点地做……就是在这样的条件下，余瑞璜在战火纷飞的环境中，建起了 X 光实验室，做成了中国第一个连续抽空 X 光管。半年后，他晋升为教授。

不久，余瑞璜的《从 X 光衍射相对强度测定绝对强度》一文在《自然》上发表，国际学术界为之震动。后来人们普遍认为，余瑞璜的这篇文章开辟了强度统计学的整个科学领域。再后来，由于贡献卓越，他的名字被载入纪念"X 光衍射五十年"的物理学史册，他也是唯一被载入该史册的中国人。

1948 年 8 月，他赴美国麻省理工学院讲学，并在美国著名化学家、诺贝尔奖获得者、加州理工学院教授 L.鲍林（Pauling）的实验室开始了一段短暂的研究工作。

新中国成立前夕，余瑞璜回到中国。1949 年 10 月 1 日，在北京天安门广场参加了中华人民共和国开国大典。新中国成立后，他在清华大学任教。

1952 年，当余瑞璜听说国家要在东北建立一所新的综合性大学，并希望他能去该校创建物理系时，他欣然前往。从此，清华园成为他人生的记忆。

初创一个系，教学、科研所必备的资料是至关重要的，而此时的学校在这方面却是"一穷二白"。为了收集这些资料，余瑞璜四处奔走，收集了大量自20世纪二三十年代以来的比较系统的物理学学术刊物。他还跟着采购小组外出，购买了大量建设相关实验室需要的基本设备和一批精密仪器。教学怎么搞才能少走弯路？他不但亲自上课，还一个接一个地听教师试讲，推动青年教师有步骤、有计划地外出参加进修。此时的国家，由于发展冶金工业的需要，应该培养自己的从事冶金和金属科学基础研究的专门人才，为此，在国家的支持下，余瑞璜又参加创建我国第一个金属物理专业。

1956年，余瑞璜在国家"1956—1967年科学技术发展远景规划"会议上，一口气提出了三个科学项目的发展建议，受到国家的高度重视，这三个科学项目就是：发展半导体、电子学及钛与其他轻金属的合金。

令余瑞璜感到庆幸的是，随全国院系调整与他一起来到长春的还有中国高能物理的开拓者之一霍秉权、中国合金相图研究工作的奠基人之一郑建宣、中国核物理的开拓者之一朱光亚（"两弹一星"元勋）、中国理论物理的发展者之一吴式枢等人，正是在这样一批大师级人物的共同努力下，仅仅五年左右的时间，到1957年，学校的物理系已经在国内颇有声望，开始发挥举足轻重的作用。

蔡镏生的"礼物"

且看，物理化学家和教育家、中国催化动力学研究的奠基人之一、中国光化学研究的先驱者，时年50岁的蔡镏生来了！

第四章 大学的路径

"镏"字在中国汉字中的解释是：一种镀金方法，把溶解在水银里的金子涂在器物表面做装饰，所镏的金层经久不褪。把这个字用在名字当中，是希望人生能够有声有色，不失光华。而这位大师级人物的名字中所带的"镏"字却与他终生追求的事业不谋而合。

1902年9月18日，蔡镏生出生于福建泉州一个贫寒家庭。18岁时就读于燕京大学化学系。1929年，他赴美国芝加哥大学化学系攻读光化学与化学反应动力学。从此，一个起早贪黑的中国青年的身影引起了越来越多的人的注意。1932年，他凭借《"氰基紫外光聚合"和"气体通过熔融石英的扩散速度"》一文，获得了博士学位。回国后，蔡镏生在燕京大学化学系任教。短短几年，他在中国当时的权威学术杂志上发表了十几篇研究论文，蔡镏生的名字引起了国内外更多学者的关注。

1948年春，蔡镏生应邀到美国华盛顿大学做访问学者。1949年，美国圣路易医科大学研究生院向他伸出橄榄枝，希望能够聘请他担任该校教授。恰在此时，燕京大学校长陆志韦从祖国大陆发来的一封电报被送到蔡镏生的手上，那是祖国在召唤他。这是重大的人生抉择，蔡镏生没有犹豫，决定回国，为中国培养自己的大学生。接到电报仅一周，蔡镏生便启程回国。燕京大学安排他做化学系主任。

1952年的一天，教育部的一位领导找到了蔡镏生，告诉他全国高等院系要进行一次大调整，为了充实东北的科研力量，要在燕京大学抽调一名知名的教授，问他能不能去。蔡镏生听了，二话不说，立即接受。

10月，即将奔赴东北，蔡镏生与夫人一起，打点行囊，大包小裹，着实不少。可是行李中几乎找不到几件私人的物品，更没

| 先生向北

有一件比较高级的家居用品，甚至他最喜爱的字画也没带一幅。行李中包裹的是他从美国带回来的微量天平、油扩散泵、光接收器、玻璃仪器以及贵重的化学药品，当然，还有一大批他认为十分重要的图书资料。那是给那所他们心目中的理想大学带去的"礼物"。

来自燕京大学、北京大学、清华大学、交通大学、浙江大学、复旦大学、金陵大学和东北师范大学的7名中青年教师和11名应届大学毕业生，是蔡镏生来到长春创建东北人民大学化学系的全部人手。基础课是重点，他让学术水平高和有丰富教学经验的教师在基础课方面进行示范性教学，从而形成教学的梯队化。科研方向是引领，在他的指导和组织下，无机化学、有机化学、

蔡镏生教授（右一）在指导学生

分析化学、高分子化学和物理化学等学科很快形成了具有特色的科研方向。没有实验台，蔡镏生就带着师生自己搭，没有实验仪器，就自己做。他大包小裹运来的国外的仪器设备和化学药品，发挥了巨大的作用。后来，吉林大学化学系逐渐成为中国有名的催化动力学研究中心之一，从化学系还派生出理论化学研究所、分子生物学系和环境科学系等。由于他的卓越成就，1957年，蔡镏生被推选为中国科学院化学部学部委员。

正是蔡镏生的出现，让学校的化学系迅速跻身于中国高等院校的先进行列，并在国际上产生了一定的影响。在具有了一定的研究能力之后，蔡镏生集中人力开始建立质谱分析技术、色谱分析技术和闪光光解技术等现代物理实验方法。让国人感到自豪的是，1964年，闪光光解装置已经能用来研究微秒级的化学过程，填补了此类科学研究的国内空白。

唐敖庆的痴心

就在蔡镏生来到东北人民大学担任化学系主任的同时，另一个重量级人物也加入进来，他的到来使学校化学系的影响力持续得更加久远。他就是中国理论化学奠基人、中国量子化学奠基人、被誉为"中国量子化学之父"的唐敖庆。1952年，他与蔡镏生同时来到东北，那一年他才37岁。

1915年11月18日，唐敖庆降生在江苏宜兴。16岁那年，因家境贫寒，他考入不收取费用的无锡师范学校学习。正是在无锡师范学校学习期间，他看到了《大公报》上报道的一则化学家、中国化学学科奠基人曾昭抡的故事：曾昭抡研究化学着了迷，天天想着、念着的都是化学，有一天，路人发现，曾昭抡对着一根

| 先生向北

唐敖庆先生

电线杆子又说又笑，凑近一听，原来他在与电线杆子谈论自己的化学新发现。

  取得美国麻省理工学院化学博士学位的曾昭抡是曾国藩的胞弟曾国潢的曾孙，为中国化学事业做出了举世瞩目的成就。1936年，唐敖庆参加大学招生考试，以极为突出的成绩同时被三所著名高校录取。他最终选择了北京大学化学系，因为他仰慕的曾昭抡在这里任教。

  可他在学校只过了一年安稳的学习时光，1937年，七七事变爆发了。唐敖庆随校南迁昆明，在西南联大继续学习。当年，从湖南长沙起行到云南昆明的徒步队伍中，就有唐敖庆的身影。那时候，他们自称"湘黔滇旅行团"，由290名学生和11名教师组成，历时68天的风餐露宿，行程1600多公里。虽然一路走来异常艰苦，但唐敖庆却感到了充实和庆幸，因为有他的老师曾昭抡同行。"据当时就读于北大化学系，随旅行团赴滇的学生唐敖庆回忆：'每天早晨，当我们披着星光走了二三十里路时，天才放亮。这时远远就看见曾昭抡教授已经坐在路边的公里标记石碑上写日记了。等我们赶上来后，他又和我们一起赶路。曾先生每天如此。看来，他至少比我们早起一两个小时。'"[1]

大学毕业后，因为唐敖庆的学习成绩一直遥遥领先，被北大留校任教。在此期间，他对量子力学以及微观化学产生了浓厚的兴趣。1946年，他跟随著名物理学家吴大猷、数学家华罗庚和化学家曾昭抡，远赴美国考察原子能研究，以期将来在中国发展这门技术。同行的还有李政道和朱光亚。后来，唐敖庆被推荐攻读美国哥伦比亚大学化学系博士。1950年，唐敖庆谢绝导师的挽留，学成回国，并先后担任北京大学化学系副教授、教授。

1952年，听到全国高校院系调整的消息，唐敖庆主动找到相关领导，提出以自己的实际行动支援东北的高等教育事业。在长春，他与无机化学家关实之、有机化学家陶慰荪通力合作，辅助蔡镏生创建了化学系，开创了未来的辉煌。无机化学、物理化学、物质结构、热力学、动力学、统计力学等十几门课程都由他主讲，有时一周的课时达到16个小时，由于长时间用眼过度，唐敖庆近视高达2000度。不带讲义，没有讲稿，学生们却听得如醉如痴，因为所有的内容都在他的大脑中，记忆里。

---

[1] 岳南：《南渡北归》，长沙：湖南文艺出版社，2015年，第169页。

1963年初夏的一个晚上，化学系青年教师孙家钟和江元生等8人接到唐敖庆的邀请，来到他所住的灰色小楼。这是一个不同寻常的夜晚，一个后来闻名国内的科学研究集体诞生了。这就是教育部委托唐敖庆在长春创办的"物质结构讨论班"。他们瞄准创建于40年前但并无进展的"配位场理论"进行刻苦攻关，并最终成功，奠定了唐敖庆"中国量子化学之父"的学术地位。而那天晚上来到他家里的八位青年才俊，其成就让中国化学领域的天空华彩绽放，个个都成为响当当的人物。鄢国森，曾任四川大学校长；邓从豪，曾任山东大学校长；江元生，1991年成为中国科学院院士……有人专门统计过，在"唐门八大弟子"中，出了五个院士，两个大学校长。

而唐敖庆本人，也在1956年3月任副校长，1978年任校长。

即便做了校长，成了学校甚至国内化学领域"定海神针"式的人物，唐敖庆仍如从前，衣着简朴，常年一身中山装或中式便装。为人和善，没有大学校长的架子，从不用专车。他曾给自己的科研合作者和学生写了104封亲笔信，总计600多页，无论内容长短，字迹一律工工整整。

群星吐露芳华

与王湘浩、余瑞璜、蔡镏生、唐敖庆、吴式枢、朱光亚、霍秉权、郑建宣等人同期来到长春的，还有日后成为中国著名数学家、教育家的江泽坚，中国数学方法论研究的倡导者、我国著名数学家徐利治，中国无机化学的奠基人之一关实之，中国生物化学的开拓者之一陶慰荪，中国现代文学史上第一个文学流派"新潮派"小说代表之一、我国现代著名教育家和文学家杨振声，20

第四章 大学的路径

世纪中国文学史上最有影响力的文学家之一，曾为语丝社成员，师从周作人，在文学史上被视为"京派文学"鼻祖的废名，等等。

在 20 世纪，人人都说"学遍数理化，走遍全天下"，从数学、物理、化学三系入手，把国内顶尖级别的专家学者汇聚于此，可以看出一个国家对这个区域的厚望，也让东北的学子们看到了"走遍全天下"的希望。罗继祖后来在一篇《余瑞璜教授佚事琐记》的文章中说："……余与数、化两系教授皆为教育部指派来增强东北高校力量之学者，所以数、理、化三系蔚然为吉大各系之冠。每逢校中开大会，我亦得列席，望之正如三山神人，不可企及。"

杨振声教授在讲课

一时间东北人民大学人才济济，无论学术水平还是教学能力，皆气象万千，学校的发展势头，如日中天。

"数、理、化"三系创建的当年，东北人民大学的文科也有了新的发展生机，在原有基础上，调整为中文、历史、法律、经济和俄文五个系。1953年9月，学校首次正式招收研究生16人，其中物理、化学系各5人，学制3年；文科6人，学制2年。1955年5月，吕振羽、王湘浩、余瑞璜、唐敖庆四位教授被评选为中国科学院学部委员（即院士），一年一校四个学部委员，令同行为之侧目。

吕振羽受到了全校师生的衷心爱戴，受到了社会各界和上级领导机关的肯定。1955年，国家有关部门调他担任中国社会科学院历史研究所研究员、中央民族事务委员会委员。

吕振羽的继任者就是匡亚明。这位我国著名教育家如此评价他的前任："我很崇敬吕振羽同志，他是真正新型的马克思主义学者。真正的学者走进书斋就是学问家，走出书斋就是革命家，吕振羽同志就是这样真正的学者，他的治学和革命实践是紧紧相连的。""我和吕振羽有两个志同道合：一是办学方针志同道合。我是他的后继人，我到吉林大学时49岁。他对我说：'搞好高校建设，重要在于团结知识分子，发挥知识分子作用，充分尊重知识分子。'二是我对于他的西周封建说很感兴趣。这不只是因为吕振羽同志首创了这一学说观点，还由于这一学识论断对于我个人的孔子研究有十分重要的意义。"（刘中树：《我所知道的吕振羽、匡亚明和公木》）

1958年8月11日，是东北人民大学历史上一个重要的日子，这一天，学校正式更名为吉林大学，郭沫若为学校题写了校名。

这是又一个新的开始。

第四章　大学的路径

六、匡亚明：我劝天公重抖擞（龚自珍《己亥杂诗》）

将东北人民大学改名为吉林大学，其实全校师生是有些意见的。

东北人民大学是跟随着中国共产党的军队在炮火声中诞生的大学，血统纯正。经过十几年的发展壮大，东北人民大学已经显露出不同寻常的气度。现在，中央决定把学校划归吉林省，实施属地管理，同时更名为吉林大学，这多少让人感到有些失落。

但匡亚明不这么看，他对师生们说，长春还有个朝阳区，就算把我们的学校划归到朝阳区，我们也要将吉林大学建设得像莫斯科大学那样！

这句话，再一次证明了一个教育家的理想和抱负。早在匡亚明刚刚接掌学校的时候，他就在全校的第一次大会上提出，我们要"办一个像样的大学"。1956年11月，他随中国高等教育访问团赴苏联考察，莫斯科大学的校园建设、教学设施、师资力量以及其开放性、国际化震撼了匡亚明，赶超莫斯科大学成为他的一个梦想。为此，匡亚明不仅"三顾茅庐"把于省吾等大师级人物请来，还聘请苏联物理学专家莫罗佐夫任校长顾问，请化学专家费立波夫到吉大工作（佟有才：《匡亚明创建研究型大学的思想探源》）。

1959年9月6日，天高云淡，秋高气爽。在吉林大学的一间礼堂里，1959-1960学年开学典礼正在举行。坐在主席台上的匡亚明第一次系统地提出了学校要树立一种什么样的校风问题。一位日后成为吉林大学校长的青年教师聆听了匡亚明的论述，并在回忆文章中写道："当时我们听了这个讲话，既感到新鲜、明

佟冬、匡亚明、刘靖、陈静波与苏联专家（中）在东北人民大学鸣放宫前合影

了，又受到鼓舞，明确了前进的方向和努力的目标。"这位青年教师名叫刘中树，当年24岁（刘中树：《我所知道的吕振羽、匡亚明和公木》）。

匡亚明提出的让大家"感到新鲜，更受到鼓舞"的校风，概括起来就是"五种空气"：高度的政治空气、高度的学术空气、高度的生产劳动空气、高度的社会主义团结与文明空气、高度的文娱体育空气。坦率地讲，在60年后的今天，匡亚明所提出的努力方向仍然适用于中国当代大学的建设和发展。

"高度的学术空气"是匡亚明治校生涯中可圈可点，被后人崇敬之处。就在匡亚明刚来吉林大学不久，著名历史学家金景芳正在撰写一篇对《周易》进行历史和哲学分析的文章，名为《易论》。由于他在文章中提出《周易》中蕴含着辩证法和"西周封建说"，一些专家表示异议，认为不宜将文章发表。匡亚明知道了，立即表达自己的态度：学术研究就要百家争鸣，文章完全可

第四章 大学的路径

金景芳先生在做讲座

以发表。"要养成自由讨论的学术空气,强调摆事实、说道理,强调和风细雨,坚决反对粗暴和简单化的做法"(匡亚明:《匡亚明教育文选》)。为了开阔广大师生的眼界,匡亚明遍揽名师来吉大讲学。冯友兰、朱光潜、钟泰等学术大师均在这一时期来到长春,在东北清朗的空气中播撒自己的学术精神和学术成果。

1956年,26岁的高清海被破格晋升为副教授,有人认为这样做不正确。匡亚明为此专门给教育部部长写信说明情况,并坚持这一做法。为什么呢?因为建设像样的大学,教师队伍是匡亚明的"心头肉"。他深知,标志一所大学水平的,是教授的数量和水平。"我们的大学就像一朵美丽的牡丹花。……当然直接开花的那个枝子是特别重要的,没有那个枝子就没有花。学校直接产生成果、培养人才的是教师队伍,其他几个队伍都是围绕教师队伍的。没有教师队伍,这个学校就不要办了。五个队伍都重要,最重要的是开花的那个枝"(匡亚明:《匡亚明教育文

155

选》)。

"要保证他们有六分之五的时间用于教学、科研和进修等工作。"1962年，吉林大学《关于重点培养提高教师工作的决定》出台，先后分两批共确定78位重点培养提高的骨干教师，目标是在10年左右时间内，让他们达到当时国内学术造诣较深厚的教授水平。在此过程中，尽量减轻他们参加社会活动和劳动方面过重的负担，让他们有六分之五的时间集中精力钻研业务，快速成长。

与此同时，中文系的刘中树和历史系的朝鲜族女教师张贞淑两位年轻的助教，出现在学校的很多重要会议上，参与学校方针大计的讨论。他们是以文科青年教师代表的身份担任校务委员会委员的。而这是匡亚明让青年教师迅速成长的又一个举措。

在匡亚明主政吉林大学的时期，还没有哪个大学与科研机构深度合作。匡亚明认为，既然是综合大学，就要更加强调理论科学的研究，因而必须和科学研究机关保持经常的密切的联系和合作。此时，中国科学院在长春筹建分院，匡亚明立即找到中国科学院的有关负责人研究合作事宜。最终，吉林大学与中国科学院长春分院共同筹建了物理结构与特殊材料性能研究室、高分子研究室、化学动力学与催化剂研究室、半导体材料及其应用研究室、计算数学研究室、基本理论问题研究室等6个研究室。学校大量的数理化方面教师兼任研究室的研究人员，很多正副教授成为研究室的学术带头人。

令人感叹的是，匡亚明在此过程中曾提出，用12年左右时间，建设100个左右实验室，研究人员达到2000人。这一宏伟的计划如果真的实现了，吉林大学在全国又将是个什么样的地位？

第四章 大学的路径

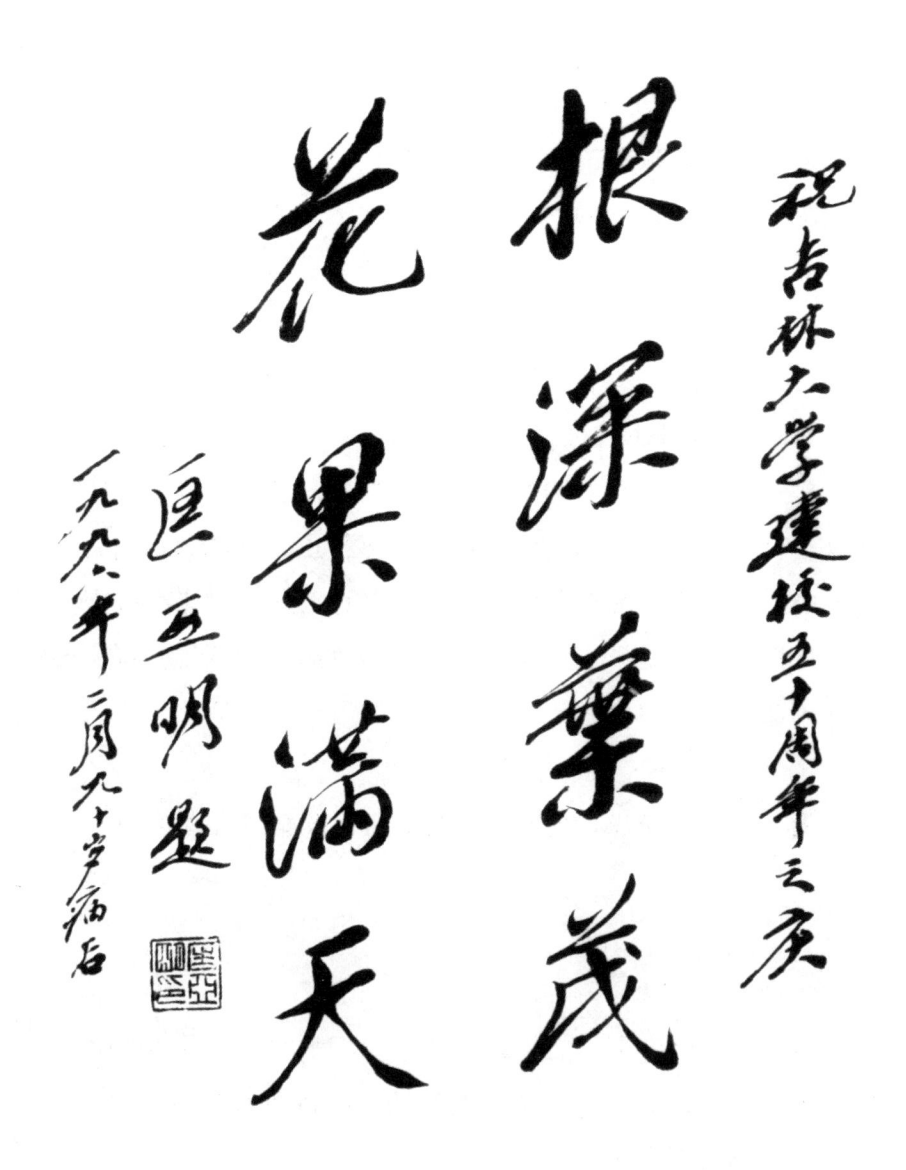

匡亚明为吉林大学建校五十周年题字

157

吉大人都知道，1956年至1960年，匡亚明带领师生们建造了学校历史上最重要的一栋大楼——理化楼，可有人也许不知道，那是参照莫斯科大学主楼建设的，是当时国内规模最大的理化楼；吉大人都知道，正是在匡亚明担任校长期间，吉林大学的地盘迅速扩张，周边的体育馆、服务楼、礼堂等用地，都被有着超前眼光的他收入囊中，可许多人也许不知道，他带领大学建设完成的这座美丽校园，是他专门邀请专家参照哥伦比亚大学校园设计的。

1960年10月22日，一个令所有吉大师生激动不已的消息传来：经中央书记处通过，正式批准吉林大学为全国重点综合大学！想一想，这所学校建校才不过15年，建设综合大学刚刚起步8年！想一想，在当时的时代背景下，正式被国家认可为全国一流的综合大学，需要做多少扎扎实实的工作，何其不易！

吕振羽、匡亚明，他们在一所大学的历史上所镌刻的光辉，将永不磨灭！

七、北方有所思：何妨吟啸且徐行（苏轼《定风波》）

（一）

耀眼的光叮在肌肤上，灼烤难耐。但那热，却干净利索，不黏不胶。光线遇到一片片树叶的遮挡，则将清凉又还给大地，让绿荫陡地增长了身份。

这是1951年夏日某一天的阳光，照在中国东北的长春街头。仰望头顶，则见晴朗通透，偶有白云点缀蓝色的长空。

身体偏瘦，温文尔雅，正好50岁的刘丹岩脚步匆匆，走进

第四章 大学的路径

位于斯大林大街（今人民大街）与解放大路交汇处的原伪满炭矿株式会社大楼，向校长王一夫报到。就在前一年，这里被确定为东北人民大学新校址。

在中学时参加过五四运动，后毕业于北京大学哲学系的刘丹岩，此次卸下辽东省教育厅副厅长职务、调到东北人民大学工作的使命是创建一个新系——哲学系。

然而，此时学校的师资力量根本不具备建立一个系的条件，只能先行成立哲学教研室。1952年，教研室成立，校长吕振羽任命他为负责人。

可是，负责人有了，手底下却没有"兵"。刘丹岩首先要做的是迅速打破自己在东北人民大学哲学方面唱"单出头"的状况。

他听说1950年学校把一个叫高清海的学生送到中国人民大学研究生班攻读逻辑学和哲学，这让她眼前一亮。1952年年末，完成学业的高清海被刘丹岩要到身边，让他在兼任自己秘书的同时，给理科学生讲授哲学公共课。不久，他发现这个只有22岁的年轻人思维能力极强，善于从新的角度思考问题，有着巨大的哲学潜质。

他怀着期待的心情告诉高清海：现在影响我们的苏联哲学太教条了，你要独立思考！

就在高清海回校任教前后，邹化政也被东北人民大学选送到中国人民大学的研究生班。1954年，29岁的邹化政带着满腹才情来到刘丹岩身边，进入哲学教研室任助教。很快，他对德国古典哲学的热情便把他的学术研究与日常生活融合到了一起。刘丹岩认可他开拓的路径，认为这是对马克思主义哲学的寻根之旅。

几乎与此同时，一个比高清海小两岁，名叫舒炜光的年轻人从东北财经学院毕业，被分配到东北人民大学经济系。不久，他被推荐给刘丹岩攻读研究生。舒炜光对辩证法的领悟让刘丹岩侧目，毕业后即留在哲学教研室任教。而作为学生，舒炜光则从刘丹岩的身上学到了严谨的学风和寻根究底的精神。这种学风和精神使他在后来的研究领域里一发冲天。

就在建系进入关键时期时，刘丹岩听到了一个信息：被学校送去中国人民大学研究生班研读的一个名叫张维久的年轻人，因为兴趣，从商品学专业转到了马克思主义哲学专业。这令刘丹岩感到欣喜。毕业后，刘丹岩张开双臂欢迎他的加盟。后来，张维久成了高清海最要好的朋友、同事，以及学术合作者。

大约在20世纪50年代中期，以心理学研究见长、被东北师范大学借调的车文博回到了东北人民大学哲学教研室，给学生们讲授教育学。而此时从中共中央东北局党校高级部(研究班)毕业的乌恩溥在中国哲学方面的研究也已经显露出气象。

所有这些让刘丹岩建立一个比较完整的哲学系的布局有了坚固的支撑。

1958年8月11日，对于东北人民大学来说是个值得纪念的日子，学校正式更名为吉林大学，郭沫若为学校题写了校名。仅仅过了一个月，吉林大学哲学系宣告成立。

这一年，从校长匡亚明的手里接过了系主任任命书的只有两个人：一个是刘丹岩，任哲学系系主任；另一个则是唐敖庆，任原子能系系主任。

还是在这一年，中国最早对苏联传统哲学教科书质疑和批评的《论辩证唯物主义与历史唯物主义的关系》一书由上海人民出版社出版，书的作者正是刘丹岩。苏联哲学教科书的教条在于认为辩证唯物主义与历史唯物主义是平行的。刘丹岩和他的同事们则阐释了二者的关系，发现了马克思主义哲学的本质。

刘丹岩所开拓的吉林大学哲学研究具有锐气的起点，影响了高清海等身边的每一个人。正是从这个时刻开始，一个具有与众不同风格和气度的哲学星群慢慢在中国东北的大地上诞生。

1965年7月，身兼吉林省哲学研究所和省哲学学会领导的刘丹岩因病逝世。2011年，邴正先生主编的《吉林省社会科学学术名家传略》将刘丹岩先生排在了第一位，书中对他的评价是："他敢于提出学术上的独立见解，又勇于坚持自己的观点，决不因为别人提出不同意见甚至进行批判就轻易放弃和改变。"

有幸的是，刘丹岩的这种可贵品质并没有因为他的去世烟消云散，而是从他身边的师生和弟子们身上生发开来，后来更是发展到把为学之道与为人之道结合在了一起。高清海先生后来专门撰文，题目即是"为人治学其道一也"；邹化政先生则常常讲，生命之树和知识之树是同一棵树；孙正聿先生曾说，学问做到一定层次后，比的就是为人了；刘福森教授则认为，我们不能同时有两个自我：一个自我在那里做学问，一个自我在追求学问之外的功利性价值。从刘丹岩先生开始的精神血脉和哲学传统，在北国长春源远流长。

2018年6月，孙正聿先生在《亲切的怀恋——吉林大学哲学系系友访谈录》一书序言中写道："吉林大学的哲学系是有哲学的哲学系，这是学界对吉林大学哲学学科的总体评价。"

（二）

1956年五六月间，春风又一次在长春市斯大林大街和解放大路交会的吉林大学校园里荡漾，她洗涤着整整一个冬天落下的尘垢，呼唤着藏在世界深处的灵魂。出生于江苏省丹阳市的匡亚明先生感受到了作为南方人在祖国东北迎来春天时的由衷喜悦。眼望高大的柳树垂下的万道绿色丝绦，先生满怀激情，用心之所感，目之所及，手之所触，脚之所到，去建构他心目中理想的大学蓝图。

一所大学的好运，在于遇到能把做学问的人才像挖菜一样挖到大学这个篮子里的校长。求贤若渴的匡亚明不仅挖来了像于省吾那样已经赫赫有名的大家，还更进一步，要在自家的院子里种出参天大树。早就听说哲学教研室有一位讲师，把枯燥的哲学课讲得有声有色，深入浅出，富有逻辑的美、语言的美、思想的美，匡亚明一直想亲自感受感受。这一天，在查看了这位讲师的课程安排之后，匡亚明来到他的课堂。由于匡先生平常总是在教学楼里转，经常到老师和学生中间获取信息或征求教学的意见，随时到哪个教师的课堂上听课也是常事，所以并没有引起大家的注意。

可就是这次到课堂上一坐，却让匡亚明吃惊不小：眼前的年轻人声音洪亮，语言生动，把晦涩难懂的哲学理论用一个又一个活泼的事例讲述得清晰明了，一堂课下来，从头至尾，娓娓道来，没有一句废话！

哲学课竟然能上得如此醉人！匡亚明为自己的学校有这样的人才而激动不已。他三步并作两步地来到哲学教研室，找到负责人刘丹岩教授，想了解了解这位年轻人的基本情况。刘教授告诉先生：这个小伙子的个人能力很强，已经出版了一本《什么是唯心主义》的专著，而且已经被翻译成朝鲜文。此外，还有三篇学术论文。

作为校长，匡亚明太清楚建设一所好的大学迫切需要的是什

第四章 大学的路径

么了。他接下来的做法震惊了全校教师：破格提拔这个年轻人为副教授！

然而，匡亚明的想法却遇到了一些阻力。年纪太轻，资历太浅，又不是党员，只专不红，一些人对这样的晋升有意见，甚至向上级部门反映。匡亚明没有低头，他力排众议，最终破格晋升了这个年轻人。为此，匡亚明专门在哲学教研室召开了一次关于这个年轻人破格晋升副教授的大会。他开宗明义：今天开会两件事。一，提他为副教授是我特批的，谁有意见可以直接找我谈，不要在私下议论；二，你们谁有那样的教学水平、学术功力，我也可以晋升他，如果真有能力，别说晋升副教授，晋升教授都可以！

后来，匡先生还专门向上级部门写信说明了情况。在匡亚明年谱中有这样的记载：1956 年 7 月 2 日，主持校委会会议，当讨论到拟提升一位讲师为副教授问题时，匡亚明校长作为学术著作审查人首先发言，表明了支持培养新生力量的态度。……1957 年 8 月 3 日，就学校部分教师学衔提升问题，给高教部杨秀峰部长写信。

这个年轻人不是别人，正是高清海，时年 26 岁。

而就在这一年，高清海未来的高徒中，孙正聿才刚刚 10 岁，孙利天 4 岁，孟宪忠 3 岁，邴正要到第二年才出生，而他的第一位博士女弟子张金荣 6 年后才出生。

高清海，何许人也？

虎林，猛虎出没的山林。字面的意思让这个位于黑龙江省东部完达山南麓的地方，有了几分英雄气概。此地临乌苏里江，古为肃慎地，原来是清政府的虎林厅，民国初年改为虎林县，最初由吉林省直辖。

163

高清海先生

　　民国初年，辽宁省义县人高玉山因家境困顿，生活无以为继，随几个兄弟来到虎林独木河闯荡天下。有胆有谋、性情豪爽的高玉山不仅与人为善，还识文断字，深受当地乡亲的爱戴，成为当地保卫总队第一分队长。1929年，东北军第24旅旅长、依兰镇守使李杜任命高玉山为该旅自卫团临时警备第一队队长，其任务是带领一百人驻守虎林县城。

　　转年1月，高家的喜事降临，夫人为高玉山生下了一个儿子。高家在欣喜之余，为这个在冬天出生、目光炯炯的后生起名高清海。

　　然而，小小婴孩来到世间不久，就经历了民族大难，九一八事变完全改变了中国东北的命运，也让每一个东北人面临新的选择。无疑，战争年代的任何一次选择可能都随时与生命紧密相关。

　　1933年2月末，一直在积蓄力量、待机反抗日本人统治的高

第四章 大学的路径

玉山利用虎林日军防守空虚的间隙,迅速控制了县公署和警察署,切断电话,揭竿而起,并在虎林成立了东北国民救国军,就任总司令。

此时,刚刚过完 3 周岁生日的高清海也许还不知道父亲的这一举动意味着什么,但一定会为父亲的勇武故事欢欣鼓舞,并将家里被父亲浸染在每一个角落的英雄气息一点一点融入自己的血脉。无须耳提面命,自有金戈铁马。尽管,父亲的举动已经将他们全家的脑袋枕在了刀刃上。

1934 年 1 月,又是一个冷峻的冬天。过完 4 岁生日的高清海迎来父亲在黑龙江的最后一场与日伪军的战役。因为实力悬殊,战后,高玉山带领士兵退入苏联境内。从此,高清海跟着父亲开始了漫长的随军生涯。后转至新疆伊犁地区,并在新疆度过了十多年的时光。

小小少年在父亲的影响下不间断地识字读书,努力学习,立志报国。1947 年 8 月,高玉山终于返回东北,然而刚刚 60 出头的他已经病入膏肓,不久即去世了。足以告慰这位抗日英雄的是,他的儿子高清海在他去世的第二年考入东北行政学院(吉林大学前身)教育系深造。

继续着父亲的坚忍不拔,高清海很快就在学校里脱颖而出。1950 年,他被选中保送到中国人民大学研究生班攻读逻辑学和哲学。学习的最终"成果"有两个:一是能把重要的教科书从头到尾背下来,二是两年后回到吉林大学哲学教研室成了一名哲学教员。

1956 年,他在教学与研究中的出色表现,让他赢得了教育家匡亚明先生的青睐,被破格晋升为副教授。

换作别人,也许这样的成名足够炫耀一辈子。可对于高清海来说，却显得异常平静，早早出名只是意味着增加了他理论研究的国家意识、民族意识、责任意识。他又一次扎进哲学的世界当中，找寻着我们民族自己的声音。他开始对当时国内普遍遵循的苏联哲学模式发起批判：辩证唯物主义和历史唯物主义并不是平行的关系，而是有着内在的统一，辩证唯物主义是马克思主义的哲学，历史唯物主义是马克思主义的社会学。

这批判成就了他的第一次哲学理论创新，却也让他付出了巨大的代价。从1959年开始，高清海作为马克思主义哲学的教学资格被取消。无奈之下，高清海选择了欧洲哲学史专业，一边研究，一边教学。20年后的1979年，高清海主编、车文博等学者参与著述的《欧洲哲学史纲》正式出版，1984年被国家相关部门列为外国哲学史学科必读书。1990年，由高清海主编、高文新和邹铁军等参与的《欧洲哲学史纲新编》以崭新的面貌出现在学生的眼前。而谈起这部书的意义，高清海在《序言》中说："……从我看到的苏联哲学史著作《通史》却很不满意，总有个人物辞典汇编的感觉，并不象通史著作。通史就是通史，……应当用战略观点去写，给人以通观全局的总体认识。"《欧洲哲学史纲新编》正是打开了这样的格局，令1990年以后的学子耳目一新。

1980年，鉴于高清海的洞见和学术影响，教育部专门委托他主编一部在内容和体系方面有所创新的马克思主义哲学原理教科书。这是打破传统苏联式哲学教科书体系的一次尝试。对于在20世纪50年代就已经开始思考这一问题的高清海来说，不算什么难题。1985年和1987年，由人民出版社出版的《马克思主义哲学基础》上册和下册分别出版。这套具有鲜明特色的马克思主义哲学系统著述不仅当时就引起了中国哲学界的广泛关注，而且此后数次再版，成为中国哲学研究的一部经典。

第四章　大学的路径

"针对传统的哲学理论体系的缺陷，高清海教授在国内率先改革哲学理论体系，提出了一个以主客体关系为核心的马克思主义哲学理论体系。他把哲学问题归结为三大矛盾和六个基本范畴，即思维和存在、实践和认识、主体和客体的关系。"邴正在《哲学的生命在于创新》一文中这样评述道。也正因如此，《马克思主义哲学基础》成为高清海先生最重要的著作之一，也是他哲学理论的又一次创新，奠定了高清海在中国哲学界不可撼动的历史地位。

关注现实还令他在20世纪80年代末90年代初精辟地讨论了市场经济与人、市场经济与哲学的关系，做出了"市场经济发展的根本作用在于促进人的解放"的重要论述。这是他探索适应当代中国社会发展需要的哲学理论的道路。

在他哲学研究的后期，先生提出了属于自己的哲学体系，并将其命名为"类哲学"。他认为，人有两种生命存在方式：一种是"种生命"，有似先天本质；一种是"类生命"，有似后天实践的不断叠加形成的人的最终属性。人是哲学的一切奥秘之源，对于人，关键不在于把它看成什么，而在于怎么看。1998年，高清海先生带着学生胡海波和贺来共同撰写的《人的"类生命"与"类哲学"》出版，在书中，先生向世人宣布：这是"面向人的未来发展而对哲学及其发展所作出的一种崭新的理解"。

2004年，先生安然去世。而他留给世间的是前后两次出版的九卷本《高清海哲学文存》。

当然，还有47个如今在多个领域发出熠熠星光的博士弟子。这些弟子与导师之间的故事，以及高先生一心育人的宽阔胸怀，则被人们一直津津乐道。那些精彩的故事，始于77级，始于中国社会云开雾散后从天南海北而来，年龄差异巨大的60名学生。

高清海先生（中）和他的弟子

1978年3月，在被破格晋升为副教授22年之后，48岁的高清海正式被评为教授。而在那几年，正是老三届在恢复高考后生命力和学习力被蓬勃激发的几年。恰在此时，高清海发现有一个读大一的名叫孟宪忠的学生，竟然在哲学领域最高等级杂志《哲学研究》上发表了文章。1979年，国家为了追回过去十余年被打断的人才培养进程，允许本科生提前报考研究生。高清海找到孟宪忠说，你的根基很好，可以试一试。结果孟宪忠考上了高清海的硕士研究生，高先生是导师，邹化政先生则是副导师。1983年，高清海成为国内首批博士生导师，孟宪忠又考取了高先生的博士，成了他的第一个博士生。

在学术研究上，灵光四射的孟宪忠在撰写硕士论文《黑格尔的绝对理念的本质和价值》的时候，对黑格尔绝对理念的基本理解与高清海大相径庭。许多人劝他放弃，跟自己老师的思想拧着不合适。他却找到高先生，实话实说。

第四章 大学的路径

"我高兴看到你们独立思考,只要有自己的根据符合逻辑,你完全可以有自己的看法。"反倒是高清海劝慰起了他的学生。

"可您是权威,我这样做,是否有些不敬?"孟宪忠仍然忐忑不安。

"权威是用来被打破的,如果你永远都与我的思想一样,那你充其量就是一个我,还怎么进步、发展?!"高清海笑着说。

高清海不仅鼓励孟宪忠独立思考,还指导他去拜访、请教宗白华、张世英等哲学界大家,这使得孟宪忠获益终身。但也恰是这种独立思考,让思维活跃的孟宪忠后来又做出了越界之举。20世纪90年代初,孟宪忠竟然去复旦大学师从苏东水教授做经济学博士后研究。没想到高清海知道了却对孟宪忠说:"从一个窗口看不到完整的世界。人文主义心理学家马斯洛说得形象:你要是只有一个锤子,你会把所有的问题都看成是钉子。你们年轻人应该有更多的认识世界的角度,有更多的改变世界的工具。"

1987年,正在攻读博士研究生的邴正随导师高清海赴苏州参加一个全国性哲学研讨会。当邴正把先生送到宾馆的房间后,说:"高老师,没有事情,我先回去了。"

没想到,高清海却没有让他走:"你先在我房间坐一会儿,等一会儿,他们都会来看我,我介绍给你认识。"

邴正并不知道先生说的是谁。过了一会儿,当时中国哲学界各个高校的泰斗级人物黄楠森、肖前、陶德麟、刘放桐等人先后过来探望高清海。寒暄之后,高清海把邴正叫过来给大家介绍,说:"这是我的学生。"

第二天下午小组讨论,组长就是前一天看望高清海先生中的一位。他看到了邴正,说:"小邴,你是老高的学生,你先发发言吧。"结果,邴正讲得非常好。小组讨论的最后,组长说:"今天小邴讲得不错,就由你代表我们小组到大会上讲吧。"也正是这次会,为邴正在哲学界后来产生一定影响打下了一个很好的基础。

1980年,高清海收到一个大三学生交给他的一篇哲学习作,题目叫作《试论黑格尔〈逻辑学〉的开端概念》,先生感觉到了这个学生惴惴不安的心情。夜深人静,他认真审看论文,并写下密密麻麻的批语。认同之处,他画上重重的浪线,写下"有思想""有见地",而对有些需要进一步深思的地方,则画上重重的横线,写下"想一想""是否如此"等字样。

当他把写着批语的论文返给这个学生之后,学生捧着论文细看,深深地被先生的认真态度所感动。他把获得的鼓舞转换为一双哲学的巨目,从理论思维的角度持续深入下去,以至于浑身上下浸透了智者的风骨,深深影响了吉林大学哲学的未来。

他的名字叫孙正聿。

1986年,他正式攻读高清海先生的博士研究生。1990年,以《理论思维的前提批判——论辩证法的批判本性》论文通过了博士学位答辩。

1981年,19岁的张金荣走进吉林大学哲学系的教室,聆听哲学大家们的精彩授课。当年的她无论如何也想不到,后来在硕士研究生导师张维久先生的推荐下,能成为高清海先生的首个博士女弟子。但真做了哲学界泰山北斗的学生,却让张金荣有些惴惴不安。先生则在她入学不久后平复了她的不安。"无论男生女生,咱们认真学,标准都是一样的。"高清海对张金荣说。这一方面是告诉她,不会因为女生,对你有其他的关照,这是压力;同时也不会因为你是女生,对你另眼看待,这是动力。

当时张金荣的气管不太好,每到冬天就会犯气管炎。高清海先生去看中医,记挂着张金荣有这个毛病,就叫着她一块去看。大夫问:"这是谁啊?"先生说:"是我学生。"后来,高清海听说有种黑色的俗名叫"天天"的植物果实,用它泡酒可以治疗气管炎,他就直接准备好,带给张金荣,让她回去慢慢喝。

在带学生的过程中,高清海先生每周都会主持一个讨论会,就在自己的家里进行。他会把家里的茶拿出来,给大家泡好,然后与大家交谈。正在读研究生的学生来听来谈,已经毕业的师兄们也来。每次都会围绕哲学基础理论中的某一个重大问题进行专题探讨。高清海的另一位弟子贺来在几十年后这样评论老师的讨论班:它"所表现出的民主、开放与充满探索精神的学术气氛,让人从内心深处感受到了哲学思考与学术探索的快乐与激情。后来,我的一些朋友……也加入了这一学术群体,形成一个充满思想活力的学术共同体。"

贺来所说的"学术共同体",用孙利天先生的话来解读,更像一个学派。20世纪世界上有几支著名的学术团队,比如哲学方面的法兰克福研究所,奥地利的维也纳小组,等等。先进而稳定的研究纲领、鲜明的研究特色、几代人连续工作是类似团队取得成功的重要经验,而吉大哲学具备了这样的基础。

在高清海的指导和这个学术共同体的熏陶下,1969年出生的贺来,27岁获得博士学位,29岁被破格聘为副教授,31岁被破格聘为教授。《乌托邦精神的现实生活世界根基》《关于马克思哲学当代性的理论思考》《三大独断论的摒弃》等100多篇论文奠定了他在学术界的地位。

晚年的高清海回归了生命的本质,而这个本质,对于他自己来说,就是哲学。为了哲学研究,1985年,他找到时任吉林大学校长的唐敖庆请辞副校长职务。琐碎低效的行政事务，在一位哲学家的眼里，实在倍感牵强。2004年，他病倒之后，在病榻上自语："如果我不能再搞哲学了，活着有什么意义！"

在他的另一位弟子孙利天看来，高清海始终把他的哲学思考和中国的前途命运密切地交织在一起，是他自己时代的思想英雄。同时，他的学术风格印证了海德格尔的一句话："一个哲学家一生只能研究一个哲学问题。"

如今，在高清海先生所开辟的哲学道路上，他的弟子们正在踏实前行。吉林大学哲学基础理论研究中心确定的"十三五"规划发展主题即是"人类文明新形态的哲学理念创新"，高清海先生思想的影子清晰可见。

而他的47个博士弟子，半数已经成为国内学术界的知名学者。

（三）

1955年3月，一本名为《哲学研究》的刊物正式创刊。在创刊号上，一个来自吉林大学哲学教研室，只有23岁，名叫舒炜光的人，与当时哲学名家的名字排在了一起。他发表的学术文章题目为《中国过渡时期的飞跃形式》，核心内容是应用矛盾的观念分析论证中国过渡时期的特点。

谁也没有想到，这篇文章引起了当时苏联高层领导人的关注。

从1953年开始到1959年末，舒炜光把自己哲学研究的方向聚焦在唯物辩证法，连续发表了一些哲学小册子，而论文则有包括《辩证唯物主义的飞跃原理》《物质和意识》等在内的10篇，其中9篇把研究的目标定位在矛盾和矛盾观念应用上。从1955年开始，这些文章中的3篇发表于《哲学研究》。1959年，他还写成了《达尔文学说与哲学》一书，由上海人民出版社出版，因其文采飞扬、思想深厚，引发各界关注。众人都把他想象成了年过古稀的老先生，没人想到他只是 27 岁的小青年。

引发苏联领导人的关注，并不是好事情。随着反修运动的发生和中苏关系的恶化，1959 年以后，舒炜光失去了继续发表作品的权力以及在课堂上讲授马克思主义哲学的机会。

而这时，在刘丹岩的规划下，哲学系正在酝酿成立自然辩证法教研室。在大家的共同努力下，自然辩证法教研室于 1960 年正式成立。而"自然辩证法课程"的开设，则让舒炜光开启了一个新的学术起点。1962 年，舒炜光再次登上讲台。

然而，这一时期的舒炜光却多灾多难。前前后后，他竟然动了五次手术。1978 年之后，当舒炜光的文章又重见学术刊物，其大名东山再起之时，外人却无从得知，他已经瘦得皮包骨，体重不足百斤。

但恰恰从 1978 年开始至 1988 年去世，舒炜光用了 10 年时间，让自己的哲学生命蓬勃燃烧。《维特根斯坦哲学述评》《爱因斯坦问答》《自然辩证法原理》《科学哲学简论》《科学哲学导论》等著作一部接一部。除此以外，还发表了 68 篇论文。

在深入的研究中，舒炜光认为，研究自然辩证法不能离开科学哲学，从 1979 年开始，他把科学哲学列为自然辩证法硕士研究生的研究方向之一。1980 年，在舒炜光的建议下，吉林大学对研究生正式开设"西方科学哲学"课，这在全国属于首创。对科技哲学的研究，也使舒炜光成为全国第一位科学技术哲学专业的博士生导师。

舒炜光的学术事业不仅属于吉林大学，也属于整个中国哲学界。1982 年，在他的带领下，全国 14 所综合大学科技哲学专业教师成立了"学术共同体",1984年《自然辩证法原理》一书就是他带领这个"学术共同体"创造的成果。1983年,他还带领"学术共同体"主编了《科学认识论》(1-5卷),后来获得了首届国家社会科学基金项目二等奖。

舒炜光在学习和科研上的刻苦精神一直激励着后辈们努力前行。他的学生们至今仍然记得,在他去世之前病卧床榻不能自理时,还强忍剧痛坚持在床头用录音机播放外语磁带,背记外语单词。而在他的心脏停止跳动后,人们还从他枕头底下找出一篇未完成的文稿。

2008年,纪念自然辩证法博士学位设立25周年暨舒炜光教授逝世20周年学术研讨会在吉林大学举行。与会者概括了舒炜光教授对我国自然辩证法学科的开创性贡献,总结了他的学术成就。认为他克服了传统自然辩证法自然观、科学观和技术观相分离的状态,完成了以知识论为核心的统一体系,使自然辩证法学科从狭义的自然观走向广义的科学观;完成了西方科学哲学体系化的表述;完成了科学认识论的体系化和科学化的建设,成为自然辩证法学科转型时期的领军人物。

如今,由吉大科技哲学专业所培养的众多博士生大都成为国内重点高校和科研单位的学科骨干、学术带头人。

这是对舒炜光最好的纪念。

(四)

"先生先从'觉'和'知'的比照入手,转而讨论辩证法。在发了一通令人头晕脑胀的议论以后,先生开始评价胡塞尔和黑格尔的成就,把前者比喻为'一朵美丽的小花'(重音在'小'

字上），而把后者比喻为'真正的奇葩'。突然先生话锋一转，没头没尾地说：'大海里既有波涛汹涌，又有泡沫飞溅。'仿佛是怕听众不知道什么是波涛汹涌，先生开始用肢体语言投入地表演波涛。只见他双手握拳合拢于胸前，举臂齐肩，双臂上下波动做正弦曲线状，以模拟波涛的垂直运动；同时两脚并拢，用高频率的碎步从讲台中心平移到讲台边缘，以模拟波涛的水平运动；嘴里则不停地念叨：'波涛汹涌，波涛汹涌，波涛汹涌……'台下众学生已笑做一团。"

2018年年初，一篇名为《从容的谢幕 琐细的追思》的文章在网上流传开来，作者描绘的主角就是邹化政。

文章中的故事发生在1993年吉林大学南校区萃文楼108教室，这是作为返聘教授，邹化政先生给哲学系一年级硕士讲课时的场景。按照安排，他要给大家讲满一个学期，而这也是他最后一次给学生们正式授课。此时，他68岁。

文章提到了一个关键词：波涛汹涌。这仿佛是给先生的一个定语，他确实活得"波涛汹涌"，无论是他的学问，还是他的个性。

1957年4月16日，高教部主持召开长春市大专学校政治课教师座谈会，同年5月18日，东北人民大学召开党派和无党派教师座谈会，邹化政分别在两个座谈会上发言。两次发言在当时的历史背景下，因为宁折不弯地坚持他所笃定的真理，都显得有些"波涛汹涌"，且听他在说："……现在对我们来说，不是书读得太多了，而实在是读得太少了。……只学习时事、听报告……，对于从各方面发展马克思主义哲学来说是不够的""马列主义科学只靠政治家、领袖来发展，是不行的，此外还必须靠专门的学术工作者"……

他"波涛汹涌"的发言，给他带来的是同舒炜光等人一样的命运。但是虽然不让他上讲台，不让他研究当时的"正统"哲学，他却丝毫没有停止对哲学的追求。从1957年到1980年平反，在长达20多年的劳动改造期间，哲学的海洋中一直有一个叫邹化政的人在翻飞遨游。在劳动时间，他会把黑格尔的书一页一页地撕下来，在田间休息的时候偷偷阅读。

20世纪80年代，他的学术思想达到了中西贯通、喷薄而出。《〈人类理解论〉研究》《黑格尔哲学统观》《第一哲学原理体系》《先秦儒家哲学新探》等重要学术著作和一系列论文，奠定了他在国内哲学界的重要地位。特别是在德国古典哲学研究中独树一帜、卓有建树。他提出"哲学即人学"，思考一切哲学问题都不能离开"人"这一核心。他用"逻辑先在性"解决了黑格尔哲学研究的巨大难题，令学者们对思维先天性与先验性的理解柳暗花明。他还对儒学做出了一种基于现代意义上的理论重构，让儒学在现实中所面临的种种理论问题得到回应。

为学如此，在为人方面，他却又率真得"波涛汹涌"。养小猫、看武侠、听京剧是先生的三大爱好。养猫是因为猫不虚伪、不背叛，抱着它能感觉到人与世界的关系；看武侠是因为中国传统文化里面传递着"侠"的基因，值得深思和琢磨；听京剧是因为金戈铁马的繁华、生命曲折的叹息，都可以化为最高的艺术形式，在咿呀间表达。

一次师门聚会，诸弟子听邹化政唱起京剧，先生眯着眼睛，摇头晃脑，一段《洪洋洞》"为国家哪何曾半日闲空"唱段唱得有板有眼，字正腔圆。

对于武侠的热爱，则流传着这样的佳话：一次在课堂上讲"内在关系相关性"，学生正在那些理论中打转转，他却话锋一转，把"相关性"联系到了一部武侠电视剧上，顺便对一家录像厅发泄不满，批评他们只播放美国的枪战片，好好的武侠片只放了一集，真是岂有此理！说着的同时，双手作开枪状，嘴里发出"嗒嗒嗒"的声音。大家哄堂大笑，倦意全无。

而在为师方面，邹化政更是"汹涌"得猛烈。1984年春的一天早上，夫人把他今天要穿的衣服早已经收拾得干净整齐，他这个学期给研究生们开设的课程是《纯粹理性批判》。上课了，他根本不看讲义，讲到醉心处，连眼睛也闭上了，他在思想的流淌之中像一条鱼一样游弋。而一旦情绪激昂之时，则在黑板上奋笔疾书，需要擦黑板了，根本来不及找黑板擦，直接就用衣服袖口代替。一上午的课程上完，衣服已经被"毁"得一塌糊涂。

这还不是最激烈的。在历经政治风雨之后第一次重登讲台授课的时候，讲到激情澎湃的地方，他伸拳捶击玻璃黑板，黑板破裂，割破手臂，鲜血直流。可他没事儿人似的，简单用手绢一包，继续讲授，仍然慷慨激昂。

《德国古典哲学》《西方辩证法史》，康德《纯粹理性批判》《实践理性批判》《判断力批判》，黑格尔的《小逻辑》《大逻辑》《精神现象学》……西方哲学的重要课程，就这样一路被邹化政讲了下去。一时间，1977、1978、1979等几届学生掀起了邹化政热。在课堂上，有的学生给他献上鲜花，有的学生在他的茶杯里加上白糖。这是物资匮乏时代，学生们向自己敬爱的老师所能表达的最高礼遇。

说起自己的导师，曾任哲学系主任、教育部哲学学科教学指导委员会副主任的姚大志说，先生其实不会聊天，要说起家常，他就坐在那静静听着，偶尔应一两声；谈及学术，他又滔滔不绝，会一直跟你讨论，直到你离开他家为止。

以西方哲学史、德国古典哲学等为研究方向的王天成说，他实际上把黑格尔思辨逻辑的精神悟透了，他写东西也像黑格尔，别人那是模仿或者介绍黑格尔，他能用黑格尔思辨的方法来研究问题，所以他很高明。

做过吉林大学中国哲学教研室主任，后来到北京师范大学发展的李景林教授说，邹先生的人格精神和思想智慧，对于我们这一代学子思想和人格的养成，有深刻巨大的影响，对吉大哲学学术传统和西方哲学理论体系的建立，亦具有开创和奠基之功。

曾任吉林大学哲学社会学院院长的高文新教授说，邹先生的逻辑在先的理论，……超出了全国的研究水平。正是基于此，我们才培养了一大批哲学的精英，包括孟宪忠、邴正、孙正聿、孙利天，他们真正达到了黑格尔的本意。

2008年，邹化政先生在长春病逝。10年后的2018年9月15日，"邹化政与吉大哲学座谈会"在吉林大学举行，会议就由高文新教授主持。"邹先生是无师自通的学术天才，纯靠自己体悟就贯通了整个西方哲学史。"孙利天这样评价道。

谁能不怀念，把自己的一生都奉献给了哲学，并能让哲学"波涛汹涌"的人？！

（五）

2020年4月21日上午，著名哲学家孙正聿先生的身影出现在校园里，他要去参加吉林大学"理论思维讲习班"的开班仪式。他接受了学校的邀请，做讲习班的首任导师。开班仪式结束后，他要给首批17名社科领域的优秀青年学者上第一课。他把这堂课的题目确定为《学者是人格化的学术》。

这种讲习班的模式有似于高清海先生当年在家里组织的讨论

会，只是参加的人员扩大到了全校，也更正规；也有似于当年"中国量子化学之父"唐敖庆先生在吉林大学举办的"物质结构学术讨论班"。其目的就是既培养人才，又出成果，让大师级的人物涌现。

显然，吉林大学对这位高清海先生的高徒寄予了厚望。

从1990年开始，从高清海先生那里博士毕业的孙正聿，把自己更多的精力投入哲学研究和教学上来。那时，孙正聿在吉林大学南校区做学术报告的大阶梯教室场场被学生挤爆。甚至，探听到孙正聿何时做报告、在哪做报告成为一些学生在人前的炫耀资本，然后，听说了消息的学生会迅速地把自己的坐垫和相关书籍运到那里，提前占座。

1995年，这样的学术报告被固定下来，孙正聿开始给本科生上《哲学通论》课。堂堂都爆满的大阶梯教室有了课程表。由于完全是一门新课，没有教科书，几个学生负责录音，课后再整理出来。这就是后来产生重大影响的《哲学通论》一书的初稿。

《理论思维的前提批判》《马克思主义基础理论研究》（上下卷）《思想中的时代》《马克思主义辩证法研究》《哲学：思想的前提批判》《孙正聿哲学文集》……随着一系列的专著不断问世，孙正聿已经著作等身。目前，他关于马克思主义理论研究的论述已经出版500多万字。他认定："只要我们真懂真信马克思主义，就会改变马克思主义在一些学科中'失语'、教材中'失踪'、论坛上'失声'的现象。"由于取得的理论成就斐然，2015年1月23日，中共中央政治局举行第20次集体学习，孙正聿走进中南海，就辩证唯物主义基本原理和方法论进行讲解。

如今，为了纪念老校长在吉林大学历史上的贡献，一栋大楼被命名为"匡亚明楼"。孙正聿所在的教育部人文社会科学重点研究基地吉林大学哲学基础理论研究中心就在这栋大楼内办公。在孙正聿办公室的西侧墙上，挂着"江山如画"的四字横幅。北侧是一个硕大的书柜，密密麻麻地摆放着他的著述。在他生命中，理论同样"江山如画"，成为另一个意义上的"横幅"。

从翩翩少年到古稀老人，孙正聿虽然已经年过七十，但每天早晨 8 点，他都会准时来到办公室，埋头马克思主义基础理论的研究和写作。每天下午 3 点，孙正聿还会找来当天的报纸和近期的期刊进行阅读，这是他为了与现实联系更加紧密的一个重要举措，也是高清海先生给他的学术人生打下的烙印。

"当年有去北京工作的选择，后来放弃了。"孙正聿说，"但我不后悔，真去了，各种事务性的事情太多了，可能没有更多的时间从事基础理论研究。而基础理论研究，需要一个安静的环境。"

如今，在吉林大学的校园里，经常能看到一个满头银发，步履稳健的老者。他的身影和周围的一切和谐相融，构成大学校园一道独特的风景。

大学校园里最美的风景是花草树木吗？是春天的桃花、李花、樱花吗？是冬天的雾凇或者教室窗棂上的冰花吗？不是，都不是。校园里最美的风景是有学术大师在那窄窄的小径上经过。

同作为高清海先生的弟子，如今，邴正和孙利天常常能和孙正聿聚首在一起。

当年被高清海介绍给刘放桐等哲学大家的那个年轻人，如今早已桃李满天下了。1990 年，邴正给他的导师提交了名为《人类自我意识与文化批判》的博士论文。高清海先生将其评价为"一篇相当精彩的博士论文"。从此，邴正把文化与社会发展确定为他毕生的研究方向。令人瞩目的是，博士毕业后，邴正只用了 4 年就晋升为教授。

第四章 大学的路径

在1994年,由于辅导吉林大学学生团队参加国际大专辩论赛取得优异成绩,邴正声名日隆。1996年,更是以39岁的年龄,被提拔为吉林大学党委副书记。2001年又转入吉林省社会科学院,先后出任副院长、院长。2011年任吉林日报社社长、党组书记。2015年又回归吉林大学,出任常务副校长。

虽然辗转多个单位,岗位一直在变,但邴正身上有一点却持续未变,那就是学术研究。繁杂的行政事务性工作没有阻碍他在每一个午夜的思考,而是用不同的经历去实践自己的哲学认知。他先后就马克思主义社会发展观与现代化理论、后工业社会理论、后发展社会理论的比较研究,当代全球社会发展与中国社会发展的比较研究,当代全球文化发展与中国文化发展的比较研究等等,提出了独创性的系统观点。《思考世界的十个头脑》《中外社会稳定理论与实践研究》《马克思主义文化哲学》等20余部学术专著,300多篇学术论文,奠定了他的重要的学术地位,受到学术界的广泛关注。

1993年,孙利天把自己的博士论文《论辩证法的思维方式》提交给自己的导师高清海先生,得到了先生的肯定。1994年,他被破格晋升为教授。2005年任吉林大学哲学社会学院院长。现任吉林大学教学委员会副主任、吉林大学哲学基础理论研究中心副主任。

作为学术上的挚友,孙正聿评价孙利天有六个字:"深刻、厚重、优雅。""深刻"是说他在哲学史、特别是古典哲学方面得到的训练,"厚重"是说他在哲学史方面的积淀和多年的哲学积累,"优雅"则是说他所具有的文学、艺术方面的风格和涵养。

深厚的理论功底让孙利天的学术专著和论文掷地有声。在《让马克思主义哲学说中国话》《朴素地追问我们自己的问题和希望》《生命领会和精神自觉》《中国哲学史研究的主体自觉》等等文章中,孙利天对中西马会通的问题基础、本体论基础、人性基础、方法论基础做了系统的思考。

相比高清海先生的弟子在理论思维、文化发展等方面开拓出的新的研究高度和领域,邹化政先生的弟子姚大志开辟出了另一条与众不同的道路。

20世纪80年代中期,因为把西方哲学确定为自己的研究方向,30岁出头的姚大志一有时间就到图书馆的英文书库里翻哲学书。基本上把这里的英文哲学书都翻了一遍之后,姚大志有了一个令他惊喜的发现:所有这些书都翻看过的人有两个,一个是他自己,另一个正是他的导师邹化政先生。因为那时候借书都用书卡,谁看过这本书,书卡上就有谁的名字。这给了姚大志巨大的鼓舞。在此过程中,一本讨论西方关于意识形态终结的辩论的书给了姚大志启发,后来形成了他的一个研究成果——《现代意识形态理论》,而这也为他转向西方政治哲学研究埋下了伏笔。

20世纪90年代初,姚大志隐隐觉得20世纪晚期,西方哲学跟之前已经有了明显的变化,只是这种感觉还不明朗。1994年,他作为访问学者赴美国伯克利加利福尼亚大学进修,对于西方哲学出现的一些变化开始有了一个清晰的认识。

这个变化就是政治哲学转向。

1997年,外国哲学年会在吉林省抚松县召开,主题被确定为政治哲学。这是中国第一次专门的政治哲学会议。后来的几届外国哲学年会,几乎都是讨论政治哲学。西方政治哲学渐渐成了一个热点。2000年,姚大志的新书《现代之后》是他研究政治哲学的一本成果集成。后来,他沿着政治哲学的路径,撰写了《正义与善》《何谓正义》《当代西方政治哲学》等著作,翻译了罗尔斯的《作为公平的正义——正义新论》及诺奇克的《无政府、国家与乌托邦》等。

大约从 2003 年秋季开始，同高清海先生和邹化政先生一样，姚大志开始带着他的弟子们在吉林大学东荣大厦的一间教室里，每周一次讨论政治哲学的有关问题。学生们尽情其间，享受一次次思想的盛宴。

一代一代的学人，身上流淌着老师们的学术血脉，在哲学的广阔天地里，刻苦追寻。

（六）

1987 年，著名社会学家、人类学家费孝通先生来吉林大学交流访问。在实地考察之后，老先生建议当时的校领导，在社会发展日新月异的今天，应该设立社会学学科。吉林大学接受了他的建议，向教育部申请建立社会工作与管理专业，并于 1988 年获批。

恰在此时，高清海先生正在把马克思主义的哲学观点应用在市场经济建立等社会发展方面，时刻关注现实的实践思维方式令哲学给社会发展提供了理论支撑。1987 年，他发表了《论哲学观念的转变》，1988 年发表了《论实践观念作为思维方式的意义》，1989 年发表了《再论实践观念的超越性本质》。在这些文章中，高清海指出，马克思实现哲学变革的实质，在于用实践的思维方式突破了先验的思维方式。而同在 1989 年，高清海与孟宪忠还共同发表了《中国需要自己的社会发展理论——对十年改革的消化与思考》一文，哲学与社会学在吉林大学悄然开始了某种联结。

在这些理论的支撑下，吉林大学社会发展研究所越来越受到人们的瞩目。所长和副所长正是高清海先生的两位高徒：孟宪忠和邴正。1993年，吉林大学的社会工作与管理专业由社会发展研究所承办，高清海、张维久、孟宪忠、邴正成了这一专业的学术带头人。

1995年5月，哲学与社会学的联结上升为更高级的形式。吉林大学哲学社会学院正式成立，社会工作与管理专业并入学院，并正式建立社会学系。

首任社会学系系主任是高清海先生的另一位高徒刘少杰。而此时，高清海的第一个女博士弟子张金荣正在马克思主义哲学史专业教学。忽有一天，刘少杰来找她，说明正在建立社会学系，希望能来帮帮他。张金荣没有犹豫，立刻答应了。

回想初始的艰苦，张金荣记忆犹新：我们人员少，开课的规范性也不够强。但是在刘少杰老师的带领下，我们尽量与学界建立了广泛的联系，所以尽管当时我们那么弱小，地域上那么偏僻，但是我们每年都开全国的或者国际的研讨会，来增加我们的影响力、提高我们的能力、联络学界的同人。……从这个意义上讲，虽然我们起步较晚，但是我们平台较高。"

10年之后的2005年，刘少杰因为工作关系调离，1963年出生的田毅鹏教授接掌社会学系系主任。

此时的社会学系已经拥有20余名专职教师，增设了社会学专业和社会保障专业，建立了三个专业硕士点，并于2003年设立了社会学博士点。任系主任之后的田毅鹏在学科门类更加齐全、学术梯队更加合理等方面下功夫，并着力使其在发展社会学、文化社会学及组织社会学等领域产生重要影响。而他本人，则在社会学理论研究方面成绩卓著。《单位共同体的变迁与城市社区重建》《重回单位研究》等学术专著影响重大。如今，他兼职中国社会学会副会长，教育部社会学教学指导委员会副主任委员，民政部城乡社区建设专家委员会委员等。

2017年，田毅鹏出任吉林大学哲学社会学院院长，哲学与社会学发展进入另一个崭新的时期。

2019年，《爱智求真 守正创新》一书出版，书中收录了14篇吉林大学哲学社会学院专家的文章或学术报告，高清海先生多年前写作的《"为人治学其道一也"——人生观漫谈》列在全书的首篇。田毅鹏在序言中对吉大哲学社会学院的传统做出概括："守正创新"的学术传统，"内圣外王"的经世致用传统，以及"为人为学，其道一也"的育人传统。

千百年来，在中国的东北难见哲学的痕迹，甚至有似于哲学的独立思考也不是太多。而从20世纪50年代开始，却有一群人在这块土地上播撒思想的种子，开始了对历史与时代的沉思，那蓝天白云也因此更有质感。

作为一代哲人的代表，孙正聿先生在《亲切的怀恋——吉林大学哲学系系友访谈录》序言里，这样期待他的哲学："我们最为自豪的是，一批又一批的本科生、硕士生、博士生在茁壮成长。他们在吉大学会了做学问，学会了做人，他们是吉林大学哲学的未来和希望。"

北方有哲学，傲世而独立。

八、两所"东北大学"的历史变迁：青山依旧在，几度夕阳红（杨慎《临江仙》）

从王永江到张学良

1921年，东北三省是张作霖的天下。然而，"东三省巡阅使、奉天督军"的官衔,让这个胆大过人、智慧超群、野心勃勃的小个子,并没有止步于此的想法。终于在这一年,他迎来了机会,进京组织梁士诒内阁,开始染指全中国。而就在这一年的年初,颇有知识分子情怀的奉天省代省长王永江和奉天省教育厅厅长谢荫昌相约,踩着咯吱作响的冬雪,来到张作霖的帅府,难掩激情地慷慨陈词:要想让东北不受外人欺负,又可为下一步的雄韬伟略助力,还可使东北富强,必须创办自己的大学教育,培养各方面的急需人才,以增添力量。张作霖欣然应允。

当年 10 月 25 日,奉天省议会讨论决定,联合吉林、黑龙江两省创办东北大学。第二年春天,东北大学筹备委员会正式成立。

大约一年的时间,各方面准备基本完结。1923 年 4 月 19 日,一枚刻着"东北大学之印"的印章由奉天省公署颁发,并于 7 天后正式启用,东北大学宣告成立。王永江为首任校长。

王永江,1871 年出生于辽宁大连,从小即绝顶聪明。又因博览群书,才思过人,眼光独到,得到张作霖赏识,1917 年任奉天省财政厅厅长兼东三省官银号督办。事实证明,王永江是一位少见的理财高手,时间不长,就让东三省的银号买卖兴隆,奉天省的财政收入更是年年飘红,公帑充盈。由于其出色的才能,张作霖任用他做奉天省代省长、省长。兼任东北大学校长后,他着手聘请名师、购置设备、招收学生,并敦促相关部门把沈阳昭陵前白桩外陵地以及毗邻的民用土地共 500 多亩作为新的校址。1925 年 9 月,新校区竣工。

在王永江的带领下,东北大学按现代大学的标准,设立理、工、文、法、教育等学科。同时,想方设法丰富学校的学术氛围,邀请国内名师大家,来自英国、法国、美国等国家和地区的学者、专家，就教育的历史、东北三省经济发展与中国民生的关系、列强对中国的联合政策等方面，开展了大量的学术讲座。这不仅让学生们得到了巨大的收获，也让学校在短时期内声名鹊起。

可惜的是，随着时局的变化，王永江淡出了政治，因病于1927年11月去世，时年56岁。临终前，他向亲朋好友低低叹息，以未见东北大学毕业生为憾事。著名史学家傅斯年曾经准备撰写一部民国史，并认认真真地列好了大纲。在大纲中，有一个章节叫《循良传》，里面只收录了三个人，王永江列第一。

王永江去世后，大学委员会公推时任奉天省长刘尚清继任。皇姑屯事件爆发后，1928年8月16日，张学良亲任东北大学校长。

"研究高深学术，培养专门人才，应社会之需要，谋求文化之发展"，是张学良任校长期间提出的东北大学办学宗旨。为使学校的条件更趋完善，张学良先后给学校捐献180万现洋，建成了文法学院、教学楼各一座、可容数百人的凹字形学生宿舍一座、教授住宅38栋、化学馆、纺织馆、图书馆、实验室及马蹄形体育场。曾有人这样评价当时的东北大学建筑：那建筑之宏伟，那工料之精美，那样式之新异，每当斜阳夕照，辉煌美丽，炫目夺神！

更令人"炫目夺神"的在建筑之外，张学良重金礼聘，请来了著名教育家和政治活动家章士钊，请来了思想家、哲学家、国学大师梁漱溟，请来了毕业于英国牛津大学、人称官场"侠客"的罗文干……这一批名师执教东北大学，让学校英才荟萃，如虎添翼。

让东北大学门楣光耀的是，1928年9月，中国建筑史上的一代宗师梁思成携新婚妻子林徽因来校任教，他们要在这里创办全中国高等学府的第一个建筑学系。作为中国向西方学习舞台美术的第一位留学生的林徽因,与哈佛建筑学专业毕业的丈夫梁思成,联手创造一个建筑系,好像并不是什么难事。张学良给夫妻二人开出了高价:作为教授兼系主任的梁思成,每月薪水800元,作为教授的林徽因,每月薪水400元。短短几年,梁思成与林徽因就为东北大学培养出了诸如刘致平、莫宗江、陈明达等建筑学领域的健将。

接受东北大学的邀请,同意来东北大学任职,也是出于梁思成父亲梁启超的极力推动。本来,从国外归来的这对小夫妻有机会到清华大学工作。[1]梁启超当时对梁思成和林徽因说:"(东北)那边建筑事业将来有大发展的机会,比温柔乡的清华园强多了。但现在总比不上在北京舒服……我想有志气的孩子,总应该往吃苦路上走。"

1929年7月1日,王永江的遗憾在张学良这里得到了弥补,东北大学第一届大学生毕业了。张学良亲手把学士学位证书颁到120名学生手中。为了让学生精英得到进一步的深造,张学良还决定,各系毕业成绩获得第一名的学生,由学校选送英国、美国、德国等各国大学留学深造。

1930年秋,东北大学已经有6个学院24个系8个专修科,学校校园壮丽,设施设备充足,办学经费充裕,良师云集,盛极一时。

不久,九一八事变爆发了。东北大学被迫迁往北平,后又迁往开封及西安,成为流亡大学。即使在流亡期间,东北大学仍然

---

[1] 梁从诫:《倏忽人间四月天》,载《不重合的圈——梁从诫文化随笔》,天津:百花文艺出版社,2003年版。

展现着顽强的生命力。1932年7月,学校筹资8000块现洋,资助该校学生刘长春参加了第十届奥林匹克运动会,这是中国首次派运动员参加这一世界级的赛事。

在此期间,一批在国内很有影响力的名师仍然跟随学校,在艰难的情况下坚持为学生上课,他们有陆侃如、冯沅君、金毓黻、高亨、杨荣国、姚雪垠等。

日本投降后,东北大学自1946年开始陆续返回沈阳,1947年2月恢复上课。1949年,中华人民共和国成立,东北大学揭开了新的篇章。

1949年3月,以东北大学工学院为基础的沈阳工学院成立了。1950年4月,沈阳工学院与抚顺矿专、鞍山工专合并成立东北工学院,并于当年8月设校址于沈阳南湖。1960年10月,根据中共中央《关于增加全国重点高等学校的决定》,东北工学院被列为全国64所重点大学之一。1993年4月22日,东北工学院复名为东北大学。

从张学思到张如心

1945年10月,毛泽东在延安做出了一个重要决定:把中国共产党的战备重点转向华北和东北,进驻东北建立稳定的根据地。对应这一战略转移,首先行动的是教育、科学和文化艺术在内的部分中央机构。10月25日,时任延安大学校长周扬、副校长张如心接到了毛泽东签发的命令:把延安大学一分为二,一部分继续留着不动,另一部分转往东北,筹建东北解放区大学。

不久,由周扬任队长、张如心任副队长的筹建队伍从延安启程,奔赴东北。

此时的周扬，刚刚37岁，是著名的现代文艺理论家、文学翻译家和文艺活动家。自日本留学回国，1930年在上海投身左翼运动。1937年9月，他同艾思奇、周立波等12人一起来到延安，历任陕甘宁边区教育厅长、鲁迅艺术文学院副院长、延安大学校长。他曾亲自指导鲁艺的师生们创作和演出歌剧《白毛女》，振动四方。

与周扬同岁的张如心，也是一位了不起的人物。从1937年8月起，仅仅29岁的他便任中国人民抗日军事政治大学政治教育科科长，后历任军政学院教育长、中央研究院中国政治研究室主任，中共中央党校三部副主任，延安大学副校长等职。

1941年3月，张如心撰写的《论布尔什维克的教育家》一文刊发在《共产党人》杂志上。首次提出的概念吸引了众人的注意：毛泽东同志的思想。他在文章中对毛泽东的理论和策略进行了比较科学的概括，认为毛泽东的言论和著作"是马列主义理论与中国革命实践结合典型的结晶体"。这篇文章为"毛泽东思想"这一概念的正式确立奠定了重要的基础。

此时的东北，也正在发生着翻天覆地的变化。

1945年11月，为了团结东北各地的青年，为了推进青年的各方面工作，东北局决定建立一所大学。根据当时制定的"让开大路，开辟南北满根据地"的战略，他们选择了当时各方面条件比较好的南满根据地政治中心辽宁本溪作为学校的所在地。1946年1月，学校的名字确定为东北公学。东北局指派从鲁艺调到本溪任市委宣传部部长的张松如以教育长的身份主持筹建工作。张松如即公木。在公木等人的努力下，筹备工作进展顺利，拟于1946年2月正式开学。东北局有关负责人认为东北公学的名字不太好，经慎重考虑后决定，干脆就叫东北大学，中长期的目标是建立一所包括多学科的综合性大学，短期的任务则是进行干部培训。

那么，谁来任东北大学的第一任校长呢？本来，东北局准备请时任沈阳市副市长白希清做校长，但后来觉得有一个人更合适，那就是抗战胜利后，担任辽宁省政府主席、辽宁军区司令员，东北行政委员会副主席的张学思。张学思是张作霖的第四个儿子，张学良的弟弟。

1946年2月，张学思兼任校长一职。学校首届预科、研究室和行政训练班共招收了200余名学员。

这时，国民党军队开始向本溪进犯，东北大学随即迁到丹东。但没过几天，又要迁徙。在一年时间内，东北大学师生七次迁校，迁通化，迁长春，迁哈尔滨，迁佳木斯，迁吉林市，再迁长春，再迁佳木斯。最后到达佳木斯已经是1946年6月了。这也让新成立的东北大学成了典型的炮火中的大学。

两个月之后，张如心率领的100多名教师终于来到这里，加入了东北大学。到1946年10月，全校有教职学工1620人，延安大学、华北联大的一大批教授以及东北本地的一批知名教授均汇集于此。萧军、马可、吕骥、王曼硕、杨公骥、吴莲溪、丁克全等一批有影响力的教授和专家成为学校的顶梁柱。

1948年7月，根据东北局、东北行政委员会决定，东北大学迁至吉林市，与两年前我党创立的吉林大学合并。合并后，仍定名东北大学，张学思不再兼任，张如心担任校长。

1949年2月，东北大学进一步充实力量，位于沈阳的东北大学的文、理、法三个学院并入吉林市的东北大学，国民党时期在吉林建立的长春大学、长白师范学院并入吉林市的东北大学，这一下使学校成为当时东北地区规模最大的综合性大学。1949年7

月，学校迁入基础条件更好的长春，校址定在今人民大街与自由大路交会处。此时的东北大学已经有3个院、10个系、2个预科，全校学生达2200人。

1950年4月1日，东北大学又一次更名，这也是由于办学目标的改变造成的，即要把这所学校由培养各方面干部转而建成新型的正规化师范大学——东北师范大学从此开始了在长春的青春绽放。

成仿吾：长征路上唯一的大学教授来到东北

1952年10月，张如心调任中共中央高级党校党委委员、中共党史教研室主任。另一个重量级人物因为东北师范大学的机缘在东北大地上亮相了——著名教育家和社会科学家成仿吾先生在全国院系大调整中，担任东北师范大学校长兼党委书记。

成仿吾，1897年出生于湖南娄底的一个书香门第。祖父成明郁是大清光绪三年的进士，做过知县。成仿吾受家庭熏陶，从小勤勉好学。13岁那年，他随长兄成劭吾赴日本求学。比成仿吾年长5岁的郭沫若正在日本学医，不久，他们就成了朋友。1913年，他考入东京高等学校预科，1917年，入读东京帝国大学造兵科，攻读枪炮制造专业。在此期间，成仿吾又自学了法语。至此，他已经掌握了日、英、德、法四国语言。郭沫若评价他说，仿吾的过人处是他的记忆力强，在他们几个人中，他要算头脑最清晰的一个。

1920年，23岁的成仿吾开始用他喜欢的文学方式表达他对这个世界的看法。当年初，他的处女作《一个流浪人的新年》创作完成，并交给他的朋友们传阅。同年2月底，他的《新诗》和

第四章 大学的路径

成仿吾先生

《狂飙时代》两篇文章在上海《时事新报》副刊上发表。第二年，中国新诗的奠基之作，郭沫若的第一本新诗集《女神》发表，中国现代文学史上第一部白话短篇小说集，郁达夫的首部短篇小说集《沉沦》出版。这些鼓舞人心的文学事件让成仿吾等几个人有了一种冲动，他们想以文学为根基，联合起来，寻找中国新发展的文学力量。

1921年6月8日，在日本东京郁达夫的寓所，由田汉、成仿吾、郁达夫、郭沫若、张资平、郑伯奇、穆木天等人发起的"创造社"成立了，打出了"创造社同人奋然兴起打破社会因袭，主张艺术独立，愿与天下之无名作家，共兴起而造成中国未来之国民文学"的旗帜。1922年5月，"创造社"的《创造》季刊出刊。成仿吾在其中以发表评论性文章为重，并剑指胡适、鲁迅、徐志摩、冰心等众多名家、大家，文风干脆，文思犀利，一时为世人瞩目。

1921年，成仿吾回到中国，继续从事文学创作。1925年，由于长兄成劭吾在湘军第一军第一师任军需处长，经他协调，代军长方鼎英出面介绍，成仿吾被聘为广东大学理学院物理和德语教授，来到广州。后来，因黄埔军校初创，缺少师资，成仿吾又兼任了黄埔军校入伍生部政治教官。在此期间，成仿吾结识了毛泽东、周恩来等人。1927年后，成仿吾对马克思主义产生了浓厚的兴趣，赴法国深入系统地了解马克思主义。1928年，他在法国加入了中国共产党。1929年，成仿吾又来到德国，在柏林大学学习政治理论课程。1931年，成仿吾回国，并参与中国左翼作家联盟活动。1934年，成仿吾到中共中央宣传部和中央马克思共产主义学校（中央党校前身）工作，曾代表时任中宣部部长潘汉年为高级班的学员讲授《共产党宣言》等课程。这一年的10月，他随中央红军参加了长征。他也因此成为长征途中唯一的一位教授。

当时，成仿吾与谢觉哉、董必武、徐特立、蔡畅等人，随中央纵队一起行动。他们每个人带的东西基本都一样，那就是"五个一"：一条毯子、一袋干粮、一个挂包、一枝红缨枪和一个搪瓷缸。但成仿吾与别人略有不同，他是"六个一"，组织上给他安排了一个挑夫。挑夫担的全都是从中央马克思共产主义学校带出来的图书和资料。其中有一本成仿吾极为看重的《资本论》，翻雪山、过草地，一路风风雨雨，随着他走完了长征。让成仿吾感到欣慰的是，这本书被带到延安后，毛泽东撰写《矛盾论》和《实践论》等文章时，听说成仿吾手里有一本《资本论》，特意借去参考使用。如今，这本书已经进入了中国人民大学的博物馆。

从1937年开始，成仿吾的生命轨迹与大学更加紧密地联系在了一起。这一年，中共中央决定成立陕北公学，以满足从大江南北赶到延安的青年学生的求学愿望，任命成仿吾为校长。毛泽东为公学题词。当年 11 月 1 日，陕北公学举行了开学典礼。成仿吾邀请毛泽东为师生们发表了演讲。"你们要求我讲时局问题，趁着你们开学的机会，我就来讲一讲这个问题。这个问题是与你们有密切联系的，因为学习的人、教育的人都是为着一个目的，这就是挽救民族与社会危机。""我们要造就大批的民族革命干部，他们是有革命理论的，他们是富于牺牲精神的，他们是革命的先锋队。只有依靠成千成万的好干部，革命的方针与办法才能执行，全面的全民族的革命战争才能出现于中国，才能最后战胜敌人"。（毛泽东：《目前的时局和方针》，《毛泽东文集》第二卷）

1939 年，陕北公学与鲁迅艺术学院、延安工人学校、安吴堡战时青年训练班合并，成立华北联合大学，成仿吾出任校长。在这一年，18 岁的宋振庭引起了成仿吾的注意，认为其才情俱佳，出类拔萃，遂邀请他担任该校教育科长。

1945 年，胜利的钟声即将敲响了。毛泽东见到在延安参加党的七大的成仿吾，特意问他，抗战胜利后，是想做行政工作还是继续做教育工作。"教育！"成仿吾丝毫没有犹豫。

在中国近代史上，硝烟滚滚，炮声隆隆，总是能在战火中看到大学的影子，总是能看到知识分子冒着生命危险执着地穿梭，无论是国民党一方，还是共产党一方，都是如此。他们对读书，对知识，有着不同于其他人的热爱和考量。

解放战争期间，按照中共中央的安排，华北联合大学与北方大学合并，成立华北大学。党中央任命吴玉章和成仿吾分别担任正、副校长。在历经枪林弹雨之后，1949 年 3 月，华北大学迁入北平。

中华人民共和国的成立，让大学的教育迎来了不一样的春天。1949 年 12 月 16 日，天气微寒的北京，在一系列好消息之后，天空中又增添了一丝新的色彩，《关于成立中国人民大学的决定》在中央人民政府政务院正式通过。中华人民共和国的领导人们决定，以华北大学为基础，组建这所被寄予厚望的人民的大学。1950 年国庆节刚过，筹建完成的中国人民大学举办开学典礼。刘少奇、朱德专程赶来祝贺，并发表讲话。吴玉章和成仿吾仍任正、副校长。

1952 年，举国上下各方面事业均呈现出勃勃生机，做好中华人民共和国高等教育的雄心壮志，极大地触动了广大知识分子，他们甘愿接受祖国的召唤，去任何一个地方，无论多么偏远，多么艰苦，因为他们看到了未来，他们在燃烧着内心抑制不住的激情和希望。在这样一个大的背景下，成仿吾于当年 10 月调任东北师范大学校长兼党委书记，开始了事业发展的"闯关东"之旅。

来到东北师范大学后，成仿吾首先面对的就是如何形成自己的教学方法的问题。在当时一边倒学苏联的背景下，成仿吾要求全校师生绝不能照抄照搬苏联的教育模式，而是提倡结合中国实际的教育实践。

成仿吾反复强调，东北师范大学教学的侧重点是基础教育，是培养一大批合格的中学教育工作者，让教学包含露水珠和泥土味。在他的推动下，1953 年 2 月，校务会议明确提出了学校建设的基本方针，其核心就是面向中学，为基础教育服务。

也是从成仿吾开始，东北师范大学形成了马克思主义的教学特色，把思想政治水平的提高内置到课程的设置当中。在他的安排下，学校开设了马列主义基础、政治经济学、辩证唯物主义和历史唯物主义以及中国革命史四门政治理论课。重视师生的思想政治教育，形成了成仿吾教育思想的特点（孙小军：《成仿吾在

第四章 大学的路径

东北师范大学

东北师范大学教育实践钩沉》)。而这一特点，一直坚持到60多年后的今天。

1953年，由于各方面条件已经具备，东北师范大学成为我国最早培养研究生的高校之一。同年，学校教育、中国语文、俄语、历史、数学、化学、生物、体育8个系和中国革命史直属研究室的34个专业招收研究生104名。这是该校培养的第一届研究生。还是在1953年，东北师范大学在国内首开高师函授教育先河。

1958年，成仿吾调任山东大学校长兼党委书记，在东北师范大学的六年间，他身上的知识分子气度，以及严谨务实的延安精神，使学校有了长足的发展，成为当时我国最有影响和最具发展实力的师范大学之一。

"斯大林大街"两侧的"大学之花"

1907 年,以头道沟火车站为核心的长春市城市建设刚刚起步。在这一年,以长春火车站为起点,向正南方铺设了一条马路,长约 900 米,到达今天的胜利公园附近,命名为长春大街。后来,又改为中央通,意即这条大街为整个城市的中央地带。

伪满洲国成立后,长春做了一个规模宏大的城市规划。1933 年,这条路从胜利公园附近继续向南延伸至兴隆沟,即今天的工农大路与人民大街交会处,新延伸的部分被命名为大同大街。1945 年,苏联军队打跑了日本人和溥仪的小朝廷,遂将中央通和大同大街以他们至高无上的领袖的名字命名,称为斯大林大街。一年后,国民党接收了长春,又把这条路的名字恢复成两个,胜利公园以北叫中山大街,以南叫中正大街。1948 年,经过 150 多天的军事围困和经济封锁,国民党败退,中山大街和中正大街再一次合并,复称斯大林大街。这个称谓一直沿用至 1996 年 5 月 1 日。

20 世纪五六十年代,斯大林大街南段及其附近,是大学的天下。而这些大学,往往最初都是以"东北"冠名,而后才划归地方管理更改了自家的姓名。

吉林大学坐落在斯大林大街与解放大路交会处,在吉林大学的东南,隔着斯大林大街,一所日后在国内税务界赫赫有名的学校在几栋老建筑里正在安静而踏实地打着基础。这所学校的历史还要回溯到 1946 年。当年 7 月,中国共产党领导下的东北银行总行在佳木斯举办了一期短训班。随着战争形势的发展,短训班

第四章　大学的路径

随着东北银行总行迁至哈尔滨，再迁至沈阳，改名为东北银行干校，培养金融类干部人才。1950年6月，在东北银行干校的基础上扩建，定名为东北银行专门学校，并于当年7月25日迁至长春。1952年，东北计划统计学院、东北财政专门学校、东北银行专门学校合并，在沈阳成立东北财经学院。原东北银行专门学校的一部分教师、职工和专科学生随后迁往沈阳，保留的部分教师、职工和高职科学生在长春成立中国人民银行长春银行学校。1958年，在中国人民银行长春银行学校的基础上，又成立了吉林财贸学院，校址即在长春市斯大林大街82号。1992年，吉林财贸学院更名为长春税务学院，成为全国第一所税务本科普通高等学校。2010年，长春税务学院更名为吉林财经大学。

从原长春税务学院向南只一站多地，即为东北师范大学，学校坐落在斯大林大街与自由大路交会处，而紧邻东北师范大学的南侧，则是一所以工科著称的学府。

1955年9月26日，东北师范大学南侧红旗招展，人们兴高采烈地参加长春汽车拖拉机学院的开学典礼。这是随长春第一汽车制造厂的建立应运而生的高等学府，由华中工学院的汽车及内燃机专业、交通大学和山东工学院的汽车专业合并而成，时任一汽厂长饶斌兼任院长。三年后，由国家第一机械工业部和国家高等教育部共同管理的学院下放吉林省领导，始称吉林工业大学。

吉林工业大学再往南，在斯大林大街与南湖大路交会处，坐落着承载中国人民解放军飞天梦想的中国人民解放军航空学校。1946年，中国共产党的第一所航空学校——东北民主联军航空学校在吉林通化诞生。1948年1月1日，学校更名为东北人民解放军航空学校，归东北军区建制。因为战事，学校先后辗转迁至黑龙江牡丹江及密山等地，1949年3月来到长春。当年5月，又改称中国人民解放军航空学校。1949年底，学校正式停办，所属人员调往新组建的航空第七学校等单位。1950年，东北军区正式创建航空学校（混合大队），成为后来空军长春飞行学院的前身。1952年，解放军第九航空学校创建，又成为后来空军第二航空学院的前身。以这些学校及第七飞行学院为主，2004年重新组建了中国人民解放军空军航空大学。

从斯大林大街与解放大路交会处，沿解放大路向西，就能看到位于新民大街2号的伪满洲国国务院旧址，这里就是昔日的白求恩医科大学基础教学楼。1939年9月18日，在河北省唐县牛眼沟村，晋察冀军区卫生学校成立了。国际主义战士、加拿大共产党员、著名的胸外科医师诺尔曼·白求恩直接参与了学校的创建工作，不仅编写了多种战地医疗教材，还为卫校培养了一大批医务干部。学校的首任校长名叫江一真。

令人悲痛的是，卫校成立一个月后，白求恩在河北涞源县摩天岭战斗中抢救伤员时左手中指被手术刀割破感染，不久转为败血症，于1939年11月12日不幸逝世，年仅49岁。为了学习和纪念这位伟大的医生，1940年1月，晋察冀军区卫生学校改称白求恩学校。

抗战胜利后，白求恩学校与张家口医学院合并，成立白求恩医科大学。1948年，又与北方大学医学院合并，命名为中国人民解放军华北医科大学。1949年迁至天津，与天津陆军总医院合组为天津军医大学。1951年，再改名为中国人民解放军第一军医大学。1954年2月，学校由天津迁至长春。与其他院校一样，1958年学校移交地方管理，最初定名为长春医学院，后改为吉林医科大学。1978年，恢复了白求恩医科大学的校名。

在白求恩医科大学的北侧马路对面，曾经有一大片郁郁葱葱的松林，名叫地质宫广场。在松林的掩映下，是长春历史上第一座采用高台基、大屋顶、古典彩饰手法设计的仿古建筑——地质宫大楼。这里是溥仪没有来得及建完的皇宫遗址。1949年末，中国地质力学的创立者、中国现代地球科学和地质工作的主要领导人和奠基人之一李四光，冲破重重阻力，从英国转道法国又转至意大利，终于秘密坐进开往香港的船舱，于1950年回到中国。1951年12月1日，李四光的名字写在了这座地质宫大楼里，他以中国科学院副院长的身份兼任刚刚成立的东北地质专科学校校长。

1952年，为加强学校建设，山东大学地质矿物学系、东北工学院长春分院地质系和物理系的一部分合并入东北地质专科学校，组建东北地质学院。1957年1月，东北地质学院更名为长春地质勘探学院。1959年12月，又更名为长春地质学院。

从中国人民解放军空军航空大学开始，沿着南湖大路向西，穿过波光潋滟的南湖公园，在接近前进大街的地方，是邮电学院的旧址。1947年3月10日，春风刚起，在黑龙江省佳木斯市，东北邮电学校宣告成立，首任校长是东北邮电管理总局局长陈先舟。当年入冬的时候，学校迁往哈尔滨。1948年10月，长春解放后，学校接到命令，迁往长春。来到这里之后，他们找到了一处偏僻的场所建立学校，那时候，这里还是一片荒郊野岭。1953年，东北邮电学校更名为长春邮电学校。1955年，又改称邮电部长春电信学校。1960年4月，在长春电信学校的基础上，成立了长春邮电学院。这也是东北地区唯一一所信息通信类工科高等学校。

从当年的斯大林大街一直向南，在今天的卫星路向西不远，还有一所令后人敬仰的学校。那就是由科学家、教育家，毕业于清华大学、英国帝国理工学院、谢菲尔德大学的"中国光学之父"王大珩，遵照聂荣臻元帅指示创办的长春光学精密机械学院。此时的王大珩还兼任中科院长春光机所所长。在王大珩的带领下，1958年的北国长春，以高精光学仪器"八大件"而闻名全国。何谓"八大件"？一秒精度大地测量经纬仪、一微米精度万能工具显微镜、大型石英摄谱仪、中型电子显微镜、中子晶体谱仪、地形测量用多臂航摄投影仪、红外夜视仪以及系列有色光学玻璃。在王大珩的努力下，中国第一台激光器于1961年在长春诞生。

时光荏苒，岁月沧桑。唯有那当年大学开出的花朵，依然芳香四溢，令人久久沉醉。

第五章 文史所传奇

一、长春街头的国学气派：日日呼吸长白云(宋振庭《自述杂言》)

（一）

1962年，74岁高龄的国学大师钟泰出现在长春建设街的街头。

钟老先生迎着夏日的阳光走来，步履稳健，仍是往昔的风貌：满头银发，根根生辉，容颜清癯，神灌双睛，一绺山羊胡，微摆颔下，身着淡黄色西服，配红领带、白手套，仪表庄严，无一分懈怠，无一处疏忽⋯⋯真是一个处处仙风，浑身道骨，又颇讲究现代气息的时尚老头儿！

钟泰先生

来到建设街与普庆胡同交叉路口的地方，老先生走进了一座砖木结构、两层高的宫堡式建筑。从外部看起来，那栋建筑颇有几分神秘的气息。

老先生径直来到二楼的一个房间，原来是一间讲堂。屋里已经坐了不少人。讲台上已经有人给他备好了盛满水的茶杯和一盒粉笔。他把用来教授《孟子》的教材——南宋赵顺孙著的《孟子集注纂疏》放在茶杯的边上，便开始了他这个上午近3个小时的讲学。期间，他再也不会碰教材一下，甚至不会碰茶杯一下。无论是《孟子》原文，还是朱熹的注释以及赵顺孙的疏证，他都随口背诵，然后一字一句地给大家解说。他边讲边拿出粉笔在黑板上刚劲书写。虽是古稀之年，但老先生笔挺站立，精神抖擞，气宇轩昂，全身上下，正如他所讲授的孟子一样，激荡着令人为之一振的浩然之气。

有人曾经偷偷将钟泰所讲与原文比对，他随口背诵出的古文原文，以及规范的板书，竟无一错误。大家由衷敬佩：老先生了不起，这一定是早年打下的底子。一位师长告诉他们，你们幸运吧，这是千百年来中国传统书院的讲书方法，你们可是有耳福了！

听说钟泰来到了长春，吉林大学校长匡亚明特意选择在老先生讲授《论语》时，安静地坐在讲堂的一个角落，拿出笔和本子，认真听课。有一次，为了赶上听课的时间，他匆忙间没有来得及换衣服，上身穿了一件已经陈旧的灰色中山装，下身则是一条补着两个大补丁的裤子。课间休息时，他不安地问别人：我这一身，是不是对老先生有些不敬啊？

没过几天，省委宣传部部长宋振庭也来听课了，也是一样的态度，安安静静地坐在讲堂后面，认真记录。

不久，于省吾、金景芳也来了。

令大学校长、省里高官、著名学者趋之若鹜、甘为学生的钟泰，有什么特殊之处？又怎会以如此高龄，千里迢迢地奔来塞北？

（二）

1888年，钟泰出生在繁华的南京，早年就读于上海格致书院。格致书院是英国传教士傅兰雅与中国人徐寿共同创建的，也是中国教育史上第一座专门研习"格致"之学的教育机构，目的在于考究西方各国格致之学、工艺之法、制造之理。书院于1876年6月22日正式落成。所谓"格致"，最早见于《礼记·大学》，穷究事物的道理而求得知识之意，近代将西方的物理学即翻译成格致学。钟泰在这里接受了西方科学研究与发展的观念，但他在格致书院读书的时间并不长，不久即留学日本，入读日本东京大学。1905年学成回国后，出任两江师范学堂的日文译教，直至1911年辛亥革命爆发。1911年以后，他历任安徽高等学堂教师、南京法政专门学校日文教席、《共和杂志》社社长，在此期间，他开始在学校开设老庄讲座，名气日隆。1924年，36岁的钟泰被杭州之江大学聘为国学系教授兼系主任，直至日本军队1937年冬攻占杭州，历时13年。

从1937年开始，颠沛流离之间，钟泰先后任湖南蓝田国立师范学院教授，贵阳大夏大学文学院院长兼中文系主任。1944年应邀来到四川，与新儒家开山祖师、国学大师熊十力并任北碚勉仁书院主讲兼协纂。抗日战争胜利后，钟泰回到上海，并于1948年任光华大学教授。中华人民共和国成立后，他入华东师范大学任教，后兼任上海文史馆馆员。

钟泰的闻名在于其精于对古代诸子的研究和掌握，同时主攻宋学，治学根基极深，见地极高。《中国哲学史》《庄子发微》《春秋正言断词三传参》《顾诗笺校订》等著作皆为经典。《中国哲学史》是其在之江大学任教时，历时三年完成的。书中尽显先哲思想的精微，并讲明了各家学说的内在逻辑，成为做学问者的重要参考。《庄子发微》则条分缕析地找出其思想的内在理论脉络，并揭示出庄子哲学中的自然主义倾向。学界对此评价甚高。

1961年底，钟泰接待了一位来自长春的客人。客人从进门到出门，展现了极尽周到的礼数。他告诉钟泰，在东北，他们将有一个大动作，而且占用了长春一处条件相当好的洋楼，只待先生出山！

条件好并不是钟泰在意的，他在意的是这位客人的谦恭与远大抱负，更在意的是，这里将形成的体制和机制，那可是他熟悉的，形同古代书院的风格啊！尽管家人有些忧虑，那毕竟是从大上海到大东北，是去祖国的边塞，但是钟泰动心了。正因如此，他在1962年夏天依约出现在长春的街头。

（三）

那位邀请钟泰出山的长春客人并没有骗他，讲坛所在的这栋楼，确实非同寻常。在这栋楼里工作和学习，真是有几分奢侈。

整栋小楼地上二层，地下还有一层。而且，南侧向阳的地下室向外延伸，屋顶由三大块玻璃采光窗构成。由于地下室的屋顶就是外面的地面，要承受人们在上面的踩踏，所以里面的网格骨架均为铸铁制成。在网格骨架上，则镶有倒立的呈锥形的厚重彩色玻璃。白天，这些玻璃为地下室采光，让地下室显得十分明亮；夜晚，当地下室的灯光亮起，又照亮玻璃的地面，同时令彩色玻璃色彩斑斓，十分夺人眼目。

同时，整栋建筑中间，还有空透的栏杆以及六边形的窗子、圆圆的月亮门，让人感觉到了中西文化在一栋建筑中的完美融合。这栋楼的位置也非常独特，东南端紧靠伪满洲国规划的"帝宫"御花园。

它就是当年位于伪满洲国兴亚街与大庆路交会处东南角、如今名为建设街与普庆胡同交叉路口的伪满洲国外交部旧址。

1932年，伪满洲国刚刚成立即谋划建立此楼。与其他伪满时期建筑不同的是，聘请的设计与施工管理者并不是来自日本，而是法国公司，建设资金也是由法国经济发展协会提供的有偿贷款，成为当时引入西方投资的唯一一栋建筑。1933年至1934年，用了一年左右时间，这栋漂亮的小洋楼竣工了。

中华人民共和国成立后，这座庭院和小楼归吉林省委党校使用。1961年12月20日，时任东北局候补书记强晓初、吉林省委第一书记吴德将小楼划拨给了这个颇有面子的新机构。

心情舒畅的钟泰很快就在这里工作了一年，他为自己感到庆幸，在古稀之年还能有如此精神舒服之所，让他能把一肚子的国学倾倒出来。在新年到来之际，他兴之所至，同意了大家请他在一个晚会上出演圣诞老人的请求，接受扮演成儿童的青年人在他周围舞蹈得天真烂漫。

登上舞台表演的可不止他一位德高望重的先生。在1963年夏天的一次晚会上，吉林省博物馆副馆长张伯驹和夫人潘素也来了，优雅地走上舞台的张伯驹演唱了古曲《阳关三叠》，令在场人享受到了从历史中走来的浸着苍凉、更俱婉转的绕梁余音。

到底是什么机构能在东北的大地上这样出风头？

那就是被称为共和国教育史上仅见的国学书院式学府——东北文史研究所,一个把"一群20多岁的大学毕业生圈在小洋楼内听老先生们讲古书"[①]的地方。虽然,它只存在了短短5年左右的时间,但却成为东北社会科学学术发展史上的重要事件。

(四)

欣欣向荣、蒸蒸日上的吉林大学迎来了1961年元旦的钟声,新的一年开始了,全校教职员工在匡亚明的带领下,干劲儿十足,无不憧憬着学校更加辉煌的未来。可没过几天,匡亚明就接到了来自中宣部的通知,中国历史博物馆的馆长岗位没有合适人选,他们想调吉林大学副校长佟冬赴北京出任此职。佟冬也同时接到了来自中宣部的通知,他找到匡亚明,两人觉得那是个很好的任命,能够充分发挥佟冬的专业,为国家的博物馆事业做出贡献。匡亚明为表祝贺,还专门让吉林大学总务处安排木匠做了20个书箱,以备佟冬从长春向北京搬书之用。

然而,让匡亚明和佟冬感到奇怪的是,4个月过去了,眼看着冬天的积雪已经消融,春风更是日日拂面,却仍没有见到中宣部的正式调令。经过到中共吉林省委询问才知道,原来几个月前恢复成立的中共中央东北局对佟冬的下一步安排有了新的想法,他们不想把这个身上带着能够开拓出一片新天地本领的先生放走。面对东北局对他入京就职的"拦截",佟冬并没有感到为难,也丝毫没有表现出什么情绪,他只是静静地等着。

---

① 黄中业、孙玉良:《共和国教育史上的国学书院式学府——东北文史研究所述要》,《社会科学战线》,2015年第1期。

第五章 文史所传奇

匡亚明校长与副校长佟冬（左一）、副校长刘静（右一）合影

早在 1945 年 9 月，中共中央确定了争取控制东北的战略方针，9 月 15 日，以彭真为书记，彭真、陈云、程子华、伍修权、林枫为委员的中共中央东北局宣告成立。东北局全权代表中共中央指挥中国共产党在东北的活动。1954 年 4 月，中共中央政治局扩大会议决定大区一级党政机关全部撤销，存在了 9 年的东北局正式解散。1960 年 9 月，由于中国大地经历了严重的自然灾害，中共中央决定恢复各区域大局，加强对一省或几省的协调领导。东北局在这样的背景下，由宋任穷任书记，正式恢复建制，机关驻地设在沈阳。

1961 年 5 月 3 日，佟冬被改变任职的谜底终于揭晓了。这一天，中共中央东北局宣传部部长关山复专程从沈阳赶来长春。他是佟冬在"一二·九"学生运动中和八路军第一游击纵队时的老同学、老战友。许久不见，两人热烈握手，相谈甚欢。

（五）

1959年冬天，周恩来总理亲往黑龙江省哈尔滨市考察工作。在此期间，召开了一个干部大会，周总理发表了讲话。他认为，从全国的范围看，东北的文化相对比较落后，文风不盛，文化方面的人才比较少。文化落后突出表现在文史学科方面的落后，这是由东北的历史情况造成的。但是，"行有余力，则以学文"，尽管目前有很多事要做，还顾不上，但他希望将来有机会的时候补救这一缺陷。

关山复先生

随后，周恩来的讲话记录发到东北各省传阅。时任吉林省委书记处书记的关山复见到了这个讲话记录，留下了深刻的印象。1960年，东北局恢复成立，关山复调任东北局宣传部部长。此时，一个念头在关山复的脑海里打转，能不能在东北办一所大学，专门加强文史学科的建设。他反复琢磨，建在哪个城市，建成什么规模，师资怎么解决。这时候，一个老战友浮现在他的眼前，对，如果办一所大学，校长就由佟冬来当，他是最合适的人选。恰恰在关山复酝酿此事的过程中，中宣部要调佟冬赴京任职的消息传到了东北局。关山复通过与主要领导沟通，认为管理以文史立校的大学，非佟冬莫属，所以与中宣部协商，暂时不想放佟冬走。

1961年3月，东北局在哈尔滨召开东北地区教育工作会议。

第五章 文史所传奇

会议期间，关山复提议创办东北文史学院，以此振兴东北地区的社会科学事业。他的提议得到了东北三省有关负责人的一致赞同。然而，不久后上报国家高等教育部的请示却被驳了回来。高教部认为，文史学科属于过剩的专业，应在裁撤之列，完全没有必要成立一个这样的专门大学。

这边不让办文史学院，那边还扣着佟冬没让走，这才有了关山复向佟冬告之真相并商量对策的长春之行。

佟冬看着面前这位为了东北文史事业殚精竭虑的部长，想了想说，不办文史学院，也没什么不行，其实，"搞文史学科一是'先天不足'，不像自然科学上天入地成果显著；二是'后天失调'，来个运动就先吹到它，费力不讨好。关部长则表示，将来出事我检讨"[1]。佟冬接着说，但东北可以办一个文史研究所，这样就不必经过教育部的首肯。而且，文史研究所可以用最讲实效的方式教学，授业方式可以灵活多变。考虑到它的文史及培养学术精英等方面的特点，适宜直接从大学毕业生中招收学员，并且可以完全参考过去书院式的办法，给学员提供最优良的条件，让他们专心读书，几年就可以培养出一批学术大家来。"他们谈了好久，直到月上中天，才在树影婆娑的院门口握别。"[2]

关山复紧锁的眉头终于舒展开了。他问佟冬，如果成立东北文史研究所，为了东北文风更盛，培养更多的专业人才，可否出任所长。"行啊！"佟冬二话没说，正式放弃了进京的机会。

对于这段历史，2005年6月，已经90岁高龄的关山复在

---

[1] 佟多人《记忆中的父亲》，《佟冬同志百年诞辰纪念文集》，长春：吉林文史出版社，2005年，第221页。

[2] 佟多人《记忆中的父亲》，《佟冬同志百年诞辰纪念文集》，长春：吉林文史出版社，2005年，第221页。

《佟冬同志百年诞辰纪念文集》编写组邀请他写的《序》中，深情地回忆道："上个世纪60年代初，本来中宣部已任命佟冬同志到北京中国历史博物馆担任领导职务。当时的东北局宣传部为贯彻周总理指示，发展东北地区的文史研究工作，决定创办东北文史研究机构，我们认为筹办此事的最佳人选就是佟冬同志。为此，我们征求他的意见，他欣然允诺。后经请示中宣部，佟冬同志留在东北，创办了东北文史研究所。在这样决定个人前途命运的问题上，佟冬同志的抉择，充分显示了他不计个人名利，为革命事业无私奉献的崇高精神境界，也反映出他为发展东北社会科学事业的满腔热忱。"

成立东北文史研究所的想法，也得到了匡亚明的大力支持。他认为，研究所一要规模小，二要环境好，易于管理，鞭长可及，这样有利于学习和研究，既出成果，又出人才。

兴高采烈的关山复从佟冬家里出来后，立即投入拟于1961年5月17日在吉林市召开的东北地区高等学校调整工作会议筹备当中。在这个会议上，参会者讨论后产生了《关于建立东北文史学院讨论纪要（草稿）》，整体的基调是：应在不削弱现有大学文科的条件下，建立比一般大学文科水平较高的文史研究机构，这是改变东北文科落后面貌的积极办法。

1961年6月28日，关于成立东北文史研究所的建议正式提交东北局书记处讨论。会议决定成立东北文史研究所，为东北局宣传部直属的事业单位，所址设在长春，由佟冬出任所长。其任务是：培养中国文史方面的教学和科学研究人才，以期改变东北地区在文史研究和人才培养上的薄弱状况，招收大学应届毕业生进行集体培养，类似研究院性质。

1962年7月，东北文史研究所举行了隆重的开学典礼，由陈

第五章 文史所传奇

佟冬与关山复、万欣、石静山合影

毅元帅手书的"东北文史研究所"牌匾，被恭恭敬敬地挂到了研究所的门楣上。满头银发的佟冬在成立大会上做了研究所筹备情况及培养任务的报告。东北局宣传部部长关山复和吉林省委主管文教的副书记富振声分别讲话，对研究所的未来致以最美好的期许。

二、佟冬：不缧绁兮不名囚，清风明月两悠悠（佟冬《感忆往事》）

（一）

在三年困难时期要办一个研究所，而且手里"一无人才、二

213

无图书设备、三无地址，可谓'三无'创业，白手起家"①，谈何容易！

佟冬，何许人也？为什么关山复觉得创办文史机构非他莫属？

1905年7月27日，佟冬出生在辽宁省辽阳县泗河堡村一户贫苦农民家庭。此前，辽阳是日俄两国重点争夺的要塞，枪声常常响彻四野，中国百姓苦不堪言。也正因此，国家因破败而饱受欺凌的情景很早就注入到了佟冬的血脉当中，抗争图强，改变国家命运也同时成为佟冬的精神基因，深埋体内。

少年时期的佟冬聪颖非常，非常渴望读书。可是，父亲在他出生前的一个月即外出谋生，长年四处奔波。7岁时，母亲因生活所迫，改嫁他人，佟冬与爷爷奶奶相依为命。为了能让他上学，已经年老体衰的爷爷迎风冒雨、起早贪黑做点小本生意，走街串户挎着筐卖烧饼。佟冬在学习上极为刻苦，但凡有考试，一定名列榜首。因为初小时学习成绩一直名列第一，他获得了免费读高小的机会。高小三年的学业，他仅用一年半的时间就读完了，最终的考试成绩仍然名列前茅，这让他的老师们惊讶不已，也惊喜非常。他们一致看好佟冬，认为他将来的前途不可限量。

然而，是否继续参加中考却因家境的日渐穷困成了一道难题。经过彻夜的挣扎，只有十几岁的佟冬做出了一个人生的重要决定：尽管家里已经没有供其继续读书的钱，但还是要去参加中考，检验一下自己的能力，不管能否考上，考完后就回来扛起生活的重担。

---

① 李绍庚：《一代贤师　千秋楷模——纪念佟冬老诞辰百周年》，《佟冬同志百年诞辰纪念文集》，2005年，长春：吉林文史出版社，第57页。

第五章　文史所传奇

佟冬先生

1921年，佟冬出现在中考的考场，结果，初试第一，复试第一，最终全县第一。一位看到佟冬试卷的清末举人连连称赞：此生才华出众，无与伦比！

面对着全县第一，面对着老先生的赞誉，面对着家家户户口口相传的轰动效应，佟冬一点也高兴不起来。他知道，他的求学之路即将终止。当他告诉前来祝贺的乡亲们无法继续学业，将安心在家操持家业，让爷爷奶奶吃饱饭，穿暖衣，改善家庭生活状况的时候，乡亲们无不觉得可惜。

这是个多么好的孩子啊！平常在村里他就显得特别仁义，见了人总是彬彬有礼，谁有了事需要帮忙，小小的佟冬总是愿意伸一把手。一位村里的长辈提议，佟冬是我们这个村子的骄傲，学习成绩这么好的孩子，这么有出息的孩子，如果不继续读书太可惜了，他家供不起，拿不起学费，我们大家能不能凑一凑？提议得到了乡亲们的热烈响应，你拿5元，他拿10元，在很短的时间内就凑够了学费。

能上学了！佟冬捧着乡亲们的心意，心潮澎湃，立下雄心壮志，准备锐意拼搏，为家乡增光添彩。

（二）

佟冬知道，读完中学，找到一个工作，就是他这个寒门学子最好的选择了。为此，在中学阶段的后半程，佟冬选择了学校专门设立的师范科。那个年代，国家鼓励学子攻读师范科，以弥补教师力量的不足，所以，选择师范科就可以拿到"官费"，即不用自己花钱上学。1925年，佟冬毕业后，由校长推荐到县城最好的学校——第七小学任教。

第五章　文史所传奇

以佟冬的学识，做一个小学的教书先生，虽然没什么难度，但他仍然格外认真地做好每一个环节的工作。只要一有时间，他仍然沉浸在书的世界里。时光飞逝，转眼又是四年。

此时的佟冬还不知道，他的才华与境遇引起了一位家境富裕的族兄的注意。这位族兄有着较强的家族意识，他觉得家族里难得出现佟冬这样的人才，如果他能更进一步考大学，求取到更大的"功名"，无疑将会光耀佟家的门楣。1929年，这位族兄辗转找到了佟冬，说明了来意：如果佟冬愿意，他可以资助佟冬上大学。为表决心，他特意告诉佟冬，将来绝不会要求任何回报。

大学招考的时间即将到来，激动的佟冬打点行囊，直奔沈阳而来。过硬的功底和独到的见识，让佟冬在考生中脱颖而出，顺利考入当时东北最好的大学——东北大学。读了一年俄文系预科后，佟冬最终选择了国文系。

然而就在佟冬刻苦用功、踌躇满志之时，九一八事变爆发。东北大学迁离沈阳，学生们可跟可散，各谋出路。此时的佟冬已经成家，妻子已为他生下了可爱的儿子。因为顾念家人，无法南行，他只得又回到县城，在中学谋了一个职位。可是，面对日本的殖民统治，心怀国家与民族命运的佟冬每天都处在极度痛苦之中。

那段时间，不知为什么，佟冬总是觉得在刮风，从那个秋天一直到另一个秋天。风中的炊烟倒了，风中的旗帜也似在挣扎。夜晚，院中的几处篱笆，在幽幽的灯影中，总有他的身形来回印染。

在做好了相关准备，安顿好了家人之后，1933年夏日的一天，再也待不下去的佟冬，让妻子帮助乔装改扮了一番，然后洒泪而别，偷偷穿过日本人的封锁，逃亡北平。他要去寻找自己心中的光明，寻找救国之路。

（三）

在流亡到北平的东北大学复学后，佟冬又经学校介绍，进入中国大学借读。此时的他一边用功读书，一边到东北大学图书馆帮忙抄写书签，以挣点儿生活费。

在中国大学借读期间，佟冬结识了在东北大学学生会工作的关山复等人。

1935年，"一二·九"学生运动爆发，北平数千名学生走上街头，举行示威游行。就在游行队伍当中，书写着"东北大学"的一个横幅被高高举起，佟冬和同学们振臂高呼"各党派联合起来"的口号。"东北大学"这四个透露出慷慨气息又有几分书卷味道的漂亮毛笔字，正是出自佟冬之手。那是当时情急之下，把寝室里的白色被单扯下来，由佟冬在上面泼墨挥就的。游行学生举着"东北大学"横幅的激昂场景，在现存的"一二·九"学生运动文献纪录片里还留有珍贵的影像。后来，这段珍贵的影像出现在电影《青春之歌》当中。

1937年，卢沟桥事变之后，佟冬随东北大学的同学撤离北平，辗转来到延安，先是进入抗大政治教员训练队学习，不久转入中央马列学院，短暂学习后，进入该院历史研究室工作，成为中国共产党史学研究的开创者之一。1938年，佟冬参与写作由范文澜主编的《中国通史简编》，负责秦汉至三国部分，全书于1941年出版。佟冬也正是在此时迈过历史学的门槛，开始深入接触社会科学研究工作。

1943年，佟冬被调往五省联防司令部，直至1945年日本投降。在此期间，他常常在空闲时给萧劲光等部队首长讲解《资治通鉴》等历史典籍，而萧劲光等人听得津津有味。因为佟冬是土生土长的东北人，按照中央安排，他于1945年回到东北参与根据地建设，先后任鞍山市政府秘书长、辽阳市委宣传部部长、辽阳市参议长、辽东省委秘书科长、省委组织部副部长等职。

此时，佟冬终于和多年未见的妻儿团圆了。多年的离别让人心生感叹：这就是战争，那种妻离子散，又久别重逢的滋味只有经历过的人才真正懂得。

1951年10月，根据佟冬的专长，党组织安排他任东北工学院长春分院的院长，不久，又调到沈阳，任总院党委书记。佟冬发挥自己在教育方面的优势，迅速把东北工学院带入正轨，较好地完成了国家培养高级人才的需要。

1952年，国家大规模地进行高等院校的调整，在长春，东北人民大学的数、理、化都由当时国家顶尖级的专家牵头创立，可是文科方面却有些薄弱，特别是历史学方面。

从一无所有到创办完成，建一个系的难度其实并不比建一所学校的难度小，谁能既有资历又有经验呢？在历史系主任空缺了一年之后，校长吕振羽想到了身在沈阳的佟冬。可此时的佟冬毕竟是一所大学的党委书记，他能同意这样的安排吗？

（四）

"我同意。"当东北人民政府把让他去东北人民大学任历史系主任兼研究部部长的想法告诉佟冬的时候，他没有犹豫。其实，他刚刚推辞了一个美差：此时已经就任海军司令员的萧劲光邀请他到某个滨海城市的海军学院任职，他觉得那里不能发挥自己所长，特别是，他的骨子里反感仕途的喧嚣，[①]因此婉拒了萧劲光的美意。

在1953年青草刚刚吐绿的早春，佟冬带着家人登上开往长春的火车。大女儿佟江渌和二女儿佟多人都还不大，两个小女孩因为这次"旅行"有些兴奋，在车厢里欢快地跳跃，还唱着她们喜欢的歌。

带着女儿们的歌声，也带着他浓浓的辽阳口音，佟冬再一次来到长春，入住牡丹街11号的一栋二层楼。随后，他就一头扎进工作中。

佟冬把建系的第一步放在招贤纳士上。为此，他开始奔赴各地，上门请良师，用自己的真诚打动别人。不久，在他的努力下，在沈阳图书馆工作的金景芳、宋荫谷两位先生来到了长春。短时间内不能为所有学科找来顶梁柱，他就披挂上阵，发扬延安时期的自力更生精神，选出几位青年教师重点培养。为了营造和谐的学术氛围，他鼓励所有人大胆发表自己的观点，边教学边研究，既出人才，又出成果。要给教师评职称了，所有人都说得给佟冬评教授。可他连连摆手，非要把自己的名额让给教学一线的老师。对学生，佟冬更是将他们视为自己的孩子。从学生的宿舍到校园的树荫下，佟冬经常在课余时间来到学生中间，与大家坐在一起促膝谈心，讲自己的经历，讲对一个新成立的国家的思考，讲未来的种种可能，讲珍惜大好时光的重要性……对于创系时的前两届学生，他能喊出所有人的名字，熟知每个人的生活习惯、学习成绩和思想情况。

[①] 佟多人：《记忆中的父亲》，《佟冬同志百年诞辰纪念文集》，长春：吉林文史出版社，2005年，第217页。

第五章 文史所传奇

　　1956年，完成创系任务的佟冬担任了东北人民大学副校长，主管学校人事和组织工作。从这个时候起，他成为匡亚明的忠实助手，甘当配角，把众多学术大家请来长春任教。有人这样评价匡亚明和佟冬的工作配合："两位老领导，一位大刀阔斧，敢作敢为；一位踏实稳健，任劳任怨。彼此各展所长，相得益彰，使学校各项工作有声有色，迅速跨入全国实力雄厚的综合性大学行列，人们常说那时是该校发展的'黄金时期'。"[1]

　　女儿佟多人在《记忆中的父亲》一文中回忆道："他们求贤若渴，凡是爱国且有一技之长、学校事业发展需要的人，都设法聘请来校。他们面向全国不拘一格挖掘人才，以三顾茅庐的精神，礼贤下士。"众位先生在一起时真诚相交，坦诚交流的情景给佟多人留下了深刻的印象："那个时候，一到星期天家里总是很热闹，鸿儒谈笑，高朋满座。客厅品茗，庭院赏月。满屋经史哲论，开口家国天下。历史系的腾净东、腾飞、王藻、施荫昌，法律系的杜若君、甘雨沛，中文系的冯文炳（废名）、隐然，哲学系的刘丹岩，经济系的关梦觉，外文系的雷振开等都是常来常往。后来往来最多的当属于省吾先生、王柔怀教授和匡亚明校长。在那段阳光灿烂的日子里，院子里盛开着西番莲、蝴蝶梅，老柳树的浓荫下孩子们无忧无虑地嬉戏，屋子里大人们在侃侃而谈。"

　　先生们的风采感染着佟多人幼小的心灵，与他们的交集也让她终生难忘："当时，幽静的柳条路北侧，坐落着十几所风格迥异的花园式洋房，每个庭院都长有合抱粗的大柳树，因而得路

---

[1] 孙玉良：《佟冬传略》，《佟冬同志百年诞辰纪念文集》，长春：吉林文史出版社，2005年，第12页。

佟冬与金景芳先生

名,这里留下了我金色童年最美好的记忆。量子化学家唐敖庆、化学动力学家蔡镏生、数学家王湘浩、物理学家余瑞璜、半导体科学家高鼎三、哲学家刘丹岩……都先后在此住过。自幼目睹他们的风采聆听他们的教诲,在半个世纪后还能经常怀念并敬重他们,实在是我的福祉。"

(五)

怀念这些先生们的佟多人,可能当时并没有在意父亲的另一件传遍全校的大事:就在他担任东北人民大学副校长的这一年,学校又开始了评定职称的工作,大家认为,根据佟冬的学识、业绩和德望,应该被授予二级教授的学衔。可佟冬的态度却和先前一样:现在已经是学校领导了,并不在教学一线,还因为工作分工,主持职称评定工作,怎么能给自己定学衔呢?最后,他还是"节省"出了本应由自己获得的名额,让给了在第一线教学的老师。

让大家几乎不能相信的是,此次评定的教授和研究员达到百人以上,可他却始终没有把教授的称谓、学衔的桂冠戴在自己的头上(赵鸣岐、杨雨舒:《佟冬年谱》)。后来,他又出任东北文史研究所所长、吉林省社会科学院院长,但直到离休,他也不同意给自己评职称。20世纪80年代,为了工作方便,吉林省社会科学院在佟冬给别人所提供的一份证明材料上特别标注了"教授"二字,佟冬知道了,赶紧致信相关部门,说明他不是教授,里面还引用了《左传》中的话:"唯名与器,不可以假人!"

1987年,已经离休的佟冬接到弟子们的先斩后奏:他们觉得此时佟冬已经离休,取得职称,一不占别人指标,二不多拿国家钱粮,于是代佟冬填好了职称补评申请表,获得了吉林省人事厅

工作中的佟冬

的批准通过。最后,佟冬体谅了弟子们的良苦用心。弟子们给他补评的"身份"是"中国古代史研究员"。①

---

① 孙玉良:《道德学术两纯粹——记佟冬同志》,《佟冬同志百年诞辰纪念文集》,长春:吉林文史出版社,2005年,第189页。

正是这样一个带着能够披荆斩棘、开山架桥特性的人，在20世纪60年代被中共中央东北局相中，期待他能创办出一所他们心目中的东北文史研究所。

又由于他不求私利，襟怀坦荡，平易近人，人们都尊称他"佟老"。

（六）

没错，1961年出现在钟泰上海寓所的那个来自东北的客人就是佟冬，他极尽礼数，希望能请已经70多岁高龄的钟泰出山，到东北传道解惑。

挑起创办文史所的重担后，佟冬清楚，首要的事情就是把一批学富五车的大师请来。为此，他不断在北京、上海、西安等地奔走，动用了一切能用的人脉关系为研究所拉人。"为了请人讲学……佟老不辞辛苦，多次往返于全国各地。有一次，为请专家早日来长，他不顾自己年高体弱，搭乘运输机，结果被震得耳鸣腿颤，头昏脑涨。有一次，因担心一位专家被其他单位抢走，竟顾不上同家人一起过春节，匆忙赶路。被请的那位学者深受感动，觉得能与这样一位公而忘私、求贤若渴的领导共事，是一种福瑞，遂立即接受聘请。当佟老踏上返程列车时，已是爆竹声声的除夕之夜了，整个车厢里只有佟老孤身一人。"[1]

像钟泰一样，一批出生于清朝末年、接受过纯正传统教育的老先生被佟冬请来了。恽宝惠，这个曾经做过清末陆军部主事、

---

[1] 孙玉良：《佟冬传略》，《佟冬同志百年诞辰纪念文集》，长春：吉林文史出版社，2005年，第15页。

北洋政府国务院秘书长的古史专家，同钟泰一起最早出现在东北文史研究所的讲堂上，让对清史感兴趣的学员兴奋不已，他可是熟知大清掌故的"活的历史教科书"。佟冬对他的尊重与礼遇，让恽宝惠大有如遇知音之感。"但使主人能醉客，不知何处是他乡"，在一次晚会上，恽宝惠带着酒意说出了自己的真实感受，那也是认可佟冬这位文史所"掌门人"的肺腑之言。要知道，这位历经了大清、民国、中华人民共和国的老先生比钟泰还大3岁，此时已经77岁高龄。晚年在长春得到的人生愉悦也许让他备感珍惜吧。

被佟冬请来的还有陆懋德，这位别号泳沂的山东人非同凡响。毕业于清华国学研究院，是清朝第三批赴美留学学生。1911年8月，包括他在内的63名精挑细选的学生启程赴美国留学，最终获威斯康星大学文学学士及俄亥俄州立大学政治学硕士学位。回国后，相继出任北京大学教授、清史馆纂修等职。其代表作为《周秦哲学史》，这也被认为是最早对胡适哲学体系提出挑战的学术著作。他还参与过《古史辨》论战，对顾颉刚的相关学说提出了自己的看法。"1962年秋，77岁高龄的陆先生来文史所讲授《左传》。讲课时，每讲完一段，时常笑眯眯地自问自答，进行评论。"[①]

文史所还有两位同岁的老先生，也是声名显赫的大师级人物，他们就是出生于1889年的金兆梓和向迪琮。金先生曾历任中华书局教科书部主任、《新中华》杂志社社长、上海文史馆馆长、中华书局上海编辑所主任，曾经参加过《辞海》的编纂。他

[①] 黄中业、孙玉良：《共和国教育史上的国学书院式学府——东北文史研究所述要》，《社会科学战线》，2015年第1期。

第五章　文史所传奇

在东北文史研究所开的课程是《尚书》。"参加编纂《辞海》的金兆梓先生是旧中国老资格的文化人,他认为《尚书》许多地方读不通是因为'错简'所致,于是他为我们讲课时便大胆地将某些词语上下颠来倒去,虽然未必能服人,但却让人大开脑筋,使你懂得做学问有多种路数。"[①]向迪琮先生则是中国近代词坛上有影响的人物,《柳溪长短句》《柳溪词话》等是他的代表作。他为学员们讲的是《宋词》,为学员们在东北的大地上打开了一座巨大的繁花似锦的宋帝国的"公园"大门。

1962年夏,中央文史馆馆员、65岁的马宗霍先生开讲《说文解字》,同年冬,历任东北师范大学中文系教授、系主任、吉林省文史研究馆馆长、54岁的孙晓野先生开讲《古音韵》;1963年,西北大学教授、63岁的陈登原开讲《中国土地制度史》;曾任中国秦汉史研究会筹备小组组长、62岁的陈直开讲《汉书》;1964年,著名史学家,诸子百家、甲骨文、金石学专家、68岁的李泰棻开讲《左传》;中国当代著名哲学家、哲学史家、东方学家、文化学家、宗教学家、中外思想文化比较学家、65岁的朱谦之开讲《中日文化交流史》……从1962年到1964年,在两年多时间里,登上东北文史研究所讲台的国学名师有20余位。一时间,长春浸润在国学经典所渗透出的浓厚文化氛围当中。

让这些老先生们吟唱诗句"但使主人能醉客,不知何处是他乡",不仅是因为他们的文史所"掌门"让他们浑身上下都感到舒坦,还因为一个人,也令他们深感东北文史研究所不同于一般研究机构的气质。这个人就是双手"捧出"佟冬的关山复。

---

① 刘景录:《永久的师范》,《佟冬同志百年诞辰纪念文集》,长春:吉林文史出版社,2005年,第96页。

（七）

关山复是土生土长的吉林人，1915年出生于伊通县新家乡，满族镶黄旗人，毕业于迁徙到北平的东北大学。1936年，东北大学建立起党支部和团支部，才华出众、英俊潇洒的关山复同时出任这两个支部的书记。后因能力突出，被选为中国共产党七大代表。中华人民共和国成立后，40岁刚出头就担任了中共吉林省委书记处书记，后出任东北局宣传部部长。力主建立东北文史研究所的他，对他的老战友佟冬和研究所可以说是关心备至，每年都会多次到长春看望佟冬，看望这些老先生们。关山复后来为《中国东北史》所作序言中回忆："我在东北局宣传部工作了三年半时间，每年都有几次到东北文史研究所看望大家，有时讲话，有时参加座谈。"

而他给文史所师生留下的印象则是儒雅睿智，平易近人。1961年入所的第一批学员一介在《我所知道的关山复部长和东北文史研究所》一文中写道："关部长在百忙中有时来看望我们，那年他46岁，中等身材，肤色白皙，温文尔雅，气度雍容，深湛沉稳，睿智干练。对我们态度和蔼可亲、平易近人，讲话像和我们闲谈一样。"

1964年，关山复离开东北局宣传部，调任中国科学院哲学社会科学部党组书记。但他还是记挂着这里，于当年7月20日专程来到东北文史研究所，向这里的全体人员，向这里的一草一木，向他的老战友佟冬告别。他还发表即兴讲话，祝愿文史所在未来有更大的发展和作为。这种记挂一直持续了他的一生，2005年，吉林省社科院准备出版《佟冬同志百年诞辰纪念文集》一书,已经90岁高龄的关山复满怀深情地为此书写序,并在当年6月10日,用颤抖的手在序的最后签上了自己的名字。

关山复对东北文史研究所的关心绝不是来简单地看望几次,而是实实在在地为研究所的教学场所、设施以及后勤保障提供最好的便利。关山复和佟冬历数中国古代的著名书院,无不是建在山清水秀之所,为此,他们认为,必须提供良好的条件和环境,让学员们专心读书,让先生们安心教书。

筹备创办东北文史研究所是在1961年前后,正赶上三年困难时期,想在这个时候找到并创造一个比较舒适的学习环境是很难的。但关山复找到了,那就是伪满洲国外交部旧址。

正是基于关山复的积极工作,才会有后来相关领导同意划转此栋小洋楼给东北文史研究所的决定。在拿到小楼的第一时间,在关山复的直接关怀下,佟冬带领人员开始对小楼进行全面整修。"一楼为图书馆、阅览室、办公室;二楼为第一及第二讲堂、所长室、4人一室的学员宿舍。那些住惯了大学学生宿舍(10人一室、上下铺)的学员一入所,面对宽敞的讲堂、阅览室和供个人使用的新桌椅、新书架,深感在这样静谧的良好环境下,如不刻苦读书真是谁也对不起啊!"[①]

而为来长春的老先生们准备的住处则是距此步行约30分钟,位于同志街25号院内的一栋小洋楼,楼内设施一应俱全,十分舒适。关山复和佟冬专门从省宾馆请来高级厨师为老先生们烹饪可口的菜肴。

小洋楼虽好,距离东北文史研究所的教学楼还是有点儿远。

---

① 黄中业、孙玉良:《共和国教育史上的国学书院式学府——东北文史研究所述要》,《社会科学战线》,2015年第1期。

1965年，在关山复的支持下，文史所在离教学楼较近的一处空地建设一栋二层小楼，专供老先生们居住。建成之后，其设施条件比同志街的那栋还要好。

  关山复还协调相关部门为东北文史研究所增加购书经费。仅1962年至1965年3年左右时间，他们就在上海、杭州等地购置20多万册图书，以线装书居多。"除古书外，近代以来出版的相关学术著作，包括民国年间出版的重要杂志（如《东方杂志》），也都尽量购置，还购置了尚未整理出版但具有很高学术价值的金毓黻《静晤室日记》"①。最令学员们感到欣喜的是，文史所的图书资料室每天24小时开放，谁最后一个离开图书室，谁就负责关灯锁门。

  物资供应充足，生活环境幽雅，精神世界饱满。东北文史研究所创造的这样的环境怎能不让全所师生满足呢！

（八）

  选拔什么样的学员决定着研究所的未来。佟冬到各大学招收毕业生时，先向系里要的是毕业论文，毕业论文过硬，他才去看这个人的档案。"佟老打破常规，从实际需要出发，把学习成绩、业务能力放在首位，将政治表现、家庭出身放在第二位，强调基础要好，有培养前途。"②关山复说，佟冬的这一做法在那个年代可谓惊世骇俗。

---

  ① 黄中业、孙玉良：《共和国教育史上的国学书院式学府——东北文史研究所述要》，《社会科学战线》，2015年第1期。

  ② 孙玉良：《佟冬传略》，《佟冬同志百年诞辰纪念文集》，长春：吉林文史出版社，2005年，第15页。

很快，佟冬的做法招致了一些人的不理解，在讲究又红又专的年代，佟冬如此行事是有一定的风险的。但他并没有退却，也不回避，在一次学员大会上，他公开表明自己的立场。那就是：假如这个人出身不好，可以不让他去搞原子弹，但搞古文古史，没有什么不行的。

佟冬把自己的儿子拒绝在东北文史研究所的大门之外，也是他坚持先看论文的结果。他的儿子佟衡从部队转业回来，到吉林大学中文系读书，1961年夏天毕业。此时，恰巧文史研究所在吉林大学选拔学员。佟衡很想到研究所学习和工作，系里专门向前来考察的人推荐。等待最后的通知是让人十分煎熬的，然而，面对着天天都见面的父亲，佟衡却不敢提一个字，因为他知道，父亲几十年来没有用自己的权力给家里做过一件私事。没办法，他向母亲表达了自己的意愿。可这让母亲也十分为难，作为夫妻，她太了解自己的丈夫了，他不可能因为是自己的孩子就徇私，贸然提出，只会更加糟糕。不久，关山复来家里做客，佟冬夫人悄悄与关山复说了孩子的事，希望关山复能够在佟冬面前美言几句。

"不行。他不是搞古文古史的材料。研究所的用人原则是我领导制定的，我不能带头坏了规矩。"面对关山复的求情，佟冬丝毫没有犹豫地拒绝了。佟衡最终没有实现来研究所工作的梦想，而是去了偏远的吉林省白城地区的广播电台工作。铁面无私的佟冬深知，他要为东北社会科学战线培养一支后备队和生力军，他需要的是有这方面天赋，而且能够脚踏实地的专业型人员。

从1961年筹备研究所，开始选拔学员，到1965年夏天的最后一批学员，在佟冬的带领下，东北文史研究所共从全国重点大学先后分三批选拔了95名文史哲专业的学员，他们来自北京大学、中国人民大学、北京师范大学、南开大学、吉林大学、南京大学、复旦大学、武汉大学、四川大学，他们是风华正茂、朝气蓬勃的大学本科应届毕业生。对于每一位入所的新学员，佟冬都会找他们单独谈一次话，询问他们的生活情况、学习情况，鼓励学员们潜心用功，打好基础。他常说的一句话是：你们这些年轻人，现在刚来所里是站在同一起跑线上，过些日子距离就拉开了，要努力啊！

在佟冬的带领下，东北文史研究所制定了对学员的要求：确立为党的社会科学事业奋斗终身的志向，养成实事求是、刻苦奋斗、埋头苦干、踏实朴素的学风，具有健康体魄、遵守纪律、敬老尊贤、团结互助的优良品质。

佟冬要求学员从"十三经""前四史"入手，一个字一个字地读，同时在文字音韵学、目录校勘等方面也要下苦功夫，必须打好古文古史的基础。他告诉大家，一定要能够坐住冷板凳，心无旁骛地搞学问，要潜心打基础，不要急于求成，以在报纸上发小短文沾沾自喜，最好在没有大成就的基础上，别去捅"报屁股"，要坐得板凳十年冷，文章不写一句空。他还嘱咐学员们：将来你们学成了，有名气了，可不要向国家伸手要这要那啊。

东北文史研究所的学员们发现，他们来到这里的待遇相当高，一律为见习研究员，与大学助教拉平。而且，他们可以不参加或少参加政治运动和社会劳动，有充足的学习时间。他们可以在小洋楼的平台上散步，可以在前面的庭院里欣赏花草，呼吸新鲜的空气。"下午和晚上的自习时间，楼内、室内都是静静的，没有人闲唠嗑。上午的间操时间，特别是晚饭后一个小时左右的文体活动时间，这群活蹦乱跳的青年人，相互间有说有笑，打打闹闹。有的到院外散步，有的打乒乓球，有的拉提琴、手风琴，有的在聊天。"①

在东北文史研究所，没有定期的考试制度，重在日常的考察，比如检查学习笔记，佟冬和另一位老师负责日常检查，会在这些学习笔记上写出评语。在研究所存在的5年左右时间里，只进行了一次学业考核，由学员自主选题，写一篇论文，限定的时间是3天。评分后，再一一当着学员的面进行点评。考核结果显示，优秀率达到51%。

学员们的成长，让佟冬感到欣慰，曾作诗《枕上偶成》表达自己的喜悦之情：

引经数典说前朝，案牍终天似列曹。
柳绿桃红风景好，手篮肩担过虹桥！

（九）

1965年夏天，佟冬认为前两批学员经过几年的培养和学习，已经可以转入研究阶段了。于是，研究所正式成立3个历史研究室，2个文学研究室，1个哲学研究室。这6个研究室又下设16个专业研究组，在确定自己的研究方向后，学员们开始了令人充满期待的专业研究。

然而，佟冬带学生出成果的梦想却被打断了。从1966年春开始，因为政治上的暴风骤雨，东北文史研究所"停摆"，最终没能逃过被解散的命运。

---

① 黄中业、孙玉良：《共和国教育史上的国学书院式学府——东北文史研究所述要》，《社会科学战线》，2015年第1期。

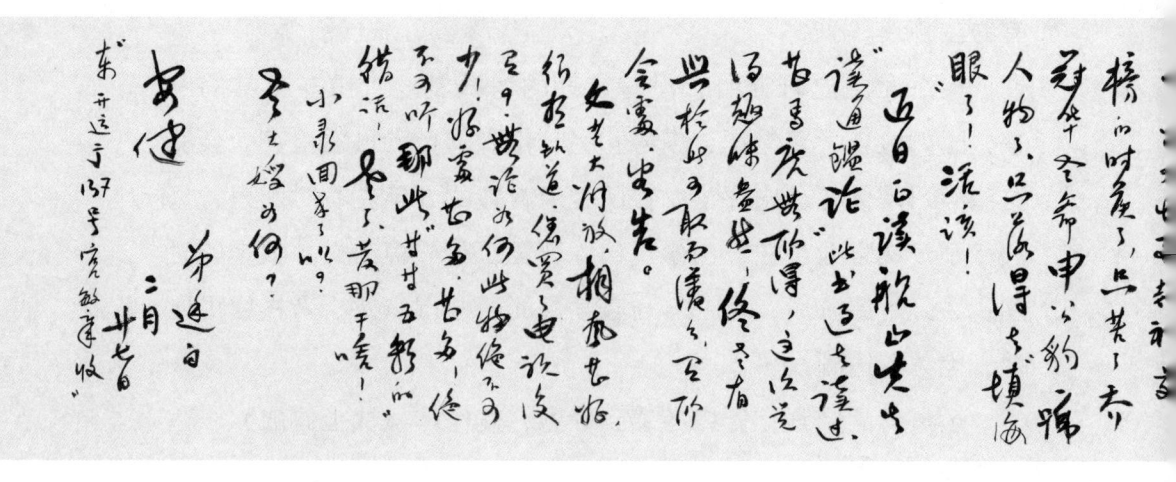

即便如此，身外的莫名变化却没有改变佟冬内心的高贵。1966年12月，东北文史研究所早已经冷冷清清。一天，冬雪飘然而落，佟冬独自来到文史所南楼，看见窗上的窗花，得而复融，作《感赋》一首：

窗花冻结复融解，天公随意写。造化妙无穷，有力更有节！太空斗玉龙，鳞甲芬披飞瑞雪。米麦足，面包问题好解决。人人庆鼓腹，斗室足蔽风雪，何必戚戚愁糠屑！

十余年后，那场风雨过去了，佟冬再一次精神抖擞。

1978年1月，佟冬在吉林省宣教座谈会上提出建议，应该根据时代要求，建立省社会科学院。此提议正是已经恢复省委宣传部部长职务的宋振庭所想，二人可以说是一拍即合。当年12月12日，经中共吉林省委批准，以原东北文史研究所、吉林省哲学社会科学研究所为基础，正式成立吉林省社会科学院，这也使吉林省成为改革开放后国内第一个建立省级社会科学院的省份，佟

第五章 文史所传奇

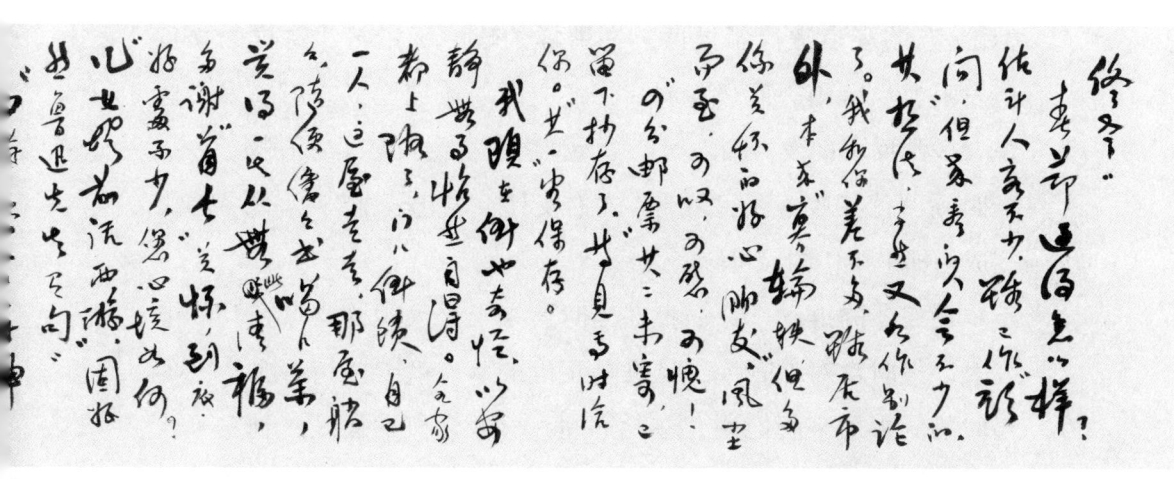

宋振庭写给佟冬先生的信

冬出任院长兼党委书记。

在筹备成立省社科院的时候,宋振庭与佟冬欣喜地看到在中国大地上刮起的思想解放之风。1978年初,他们认为推出一本承载思想解放之花的刊物,时机已经成熟,吉林应该在文化的更高层面上有所作为,从而不疏于时代,甚至能够引领时代,因为深刻的思想是给这个时代最好的礼物。在宋振庭的力促下,当年2月,省委同意了这一申请。宋振庭同时向省委建议,首任主编非佟冬莫属。

经过几个月的努力,1978年5月1日,《社会科学战线》创刊号问世,全刊300多页,50多万字,封面则取材于辽墓壁画。刊物一经问世,就鲜明地打出"创新"与"学术"的旗帜,集聚国内学术界众多精英人物,以厚重的篇幅、开放的视野、鲜明的特色,以办成繁荣社会科学、促进百家争鸣园地为目标,在国内期刊界迅速崛起,成为引导和推动中国学术创新和发展的代表性刊物。

1978年,一篇名为《来一个思想解放运动》的文章,对鼓吹

"凡是"的观点进行了批评。在那样的政治背景下,这样的文章能发吗?当编辑去问佟冬时,佟冬立即明确自己的态度:发。这是"拨乱反正前夜,国内第一份大型哲学社会科学学术刊物。……一时间百花齐放,百舸争流,左右交锋,风起云涌"[1]。佟冬的决定成为那个年代的惊世骇俗之举。

在佟冬的推动下,一批在当时看来十分大胆的文章在刊物上发表。他时常对编辑说,认准是正确的事,就要坚持下去!佟冬当时的同事后来回忆说,在此期间,《社会科学战线》刊发了为"印象派"翻案的文章,发表了正面介绍现代派艺术的文章,发表了关于《金瓶梅》版本的讨论文章,发表了重新恢复社会学研究的文章,而这些文章,大都是在当时学术界开出的"第一枪"。

在刊发文章的结构布局方面,佟冬也显示出与众不同的气魄。1979年,顾颉刚先生寄来了他的6万字的文稿《从古籍中探索我国的西部民族——羌族》。是一次性发出来,还是分期刊发?当编辑部人员找到佟冬做决定时,佟冬明确表示一次刊出。文章刊出后,立即在学术界引发震动。大家不仅震动于顾颉刚先生的见解高卓,更震动于一本期刊一次性发表6万字文章的罕见。

刊物的这些举动,也引起了国际社会的注意。1981年,美国人奥克森伯格访华,他是时任美国总统卡特的顾问。到中国后,他向相关部门提出,要见一见《社会科学战线》的负责人佟冬。会见时,奥克森伯格提到了办刊的背景问题,期待找到中国政治格局的某种暗示。其实,哪有那么复杂的背景!

---

[1] 邴正:《〈佟冬同志百年诞辰纪念文集〉序二》,长春:吉林文史出版社,2005年。

但这本刊物确实给人太多不一样的感觉了。"简直是泰山压顶!"国内著名哲学史专家蔡尚思这样评价《社会科学战线》的横空出世。"《社会科学战线》究竟凭借着什么样的魅力,自立于如雨后春笋般出现的众多的哲学社会科学杂志之林呢?是她的名字吗?《社会科学战线》的名字明显带有时代的痕迹,并不那么时尚,更不那么新潮。是她那厚重的篇幅吗?遍览群刊,厚者如云,《社会科学战线》并非鹤立鸡群,能执牛耳。是她偏得天时地利吗?天时者,在全球化、信息化的时代,早已四海同一了。说到地利,《社会科学战线》地处北国边塞,既非京都繁华之地,也非花团锦绣之乡,而属于正待振兴的'老工业基地'。"(邴正《〈社会科学战线〉精华集·序》)那么,她凭的是什么呢?当然是人。是佟冬,是宋振庭!

随着《社会科学战线》的声名远播,大家开始更多地关注吉林省社科院。也许很多人不知道,在这本刊物创办后的20多年间,主持刊物运行的主编及部分副主编,大都是原东北文史研究所的学员,正是他们,把这本刊物的影响力扩展到了全国。

(十)

中国东北,广阔富饶,历史悠久,但对于东北历史的考证、挖掘、整理却不成系统。民国年间,日本人为了达到占领东北的目的,一再鼓吹满蒙所在地域在历史上根本不是中国的领土。为了澄清这一谬误,历史学家傅斯年联络一批历史学者开展《东北通史》的写作,并最终由他写出了《东北史纲》的第一卷,1932年刊行。东北本土出身的历史学家金毓黻也把自己的研究成果整理后于1941年出版,即《东北通史》上编。

| 先生向北

佟冬先生 80 寿辰合影（摄于 1985 年）

  随着文献研究的不断深入，考古发掘取得了新的进展，傅斯年和金毓黻的一些论述已有局限性。历史感强烈的佟冬早在 20 世纪 60 年代初就开始组织人员编写东北通史。1978 年，佟冬把中断了十多年的东北通史编写工作重新启动起来，编写组的骨干就是当年东北文史研究所的学员。1998 年，420 万字的 6 卷本《中国东北史》全部出齐，其中前 4 卷由原文史所学员完成。这不但对东北，也是对全国史学界的一个重大贡献。

  有人专门做过统计，原东北文史研究所的学员除一部分留在省社科院从事科研工作外，"一半以上的学员则分布到我国各地的

'高等学校、文史研究机构,以及各级党校、领导机关'和出版部门"①。他们在各自的工作岗位上都做出了重要的贡献。

东北文史研究所虽然只存在了五个年头,但它所播撒的种子却让东北大地有了厚重的人文气息。长春天空的悠悠白云见证,那些被几千年传统文化浸润的老先生们来过,他们和谦和、踏实、充满责任感的发起者,共同推动着文化的饱满和丰富,这是东北文化人的夙愿,也是一段令人唏嘘赞叹的传奇。

---

① 黄中业、孙玉良:《共和国教育史上的国学书院式学府——东北文史研究所述要》,《社会科学战线》,2015年第1期。

第六章　一世"春游"竟如诗

一、回头应自省吾身（张伯驹《鹧鸪天》）

这是乍暖还寒时候，这是万物欲发之时。白居易有诗："雪散因和气，冰开得暖光。"早春，在春寒料峭中，既耐得住寂寞寒凉，也守得起着风即起的夙愿。

有人格外喜欢早春。1898年的早春到1982年的早春，84年，人世间有一个生命做了最艺术气息的轮回，生死之间，写满了诗学与美学。

此时，生于1898年2月15日的张伯驹"春销不得处，唯有鬓边霜"，静卧于北京的医院病榻之上。就在84岁生日这天，仿佛有所感应的张伯驹口占一首《鹧鸪天》：

> 以将干支指斗寅，回头应自省吾身。
> 莫辜出处人民义，可负生教父母恩？
> 儒释道，任天真，聪明正直即为神。
> 长希一往升平世，物我同春共万旬。

第六章　一世"春游"竟如诗

1982年2月26日10时43分，张伯驹在北京溘然长逝。《鹧鸪天》也成为他生命中的最后一首词。

掐指算来，此时距张伯驹自长春返回北京已经有12个年头了。

送别自己最亲爱的人，被撕心裂肺的疼痛击中，早已经哭干泪水的潘素，当然不会忘记1970年那个风雪之夜，那也是一个早春，北方边塞之地的早春，还看不到一点儿春的影子。

1970年1月，吉林省革委会政治部正式做出结论：关于张伯驹的问题是"敌我矛盾，按人民内部矛盾处理"。当年3月18日，张伯驹被强令从吉林省博物馆退职，从此与单位再无关系。

令人感慨的是，此时，张伯驹仍然在做着文物捐献的事情。张伯驹在1974年10月26日所写的"简历"材料中叙述了夫妻二人1970年3月的经历："……我爱人潘素随我退职。吉林省博物馆和省艺校各给予一年工资退职金，退职时我捐给博物馆一批文物，有元赵孟𫖯篆书千字文一卷，明王谷祥花鸟一卷（皆故宫佚失精品），明杨廷和书札一册，唐人写经一卷，又写经一卷，宋拓圣教序一册，明董其昌、赵宦光、张瑞图，清陈洪绶、周亮工对联六件，明陈古白兰花一卷，明文震孟图章一方，旧墨一匣及书籍等（有收据单）……"

3月25日，正在患病的张伯驹和潘素一起，艰难地爬上一辆敞篷汽车，迎着无情的寒风，来到吉林省舒兰县朝阳公社"放到群众中教育，劳动改造"。

此前，从1966年8月开始，张伯驹即受到批斗。1967年1月，张伯驹被撤销吉林省博物馆副馆长职务。1968年秋天，张伯驹进入"毛泽东思想学习班"学习。

汽车上的夫妻二人,真切地感受到了东北的寒冷。风如刀割,雪如沙粒,无情地肆虐着他们老迈而羸弱的身躯。风雪中一片苍茫无际,天地难分,远近不辨,唯有老妻的双眸给张伯驹些许鼓励和温暖。张伯驹知道,当年被努尔哈赤征服的乌拉古城就在道路左侧不远的松花江边,但如今古城的方向涌来的却只是烟尘般的滚滚黑云,以及无边无际的寒气。

终于,汽车在傍晚时分来到了此行的终点:舒兰县朝阳公社双安大队第三生产队。当满面风霜的两位老人缓慢地下得车来,一个更大的难题摆在了他们的面前:他们在这里既无亲,也无友,接待的人不知道该如何安排他们。最后,几个人商议了一下,把两位老人带到了一处空房子里暂住。

寒冷让空房子的墙上已经积了一层厚厚的白霜,窗格子上的玻璃已经破碎,风钻进来,吹到人的脸上。堵住窟窿,点起蜡烛,简单处理一下之后,夫妻二人呆坐炕沿。

听说村里来了两个人,年龄都很大,好心的乡亲送来了开水和稀饭,让张伯驹和潘素感受到了一丝温暖。北方乡下寒冷而又漫长的黑夜来临了,两位老人和衣而卧,却无论如何也睡不着。寒风彻夜嘶吼,大雪漫天而来,隔挡了人们对历史和星空的所有想象。

第二天,北风依旧,大雪纷飞。简单吃了口乡亲们送来的饭菜,潘素搀着张伯驹,到村里找负责人商办劳动改造事宜。然而,让他们没想到的事情发生了。张伯驹在"简历"材料中回忆道:"……博物馆人员把我们送到当地,交给我们介绍文件(即介绍信),他们没有同公社负责人和大队负责人见面,就回去了。第二天,我们向大队报到。大队主任看了文件,说:'博物馆的人来接洽,只说有两位老人来插队,并未说明你们是退职人员。

第六章 一世"春游"竟如诗

1980年4月,张伯驹夫妇与宋振庭(右)同赴北京颐和园赏花

吉林省插队落户办法是带工资、带组织关系、带户口、带眷属。你们既已退职,不合规定,不能落户。退休金用完,谁负责你们的生活责任。'"

冰雪不懂悲伤疑惑,冰雪不懂风烛残年。两位老人对望了一眼之后,心里已经有了结论:不接纳,就走吧,从哪里来,回哪里去。

带着不多的行李,张伯驹和潘素赶赴舒兰火车站。在火车站漫长的等待之后,随着一声火车的长鸣,一位中国文博事业的巨

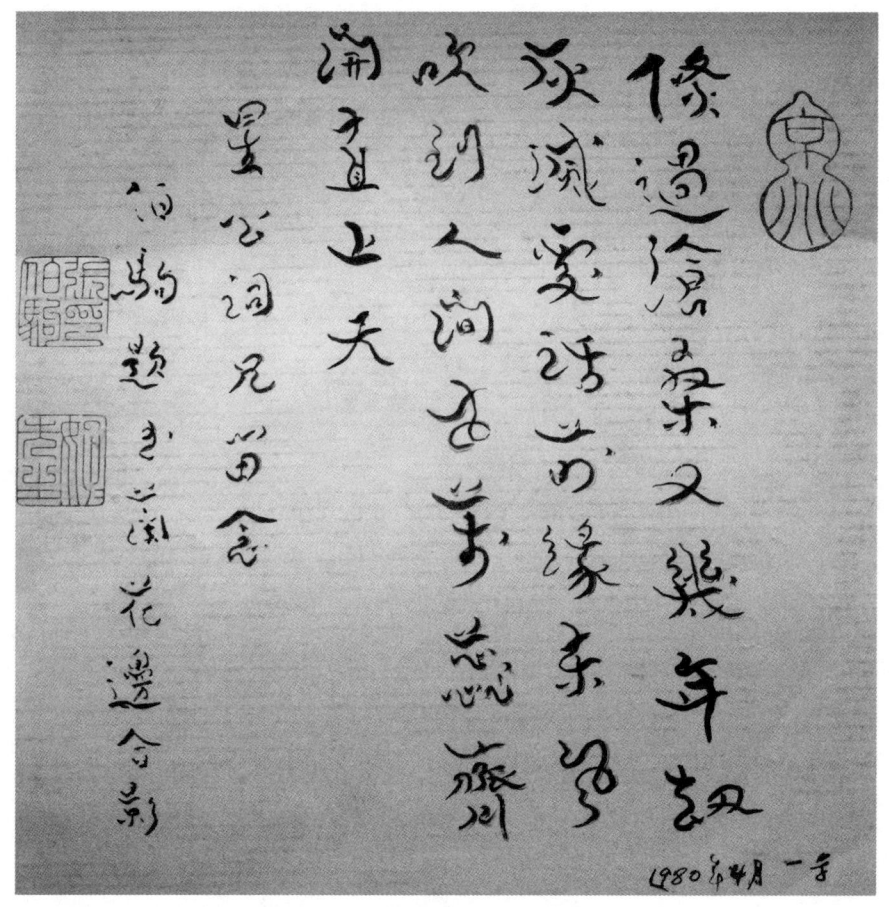

1980年4月，张伯驹夫妇与宋振庭同赴北京颐和园赏花并合影。这是张伯驹给宋振庭写在照片背面的赠诗

擘，一位画艺超群、才高八斗的女子，与小城舒兰擦肩而过。

辗转来到天津，最终好不容易回到北京后海旧宅的张伯驹，又历经波折，在毛泽东的关怀与周恩来的直接安排下，进入中央文史研究馆，成为一名馆员，生活才慢慢安定下来。

20世纪80年代，张伯驹与赵朴初、启功、舒同、孙墨佛等一众名流频繁往来，先生洒脱、淡定、雅致的风骨气息又在京城弥漫开来，直至1982年那个令人悲伤的早春。

失去张伯驹的潘素用丹青绘事寄托生命中的天地世界，寄托情感中的精神宇宙，特别是寄托自己对那个男人的绵绵思念。《峒关蒲雪》《云峰秋林》《夏山过雨》《峨眉云海》《湖光山色》《吴山初雪》《远江帆影》《松岭叠云》……精品画作不断诞生，并获得重彩和厚誉。其中，大青绿《春山积翠》，被访问美国的全国人大代表团赠送给时任美国总统老布什，临摹的展子虔《游春图》在国家领导人访问日本时，赠给了日本天皇裕仁。

晚年的潘素除任吉林艺术学院教授外，还兼任全国政协委员、全国美协会员、北京中国画研究会理事、北京工笔重彩画会顾问、中山书画社副社长等职。1992年4月16日，在张伯驹逝世10年之后，潘素因病医治无效，走完了自己传奇而又精彩的一生。

二、七尺从天唱大归（宋振庭《无题》）

> 一迳森然四座凉，残阴余韵去何长。
> 人怜直节生来瘦，自许高材老更刚。
> 曾与蒿藜同雨露，终随松柏到冰霜。
> 烦君惜取根株在，欲乞伶伦学凤凰。

北宋思想家、政治家、文学家、改革家王安石在年轻时，写了一首表现少年壮志豪情的诗《与舍弟华藏院忞君亭咏竹》。900多年后，两位在北京一家医院住院时相遇的老人，惺惺相惜，以这首诗的意境彼此应和。

1981年，宋振庭忽发重病住进医院。此时，赵朴初也在这里疗病。两人遂成为病友。一日，宋振庭趁病情好转，画了一幅竹节遒劲、生机盎然的墨竹。赵朴初深受触动，握笔题词："振庭

1981年5月，宋振庭在病中所画的《墨竹图》，赵朴初亲笔题词，录王安石《与舍弟华藏院忞君亭咏竹》诗

第六章 一世"春游"竟如诗

张伯驹在宋振庭画作上题字

247

宋振庭的画作《赭梅图》，张伯驹题字

第六章 一世"春游"竟如诗

宋振庭赠诗，张伯驹和韵（张伯驹用铅笔写在纸上）

同志挥笔写胸中之成竹，而甚得王介甫诗意，因录介甫诗以证之。"王介甫就是王安石，所录之诗就是这首《与舍弟华藏院忞君亭咏竹》。

生命中喷发着艺术灵感的宋振庭把自己的晚年活得同样精彩。

1979年3月，宋振庭奉调到中共中央党校，任教育长、党委常委，后又任中共中央党校顾问。然而，命运之神并没有给这位才华横溢、激情澎湃的男人更多的时间，1981年至1985年，他身染沉疴，多次住进医院。

1984年11月，再次住进医院的宋振庭卧床不起。但仍然坚持审阅由他主编的《当代干部小百科全书》，一句一句口授，由秘书整理完成"前言"部分。①

与疾病抗争的宋振庭已经洞穿世事,生死都可笑谈。内心喷涌出的豪放诗词让他和家人、朋友共同欢度1985年的元旦,诗曰:

> 十险九叩地狱门,牛头马面也生嗔。
> 传语人间太狂者,此处无席可容君。

他还觉没说透,又作了一副对联,上联:天行健矣余行健,下联:地厚载哉我担山,横批:无愧乾坤。大气磅礴的生命气息甚至影响了医院的氛围,医生与护士被他的欢声笑语感染,赞叹这位"太狂者"与乾坤比肩的心胸。

当年2月,面对自己沉重的病势,宋振庭清楚地知道,生命将不久矣。他口占一绝:

> 六十三年是与非,毁誉无凭实相违。
> 唯物主义岂怕死,七尺从天唱大归。

1985年2月15日,宋振庭"七尺"身躯大唱而归,一代文化巨匠,只有63岁。巧合的是,宋振庭永远离开的日子,正是他的老朋友张伯驹的生日。他和张伯驹一样,同样选择了早春。

在病体日趋沉重的生命后期,宋振庭回顾了自己的人生,最挂念的是自己做错了哪些事。然后,他用最真诚的行为道歉。

---

① 孟宪伦:《无悔的人生——宋振庭同志二三事》,《社会科学战线》,1991年第1期,第239页。

第六章　一世"春游"竟如诗

"宋振庭在一些政治运动中，也整过人，说了一些过头话，也有一些过失。晚年，他为自己的过失真诚地道歉。在写给夏衍的信中，他这样说道：'在长影反右，庭实主其事，整了人，伤了朋友，嗣后历次运动，伤人更多，实为平生一大憾事。''对此往事，庭逢人即讲，逢文即写，我整人，人亦整我，结果是整得两败俱伤，真是一场惨痛教训。'写这封信的时候，宋振庭已经'病废之余，黄泉在望，惟此一念在怀，吐之而后快，此信上达，庭之心事毕矣'。可见，宋振庭对以往的过失，是何等耿耿于怀。"（鲍盛华：《一代文官宋振庭》）

那是浓墨重彩的一生，那是豪情万丈的一生，那是坦荡真诚的一生。英若识在《烈焰熄灭的时刻——记宋振庭同志二三事》一文中写道："一个有着如此炽盛的精力、如此激扬的情感、如此文采风流的生命竟这样匆匆地被病魔夺去了！""我们的祖先惯于以'音容'二字来形容对死者的思念，这是十分准确的，在噩耗传来之际，老宋那'顿咨'的音容却立即浮现在我的眼前：在讲坛上他那令人振奋的激越声调，在斗室中他那发人深省的娓娓谈吐，在深山老林里他那步履矫健的身影，在长桌画案前他那挥毫泼墨的神情……"

三、物我同春共万旬（张伯驹《鹧鸪天》）

1980年7月17日，时任中国社会科学院顾问，80岁的吕振羽先生突发心脏病，在北京永远地走了。但令他足以得到告慰的是，遵照他的生前遗愿，他的夫人江明及其子女把家里的多年积蓄拿出来，在他曾经工作过的、投入全部深情的学校——吉林大学，设立奖学金。经学校研究决定，奖学金以先生的名字命名，为"吕振羽奖学金"。不仅如此，家人还按照他生前的意愿，把多年来购置的25000多册珍贵的图书，以及在北京的一套四合院住宅，无偿赠给学校。吕振羽，用他对一所大学的深沉的爱，诠释了何谓千古流芳。

1982年7月6日，关东画派的巨匠，时任吉林省美术家协会主席，73岁的王庆淮因重病医治无效，永远地离去了。在离开人世之前，他还在到处奔波，组织创作队伍，发掘人才，为恢复和振兴吉林省的美术界而殚精竭虑。

1984年5月17日，87岁的成仿吾先生在北京逝世。1982年，他曾经这样总结自己的一生："我是从文学革命到革命文学，从文化人到革命战士。"2004年5月17日，东北师范大学召开纪念成仿吾逝世20周年座谈会，缅怀这位"文化人"与"革命战士"给一所大学所做出的贡献，学校同时决定，继1986年为成仿吾先生塑像后，再次用高质量青铜塑造成仿吾像，竖立在学校"生命科学广场"的中央，以此表达全校师生，表达他曾工作过的东北，对他的绵绵牵挂。

就在成仿吾先生去世两个月后，又一位重量级的先生与我们挥手道别。1983年秋天，身兼国务院古籍整理出版规划小组顾问、中国训诂学会顾问、中国语言学会顾问兼学术委员会委员于省吾，赴香港参加国际中国古文字学术研讨会。返回长春后，他又不顾疲倦地给一个进修班讲课。结果病重住院。1984年7月17日，88岁的于省吾在长春，与这座他选择了就未曾后悔的城市，永远地道别。

1996年12月15日下午，在长春的一所医院里，佟冬先生闭上了自己的双眼，了无遗憾地走完了自己的一生，终年91岁。这年冬天，也成为他的亲人、师友心目中最冷的一个冬天。他留给子女的遗产是几十箱图书，除此，一无所有。

令人唏嘘的是，佟冬离开的第二天，他当年最亲密的老战友匡亚明病逝于南京。就在去世前一个月，已经90岁高龄的匡亚明为了较好地完成《中国思想家评传丛书》，还风尘仆仆乘车数百公里，去看望在江苏徐州的作者。把匡亚明视为"这一辈子最知心、最令我佩服的朋友"的吉林大学历史系教授，已经94岁高龄的金景芳惊闻噩耗，哀痛不已，拟挽联以示纪念：

> 是老革命，早岁与恽代英邓中夏相交，九死一生，恨未睹中国腾飞廿一世纪。
>
> 亦大学者，终身共马列书孔孟文为伴，朝乾夕惕，已预见丛书耀眼百五十篇。

1998年10月30日，著名学者、诗人、《中国人民解放军军歌》的作者、原吉林大学副校长、文学院名誉院长，88岁的公木先生病逝于吉林长春。他在1996年为吉林大学所写的校歌，如今依然响彻吉大的校园："人比山高，脚比路长，跨越新世纪去迎接轰响的红太阳！"

2002年5月，离休后定居大连，89岁的罗继祖永远地走了。早在8年前，他就给自己拟好了挽联："尊儒尊孔尊董史尊马列求是务实，研经研史研诗文研书画适性怡情"。

2008年7月15日，我国著名理论化学家、教育家和世界知名的量子化学家，中国科学院资深院士，国家自然科学基金委员会原主任，93岁的唐敖庆因病在北京逝世。为了纪念这位科学巨擘，吉林大学在位于长春西南的新校园里，把化学学院的大楼命名为"唐敖庆楼"，先生的塑像庄严地矗立在楼前的广场中央。

2010年9月26日,北派山水画家,99岁的孙天牧在北京逝世。

2011年11月5日,吉林省文学、戏剧界的泰斗级人物,87岁的王肯先生,在长春永别人间。

…………

学富五车的先生,一个一个离去。却不由得使人想起张伯驹共收词170多首、精致美好的《春游词》集。"余昔因展子虔《游春图》,自号春游主人,集词友结'展春词社'。晚岁于役长春,更作《春游琐谈》《春游词》。乃知余一生半在春游中,何巧合耶……人生如梦,大地皆春,人人皆在梦中,皆在游中,无分尔我,何问主客,以是为词,随其自然而已。万物逆旅,尽作如是观。"先生在《春游词》自序中这样说。

先生们在1945年至1965年间来到东北,来到长春,正仿若一场春游,他们带着春风而来,播撒了厚重的人文种子,让这片黑土地诗情画意起来。东北永远也不会忘记他们。任美霖在《永远的长白山赋》一书的序中写道:"东北成为共和国的长子,吉林大力兴建文化高地,一批巨星硕儒云集于此。于省吾、张伯驹、公木、匡亚明、成仿吾、唐敖庆等一个又一个如雷贯耳的名字,一个又一个熟悉而又陌生的身影在这片大地上跋涉前行,飘然而去。他们精勤耕耘,成就了一方文化,辉光闪烁,名满华夏。"

人生如梦,却能千古风流;大地皆春,何不听君笑语。张伯驹《春游词》中辑安怀古《高阳台》词,把要说的话仿佛都说尽了。词云:

鸭绿西流,鸡儿南注,四围水复山环。形胜丸都,升平士女喧阗。刀兵一挥繁华梦，看金瓯，倏化云烟。但荒凉，万冢累累，残照斜川。如今换了人间事，听隔江笑语，共话丰年。到此渔郎，又疑误入桃源。当时应悔毋丘俭，甚功成、勒石燕然。算空赢、鸟尽弓藏，何处长眠！